时光城

TIME CITY

shiguangcheng

佚名 著

南方日报出版社
NANFANG DAILY PRESS
中国·广州

图书在版编目（CIP）数据

时光城 / 佚名著. — 广州 ：南方日报出版社, 2014.6
ISBN 978-7-5491-1053-7

Ⅰ. ①时… Ⅱ. ①佚… Ⅲ. ①长篇小说－中国－当代
Ⅳ. ①I247.5

中国版本图书馆 CIP 数据核字(2014)第 085945 号

时光城　　佚名 著

出版发行：南方日报出版社
地　　址：广州市广州大道中 289 号
电　　话：（020）83000503
经　　销：全国新华书店
印　　刷：广州市怡升印刷有限公司
开　　本：787 mm×1092 mm　1/32
印　　张：10.5
字　　数：235 千字
版　　次：2014 年 6 月第 1 版
印　　次：2014 年 6 月第 1 次印刷
定　　价：25.00 元

投稿热线：（020）83000503　读者热线：（020）83000502

网址：http://www.nfdailypress.com/index.html

本故事如有雷同，纯属巧合。

远方——
除了遥远
就是一座时光城

目录

时间里

我从时间里来，到时间里去
时间过去都说无声息
我分明看见它留下的一抹影
恍若晃过的一幕雨
落在心头
作为它曾经来去的证

我以为时间一直在生活里
原来生活始终只是在时间的影里来与去

我从时间的世界里来，到时间的世界里去
时间一天天在过去
影一次次地在原地
铺展得如一片片似无还有、似曾相识的鳞
结在心上
作为它曾经来去的印

时间无语兼面无表情的来与去
我看着摩肩接踵的世界
仿佛看见了时间影里的己
那是谁

二〇〇四年的深圳还在唱着《2002年的第一场雪》。

罗湖区宝安北路沿线各人才市场的招聘广告都贴到外墙上了，连同公交站台、灯柱贴着的和路面散发的信息，形成了林若蓝前所未见的一个世界：花花白白。

林若蓝参加工作几年来进过的最高楼，就是鹿城的五层教学楼。站在南方大厦二十八层看城市的风景一定不一样，林若蓝边走边想，心驰神往。在林若蓝初始的都市梦里，现代就是高楼大厦与灯红酒绿。

到现场，林若蓝失望了。南方大厦长得跟人才市场前的人行道一样灰头土脸的，一点都不光亮，只是一楼有家肯德基表示它还现代。上去还是不上去呢？既来之则安之，上去看看吧，看看怎么回事，不好再下来。大厦保安像马路上被太阳烤得发蔫的树叶似的坐着，看到林若蓝背着一个背包走来，无精打采地过问了一句，就让上去了。电梯有点小，空气有点闷，停一层上几层，像农村的深井吊桶。一个中年妇女接待了林若蓝。

“你们公关是做什么的？”林若蓝对公关的最初印象还停留在九十年代初风靡一时的电视剧《公关小姐》里。

“我们是大酒店，专给大老板提供服务的。”

“我不卖身的！”林若蓝首先亮明底线，“但我可以陪陪喝，陪陪酒，我就想利用暑假赚几个钱。”

门外有个男人瞟了下林若蓝。妇女大笑起来：“我们是正规公司，我们这里很多暑期工，你不是第一个。你放心！”妇女说得很实诚，“来，填一填个人资料。”

“真是一个大学生耶！有毕业证，你看！”妇女高兴得像捡到一个宝，探出身子给门外男人展示。门外男人抽着烟，没近看，穿过外屋，进里屋去了。

“你在这里会大有发展前途的，我们需要你这样的人。”妇女说得热诚，听得林若蓝有一丝暖乎乎的尊重，憧憬着报纸、小说里小青年发大财衣锦还乡的故事在自己身上上演。从老家出来一年了，林若蓝还没回过家呢。

“交一百块钱。”

“为什么要交一百，你们广告上不是说不收押金的吗？”

“这是服装费，本来是两百的，看你是大学生才收一百。你想啊，五星级酒店，多高档的地方，你这身白衣服怎么能在那里穿？”

林若蓝看着自己汗湿湿的，面上很难为情，可心里还是不舍得掏一百块钱：“五十，行不行？”

“你想不想赚大钱？”妇女先嗔又笑，“你想，花小钱赚几千几百万的大钱，多划算啊！你来深圳不就是为了钱吗？”

说得也是。听鹿城同事说深圳工资高，林若蓝才南下的。掏完钱，林若蓝觉得要提醒他们是不是忘记了什么：“你们说包住宿，我就想公司能不能给我提供一个单间，小一点没关系，有床有洗手间就够了。我刚到深圳，现在住在关外很不方便。”

“这事要问我们经理。”妇女僵笑着。

里屋靠窗有一张桌，红木的，看上去颇为贵气，上面有几张零散报纸，一个烟灰缸。男人靠着桌沿交叉着腿，还抽着烟，衬衫笔挺，一副有钱悠闲的样子。

“你是大学生，你的问题我们会考虑。但我们的人比较多，要时间安排。”男人放下烟，调整了下站姿，吐字从容。

林若蓝听到男人的保证心里踏实了，仿佛又可以在鹿城享受独处一室的幸福了。林若蓝从里屋出来，走到外屋。

“我将来就在这里上班吗？”

“这里只是我们的接待室。你还要经过我们的正式面试。这里有一个电话，给你，他会告诉你做什么，怎么做。”

妇女送林若蓝到电梯口。林若蓝觉得妇女长得不好看，但人还挺好。

晚，林若蓝站在南方大厦肯德基门口。华灯初上，夜色撩人。光鲜的人、豪华的车、五彩的灯汇成一个光彩夺目的世界。

约好的人来了，还另带了一个。一个养得肥皮嫩肉，一个长得五大三粗。落座，肥皮男先说了：“点个东西吃吧。”

林若蓝不想花没有由头的钱。

“就点个可乐，五块钱。”肥皮男嫌林若蓝小气，“这是我们内保，以后你进去就靠他罩着。”

内保坐在位子上一脸黑色儿，不作声，脸上长满了疙瘩，身材彪悍。林若蓝点了两个可乐，给了他们一人一杯。

“你怎么不点？”

“我不渴。”

肥皮男径自喝起来了。

“你看，接下来安排我做什么？”林若蓝谈正事。

“我们公司很大，跟很多酒店有合作，看你做什么场？”林若蓝不懂。“像我们有大陆包场、香港包场、海外包场，你想做哪一个？”林若蓝一脸迷惑。“大陆包场就是大陆女老板晚上没事几个一群去那里，如果被看上，小费动不动就好几千，够你花的……”看着肥皮男嘴皮说道不停，吹着餐厅里清凉的空调风，林若蓝听得神乎其神。“你刚来深圳，就先做大陆包场，容易点，香港和海外的就比较挑。”

“我什么时候可以上班？”

“酒店不是一般的地方，要求很高，你先找个地方，比如旅店，冲个凉换身漂亮的衣服，再打电话给我。”说着肥皮男和彪形内保就走了，一前一后消失在夜色中。

林若蓝决定赌一把。他在书里看过，很多人一辈子就是抓住一次机会功成名就的。从旅店冲凉出来，林若蓝一身清爽，陌生深圳的夜亲切而新鲜，街道上充满着流光溢彩的美。林若蓝打通了肥皮男的电话，肥皮男说：“你在国贸宾馆等我。”

这就开始了？林若蓝紧张激动地心跳，但不识路：“怎么走，坐几路车？”

“打车，十块。到了等我。”

林若蓝拦了一辆车，车子在飞驰的光影里左穿右行，很精彩，但什么也看不清。林若蓝走进国贸宾馆。

宾馆的大堂不大，灯光幽暗，既不现代又没气势，跟想象的画面完全对不上号。墙壁挂着一幅“小平站在国贸宾馆楼顶远眺”的老式黑白照，紧挨着黑白照是一组桑拿洗浴图，零星有几位客人从外面走来，进电梯。正看着，林若蓝电话响了，是肥皮男。

“我到了，你怎么还没来？”

“我现在很忙，抽不开身，暂时过不来，你现在去东门，到太阳广场，有人会带你去酒店。你跟着去就好了。”

“不是这里，干吗不直接带我到酒店？”林若蓝很生气，因为又要打车找地方。林若蓝路感不好。

太阳广场有好几个门，每个门都是涌进涌出的人潮，林若蓝看着出来的人大包小包，都不知道站哪里等好。联系上了，正是彪形内保。

“你跟我走！”内保的声音厚实有劲。

“去哪里？”

“马上就到了。”

说完内保就不说话了。

林若蓝搭讪：“你是哪里的？”

内保不答。

“你来深圳多久了？”

内保不应。无论林若蓝怎么搭讪内保都不搭腔。穿过几个路口。

“还要多久？”林若蓝走累了，“我们打车去吧。”

“快了，再走走就到。”

穿过几条街，走到一个没有广场灯光的广场，广场三面是店铺。

“我走不动了。”林若蓝口干舌燥腿脚发酸。

“就那里，”内保指着一家穿堂发廊后面一个黑洞洞的入口，“走进去就是了。”

“那里是哪里，不是说酒店吗？”林若蓝感觉不对劲，但是无法确认。

“里面是宿舍。”

里面什么地方？比我在关外住的地方都黑。林若蓝心里想，但没敢说。林若蓝不想没头没脑没休没止地走下去，但仍残留一点点希望。

“我们先歇一歇，再进去。”内保挑个石阶坐了下来，“帮我买包烟，那边有个店。钱你先垫着。”

林若蓝把烟买回来了：“给。还要我做什么？”

“把你的钱全部拿出来。”内保声音不大但自然。

“烟，十五。”林若蓝还没领会到什么，以为内保是要看香烟多少钱，遂把刚才商店找零给出的几十块钱递了过去。

内保一把将钱抓起：“就这些？还有没有？”

“没有了。”林若蓝明白哪里不对劲了，抓紧了背包带，想着包里的鹿城工资卡，察看内保下一步动作。

“看什么看？”内保一巴掌打过来。林若蓝往后躲闪不及，额头被内保几根手指重重地打中了，打得麻。林若蓝用手摸摸头，再看看手上有没有血。好像没有被内保指甲划伤，夜色中看不真切，但没嗅到血味。林若蓝从小就怕血。

“一晚上就这些？他妈的！”内保起身在不远处站住了，和谁在通电话——是肥皮男。通完电话，冲着林若蓝就说：“听着，以后不准进关内！”

林若蓝无辜地看着内保，不知道哪里得罪他了。

“我还会进关内，我要找工作，大不了我不来你们这里。”林若蓝觉得很晦气，憧憬了一天，辛苦了一路就这结果。

“你下次跟老子小心一点，再碰到就揍扁你！”彪形内保边骂边走远了，走过通光的发廊，走进发廊后面黑漆漆的黑洞，不见了。林若蓝还在摸着头，看有没有流血。额头麻。

想回关外，问了好几个路人看了好几个站台都没车。夜很深了，能去哪里呢？去旅店睡吗？不行。每次住，深更半夜总有人敲房：“老板，要小姐吗？很干净的，什么都可以做，任你玩，包你满意。”门外娇滴滴的声音让人一听就感觉是一条蛇倚在门上扭，和门劲意淫。林若蓝是想身边有一个人，但又深怕染上一辈子洗不净的病。

林若蓝沿着叫不出名的大道漫无目的地走着，像根被耗干了水分的甘蔗走在茫茫灯火的河流中，街上行人越来越少，得找个地方呀。哪里呢？一家叫“新一佳”的超市正在关门，门前有几张椅，几条桌，空空的没人。林若蓝像找到依靠一样找了一张椅子坐下，包放腿上，趴在桌上就睡下了。太累了！中间值班保安过问了一次，后来坐在保安岗就没再问了。

等天边破晓人醒来，林若蓝才意识到他一张脸和桌子早黏到一块儿去了。林若蓝如扯胶布般小心使力地扯着，扯得声音刺啦啦直响。等扯开，林若蓝摸摸脸，再看看桌，两头都是湿乎乎的汗液。林若蓝上上下下整理整理衣服，再检查包，没少东西。黑夜走后是黎明来临的欣慰。

“谢谢你哦！”

值班保安没反应过来，不知所以然地看着林若蓝。

“昨晚，你去哪里了？我们还以为你……”说话的是萧老师。她租了一套两室两厅作为她小天使文化培训中心的基地。林若蓝第一天到深圳，通过宝安区人才市场前台一位叫关萍的重庆美女，找到小天使住了下来。才三天，中心还没学生。

“没事，去深圳人才市场了，晚了，没赶上末班车就在关内过了一夜。”林若蓝说了一半，没说一半，太丢人了，没脸提。人还没完全从求职惊旅中缓过神来，林若蓝拿起席子，在客厅铺好，想着好好补一觉先，就躺下了。萧老师看林若蓝没事就回屋了。她住里面一单间。屋里还有一位年轻妈妈，爱念叨她老家一岁的宝宝，另有一男，说话都打结，但喜纵论市场谈时事。

休整过来，林若蓝越想越不甘心，考虑要弥补损失。日常开销也是一个负担。

“你要去哪里？”萧说，“你要出去，把包放在这里吧，大热天背个包多辛苦！”

“习惯了，没事的。”

其实林若蓝并不习惯出街背个包，可能是没私人的单间吧，因此背包总上着一把锁。但林若蓝坚持着，虽然包里只是几件生活衣物，但没谁能保证谁不会动谁的私用品。苦逼的林若蓝此时还不懂用公文包。

从深圳市人才市场出来，人才市场没学校职位，教育公司有一两家，大集团如Foxconn、Huawei等摊位招聘职位多，就是没单位要临时工。林若蓝空落落地沿着宝安北路往回走，不再对五六千块的酒店高薪广告心动了，可还是不由自主会把目光向街头招工广告投去：行政助理，可以兼职，香港工厂，住宿全包。林若蓝心里一潭死水又被盘活了：这就是为自己量身定做的岗位啊！“行政”，我做过；“香港”，没去过的都想感受；“全包”，多会替外地人着想。

走几十米，向右转过一道拐角，走过一座天桥，有一家银行。就在上面，深圳大厦2012房，里外两间，房间清凉。

前台一位身材姣好的女孩一脸正经地询问了林若蓝的情况。填表，交入职费。

“这是什么费用？”林若蓝吃一堑长一智。

“进厂我们要给你办工卡买工服，吃饭住宿公司每月补一半，你们再贴一半。正好一百五。”女孩说话很溜，所说和鹿城相似：吃住学校和老师分摊。

“能不能少一点？我刚来深圳身上没带多少钱。”

“交钱马上签合同，下个月发工资钱就回来了。”

“如果我手头松，我早就给你了。你看往下个月工资里扣行不行？”

“经理，他说他没钱，先给一半。”

窗边倚着一位四十来岁的男人点了点头，脸色随和。

“这张是合同。这里你填，余下的我们填。”

像一回事，挺正规的。林若蓝看完合同，签字，前台女孩盖章，递给林若蓝一份。

“这里是招聘点，工厂在龙岗，到马路对面坐223直达终点站，有人会接你。这是公司联系卡。”整个程序像流水线一气呵成。

223，和其他巴士一样宽敞明亮凉爽，林若蓝心里又燃起了一点点希望的火光。坐了两个小时，终点站到了。下车，所谓终点站就是一个露天停车场，脏，满地都是果皮纸屑之类的垃圾，几家店铺杂乱地立着，几辆大巴歪歪斜斜地停着。再往前走几米，有几簇杂草，看不到几间房子，没有丝毫现代之象，只有一种农村荒山的荒凉。一阵风吹来，林若蓝心的火光噗地一下子被吹灭了。回程！

“经理，他回来了，就是刚才交一半钱的。”

“不好意思，我突然想起我还有事，不能做了，你看能不能把钱退给我？”

“钱不能退，我们签了合同的。”

“可是我没入职没上班，你们没给我发工资，钱为什么不能退？根据合同法我可以告你们的。”林若蓝义正辞严要求退钱。

“合同是吧，拿合同给我看一看。”男人站在窗边神色随和。

“给。”

才说“给”，就在林若蓝“给”的一刹那，一双大手鹰爪一般地抓过来，抓起林若蓝递出的合同，嚓嚓嚓地就是一通乱撕。合同撕得粉碎，碎片在空中纷飞，落在地上，一地鸡毛。林若蓝目瞪口呆。

“合同呢，还有吗？去告啊！”男人双手一摆，眼神透着一股杀气腾腾的凶光。

“我就是想要回我的钱，你们做什么我不管，一拿到钱我马上就走。”林若蓝心里很害怕，但还是说出了心里的想法。

男人睨了林若蓝一眼，背过脸去，一个歪嘴歪脖的人从里屋走出来了。就是满大街贴广告的人！林若蓝在人才市场沿线见过，但起初并没多注意。

“要钱是吧，”歪脖子话音未落，右手腾地提起，掐住林若蓝脖子，像一柄铁叉叉鱼一样把林若蓝叉得从外屋一路趔趔趄趄退撞到里屋墙壁，“还要钱吗，说啊，怎么不说话？”

林若蓝惊骇地看着歪脖子：一个头歪搭在左肩上，脖子硬直直地喘着恶气。林若蓝惊讶于他凶悍的力道了。男人进来了，恢复了随和模样。歪脖子吁着粗气歪歪咧咧地且骂且往后退。

“你是哪里的？”

“江南。”

“来深圳多久了？”

“四天。”

“做什么的？”

“老师。”

“干吗来这里？”

“暑假赚点零钱。”林若蓝心里怦怦跳，口里喘着气，眼睛惊恐地看着男人，不知道对方想干什么。

“年轻人，我佩服你，有点胆气。”

“我只想要回我的钱。”林若蓝不知道哪来的倔劲又把想说的说了一遍。

“可以，今天我给你一半。如果是别人，我一分都不给，马上滚蛋！”男人看了下歪脖子，歪脖子撇嘴瞥着林若蓝，数出几张钱交到男人手里。

“三十五，”男人把钱在手里抖了抖，林若蓝伸出手就要接。“我刚到深圳的时候跟你一样，什么都不懂。我来深圳十年了，很多事情我比你清楚。记住，小市场小骗子，大市场大骗子。什么是特区，”男人停了停，声音在平静的空气中突然爆起，“特区就是特别黑的地方！”

“你说的话可能是对的，但是我相信特区可能只是比较黑，而不是特别黑，”不知特区具体为何物的林若蓝不自觉地把做学生时政治课的一套搬出来了，“主流还是好的。”

“你刚来，很多事情你不了解，慢慢你会知道的。你想做老师，我上次看到旁边有所学校要人，你可以过去看一看，一千五，深圳工资就这水平，你能拿到的就这些。”

“我在鹿城就差不多两千五了，而且包吃包住，我不会让自己低于这个待遇的。”

“这里是深圳！”又是一股声音激流平地起，振聋发聩，好像是想唤醒谁。

林若蓝惊惑地看着男人，男人平静地看着林若蓝。很多年来林若蓝都没有参透男人的话，直到有一天过尽江湖难为水，除却时光不是城，看着一个个鲜活的生命在十连跳和过劳死中随风而逝，林若蓝回想来路又想起了该男人。

这里是深圳。林若蓝对这句话最初的反应就是：蛰伏不出，养一养受惊吓的心先。刚几天，就被搞怕了，林若蓝才计划着进学校的事。

一个燥热无风的夜，林若蓝的电话响了。

“是林若蓝先生吗？”

一个清脆的女声传来，如清泉沁沙漠，似甘霖润旱土。林若蓝病恹恹多日的心忽地被提振起来了：“对，我就是。”

“我们是天地人（美国）文化教育集团深圳有限公司，我们看过您应聘我们教育师的资料，非常符合我们的要求。现在我们正式通知您穿好白衬衫，系好领带，带好笔和笔记本，明天上午10点之前到我们公司——天地大厦顶层面试。过时不候。”

声音清亮，声线诱人。林若蓝有一种再去试一试的冲动，但面试的前提条件太多了。

“有兴趣吗？”女声静候林若蓝回音。

“可以。”林若蓝决定先答应，如果面试前能做好准备就去。

“祝您成功！”

成功？多么有吸引力的字眼。林若蓝犹疑的心一下被击中了，浮想联翩仿佛看到了自己化蛹成蝶变成时代骄子的样子。林若蓝决心竭尽全力去，如果争取去还去不了再放弃，也不后悔。

翌日一早，林若蓝就走进了楼下的商场。不知道是他太有情，还是命运偏有意，林若蓝在预设的时间点前竟然准备好了所有的职业装备。去！林若蓝提着新买的公文包半憧憬半畏惧地踏上了通往天地人的征程。天地大厦位于有深圳第一大道之誉的深南大道。

这是怎样的一座大厦啊！林若蓝从来没有如此近距离地亲近过一座全身洋溢着海洋因子的建筑。蓝色玻璃幕墙在阳光下熠熠闪耀，如T形台上的名模媚惑四射。每隔五层一个的空中花廊，五颜六色的花摇曳生姿。再抬首，楼顶横着五个硕大的广告字：看谁能问顶！

林若蓝热血沸腾，沸腾得全身充溢着想征服深圳，向全世界证明自己的热望深欲。

顶层都是天地人。个个气宇轩昂风光满面职业装。面试不是问答，是培训，以培训考查代替面试。林若蓝坐在天地人大厅上百人的培训人群中，听着一位个子不高的丰满女人在说着什么，有一些懂，有一些不懂。懂了教育师是销售英语教材和光碟的，教材好几大本，光碟则多到三个人在讲台上，一人轻拿一人轻托一人轻拉还没从箱子里展示全，可林若蓝不懂女人为什么说："我们卖的不是教材光碟，是高端教育；我们卖的不是高端教育，我们卖的是人，是自己！"

内容深奥，充满着否定之否定之玄妙。林若蓝首触销售，第一个小时长了不少见识。第二个小时是一位型男主讲。林若蓝有一些不懂，有一些懂。林若蓝懵懵懂懂记住了销售要有前戏要有后戏要达成关键性高潮，记住了型男说的："什么是销售？销售就是：与天奋斗，其乐无穷；与地奋斗，其乐无穷；与人奋斗，其乐无穷！天地人，深圳天地人，世界的天地人！"

高声分贝震耳膜，万丈豪情欲与天地争高低。林若蓝被深深打动了，仿佛看到自己屹立于天地之间、站在城市中央神情自得，同样豪迈。

下午是职业礼仪培训，现场演示多，有互动。整一下午林若蓝都陶醉在礼仪美女的美丽礼仪中，享受欣赏她的窈窕风姿与魔鬼身材。

"林若蓝先生，恭喜您！现在我们正式通知您，经过严格培训和考核，您已经被我们正式录取，请您明天8点准时到公司。"还是先前的清亮女声。

去吧，还要怕什么吗？教书再好也挖不到第一桶金。

林若蓝到达天地大厦楼下，一阵口号声似远还近地不知从哪飘来。上楼知是天地人早晨在操练：三个教室大的大厅被分成三块场地，每块场地有几个小组。有女孩华蕊带林若蓝加入其中一组，并递给他一张纸，上面密密麻麻的都是成功励志歌与自我激励语等晨间操练内容。

“天地人，天地人，我们是深圳天地人，我们是中国天地人，我们是世界天地人，我们属于天地，财富属于我们；我们属于世界，成功属于天地人。”突然在同一分同一秒，全场几百号人震天响地喊起了同一段励志语，阵势排山倒海雷霆万钧气贯长虹。念毕，全员自动取折叠椅分三列坐定，三大团队主任由低到高依序在台前排好。门侧，华蕊和天地人一女同事作为女迎宾左右分立，一位面如春，清润似水，宛如凉水美人；一位笑如夏，热辣似火，犹如活力宝贝。所有人都屏息凝望着紧闭的大门。门被两位佳人打开了，一位男子满脸春风健步走进来。

丰满女人弯腰向男子行鞠躬礼：“经理好！”

型男右手平放心口向男子行绅士礼：“经理好！”

礼仪美女双手自然交叉垂放胸前，欠身有度向男子行微笑礼：“经理好！”

“大家好！”经理直面台下，声如洪钟罩全场。

“好！很好！非常好！”全场个个自动自发整齐划一端坐座椅三分之一处。一呼群应，林若蓝跟着做。

“天神！”

“天神天神，唯我独尊！”第一列齐刷刷起身，个个精神抖擞，恰像天兵天将与众神。

“地龙！”

“地龙一出，谁与争锋！”前浪未落，后浪雄起，第二列一个更比一个雄赳赳，恰如下山猛虎玉蛟龙。

“人精！”

“天地常青，人精永存！”第三列人人精神饱满气昂昂，声音响彻天际，恰似誓与世界只比肩，誓让世人羡人精。

经理黄仁锋手按花团锦簇的演讲台，笑呵呵地看着大家，进行每日晨会例行训导。林若蓝就在人精团队，团队主任是礼仪美女梁文玲，副主任是清亮女声马一婕，带林若蓝第一次作业的是小组干部华蕊，典型的日本企业建制。华蕊一番提醒，林若蓝一番准备，便跟随华蕊踏上了营销初旅。

“待会儿我们怎么跟家长说产品？”

“到时你就知道了。”华迎宾说话一点都不热情。

景田路晴风和煦，街心花园花香迷人，高档楼盘四周耸立。

“这里很漂亮耶！如果我们每天都能看这么好的风景多好啊！”

华蕊只说正经的：“你看，前面有个家长。”

街心花园有座长廊型凉亭，凉亭下有一排排条形座椅，一位男家长正带着孩子坐在椅子上休息。华蕊没跟林若蓝多知会一声就走过去了，向家长示敬。家长回礼，静听华蕊讲完，再微笑示意，起身带孩子走了，孩子恋恋不舍，边走边回望华蕊手上的教材彩图。

“我们的作业就是这样的。经常会有孩子喜欢家长拒绝的事，拒绝不要紧，再找下一个。那边有一个吃便餐的，你过去试一试吧。”

“我紧张，”林若蓝笑看华蕊，“晚一点吧。”

“现在就去！”说着，华蕊一把把林若蓝推了出去。

林若蓝三步两回头，期望华蕊能看在他第一次作业的份上改变主意，可华蕊只用眼神命令：往前走，不准向后看！林若蓝一步步挪到家长面前，怀着一颗觉得打扰了别人的心，一脸欠了人家似的打开了作业资料：“先生，不好意思，我是深圳天地人教育……”

“天地人？去去去！”说完，家长就只管给小孩喂饭。

“这个我不要，我要这个。”小男孩扭过脸，指着林若蓝手头的宣传彩页。家长忙给孩子夹菜。

林若蓝不知如何是好，木讷地站在原地。华蕊走上前拉了拉他的衣角，把他从凝住的气氛中拉了出来。

“已经不错了，就是这样的。多做几次就习惯了，会越来越好的。”

“都中午了，我们先吃饭吧。”林若蓝想调释调释被人拒绝的难堪，“我请你吃前面的肯德基。”

“肯德基很贵的，不要啦。”凉水涟漪荡柔情。

“不要紧的，正好我口袋里有钱，走啦！”景田路往前走几分钟就是肯德基了，林若蓝带华蕊在肯德基一个靠窗的位坐下，“还是这里凉快。你看你喜欢吃什么？”

“这里东西很贵的。随便点一点吧。”

“真的不要紧的，在外面吃饭是常事，我们点个套餐吧。”

“就点两个汉堡吧。随便吃点。”

“不行不行，那怎么吃得饱？”

“不行我就走了。”华蕊说着就要起身。

“好好好，我依你。”林若蓝依了她，但另点了两杯可乐。

“怎么点这么多，我说不要的。”

“这是我请你的。”

两人边吃边聊。

“你为什么来深圳？”

“赚钱嘛！”

“鹿城不是挺好吗？”

“我听人说深圳更好。”

“你为什么不做老师，要做销售？”

“老师就是几块死工资，我就想试试。”

“你会成功的！”这是一位比林若蓝早到深圳，但比林若蓝小几岁的女孩说的话。

“那边有个带小孩的家长，你过去试一试。”华蕊说的家长就在林若蓝身后几米远的位置，与窗隔着几张空台。

“人家在吃东西呢，不太好吧。”

“去啦，这是一个机会，等下家长走了就没了。”

“等一等吧。”林若蓝坐在椅子上没动，心里就打鼓，怕被拒绝，怕女家长和凉亭的男家长一样。

“现在就去！”华蕊把她的作业资料交到林若蓝手里，“快，去呀！”

女孩总是说什么就是什么，声音轻且急，眼角眉梢都似催。林若蓝心有不忍看她一眼，拿起资料，女孩没有阻拦他的意思；林若蓝站起来，女孩没有请他坐下来吃肯德基的意思；林若蓝微转身，女孩没有挽留他的意思。林若蓝一腔无奈，低着脑袋，硬着头皮，移步到女家长右手边靠窗的一张台坐好。隔窗不远就是一览无余的凉亭。林若蓝酝酿情绪，面朝女家长：“小朋友很漂亮！”

林若蓝满脸堆笑地看着家长。家长打量了下林若蓝，转过脸继续喂女儿吃东西。这场景可怎么应付？林若蓝收笑背起了公司给他的现场销售话术。

“小姐，您好，我是深圳天地人教育师，我们有一套英语教材是专门为孩子设计的，这个礼拜我们有一场高端教育分享会，你看能不能过去看一看？”

林若蓝静等家长回话，心紧跳不已。如果家长一口回绝，在窗明台净的餐店，当着店里众多客人的面，多没面子。女家长稍作侧身，漫不经心地问：“什么时候？”

问后继续用餐。家长说话显然没有用餐专心。林若蓝搞不清家长是随便问问还是真有赴会之意，顺着话术接着往下背：“这个礼拜六。你看是上午还是下午有空，我们帮你安排位子。”

女家长停了停，林若蓝为女家长做决定：“我帮你安排在周六上午吧，凉快些。”

“下午吧。”

女家长没拒绝！林若蓝兴奋得想手舞足蹈，双手慌乱地从资料夹里翻出家长信息登记表，拿好笔，准备笔录：“你看能不能留个资料？”

女家长不说话，接过笔和登记表，唰唰几下自行写完，交还给了林若蓝。林若蓝内心欢悦得连声说谢，慌填好客户入场卡的客户尊谓，勾好客户入场的场次，可女人接过林若蓝递过的入场卡，只顾跟孩子专注地吃东西，没有再看林若蓝。

单为约到第一位客户，华蕊表扬了林若蓝，同事纷纷恭喜他，可当林若蓝周五下午电话打过去，女人冷冷淡淡，态度模糊不定。周六上午，女人没来；周六下午，女人没来。周六晚，会散了，大家收拾东西撤场。夜色寥落。

“林若蓝！”马一婕风风火火走过来，“你的客户来了，可分享会一结束拎着孩子就走了，溜得非常快，追都追不上。追单！”

马一婕一口气说完，把跟单表往林若蓝手里一塞，定定地看着他。林若蓝却一脸茫然：“怎么追？”

“跟家长打电话！”在天地人只要有人愿问，马一婕就愿不厌其烦地答。

周一。黄仁锋兴致高昂：“你们为什么来深圳？”

大家争先恐后地答。

马一婕：“成功！”

“想成功的举手！”

全场把手举起来了。

华蕊：“赚钱！”

“是赚钱的举手！”

有人把脖子都伸长了。

轮到林若蓝说了，林若蓝想赚钱，想成功，想有所作为，但不想重复别人说过的，他脱口而出就是一句教科书上的话：“实现人生的价值！”

没人举手。黄仁锋看着林若蓝笑了：“有钱，你的人生就有价值；没钱，你的人生就没有价值。”黄仁锋面向全场，“记住，你们来深圳只有一件事情：赚钱。因为别人看你成功只有一个标准：钱。人生因为有钱而精彩！”

黄仁锋由此拉开了“美丽人生”的主旨演说，诠释他对美丽人生的三定义：钱、男人、女人。

演讲完毕，黄仁锋手撑演讲台，笑呵呵地看着大家："人生如此多娇，引无数英雄竞折腰。你们想不想要精彩的人生？"

众口一声答："想——"

"男人！"

"到——"一勇敢未婚男拽着一秀气腼腆男站起。

"想不想要多娇的女人？"

"想——"勇敢男扯着脖子喊，其余众男跟着卖力叫，叫后喊后大家会心笑，还留一些青春的羞涩。

"女人！"

"到！"有一胆大已婚女怂恿一未婚女伴一块站起，女伴拨浪鼓似的摇头带摆手。马一婕站在前头声音最响，喊后脸上泛红晕。

"想不想要英雄的男人？"

男生大笑，不约而同看着周围的女生，女生纷纷羞且笑。黄仁锋一副弥勒像站在台上，满脸溢光彩。

"人生多美丽，英雄要有钱。"黄仁锋深情抒怀，抒怀至此话陡转，"你们都是英雄！"黄仁锋双目圆睁，叫："英雄！"

"到——"全场默契齐应。

"想不想要钱？"

"想——"还没见钱像已见，个个眼睛开。

"爱不爱钱？"

"爱——"

"爱女人还是更爱钱？"

“更爱钱！”林若蓝混在人群里小声和。

“更爱女人！”声音大者大有人在。

“两样都爱！”

声音稀里哗啦，各说各。黄仁锋站在台上呵呵笑：“真想还是假想？”

“真想——”

“真想的请举手！”

几百双手争着举起来，有一个站起来举，有几个踮起脚举，有一些抢着站到椅子上举。

黄仁锋双手往空中轻轻一按，全场立即坐回椅子三分之一处。

“真想的自己上来，喊‘我想要钱’一百遍！”

大家你看着我，我看着你，此时不见勇敢胆大男女起。

“我来！”一男举手从大厅右侧走到前，正是地龙主任。

“请！”黄仁锋站在半人高的演讲台前注视着主任型男。

型男张口就来，一刻不停：“我想要钱我想要钱……”

“停！说‘我会有钱！’”

型男已是喊得脸红脖子青筋突，只在一呼一吸换气间继续：“我会有钱我会有钱我会有钱……”

“好，主任就是主任！主任会有钱的，很多钱！”黄仁锋说罢，型男依旧昂然挺胸回侧站。全场都投去目光表示敬佩。

“你心里想着钱，钱就会想着你！想有钱就有钱，想有女人就有女人。人生如此多娇！哈哈哈——”黄仁锋仰天三声大笑，笑声在天地回响。

林若蓝在震惊与耳濡目染中嬗变。

“陈小姐，你好！我是天地人林若蓝。前几天我们通过电话，你还记得吗？”

“哦，”似乎忆起来了，“记得。”

“我刚来深圳，你是我的第一位客户。”林若蓝满心说给电话里的人听，电话里的人却“哈哈哈”大笑了起来。我说的是事实，笑什么呢，总不可能凉亭的男家长是我的第一个客户吧。

电话里的人笑完了，问：“你来深圳多久了？”

“刚好一个月。”

“哦，觉得深圳怎么样？”

“挺不错的，很漂亮！”林若蓝想自己已经喜欢上深圳了。

“哦，喜欢就好好做。”

林若蓝按照话术指引切入正题：“听说你来过我们的分享会，孩子参加了我们的现场英语活动，不知道感觉怎么样？”

“呵呵，还可以，但女儿不喜欢。”笑得冷冷的，声音有一种心在别处的慵懒，林若蓝听着心里怪凉的，不知道怎么接了，话术里面没这些。对方说了：“你先去找别人吧，我再考虑考虑。”话音一落，电话即挂了。林若蓝的心是凉到底了。

萧老师七月接了一单，高兴得把家长的三百块钱学费数来又数去，可钱太少了，一次数不到一秒就完了。她在畅谈中畅想着接更多的学生，期待数更长时间更多的钱。林若蓝入职一个月业绩为“0”——挂蛋。钱没赚到，汗流了一地，花销还不少，公司底薪又低，低到几乎可忽略不计。林若蓝想回学校了。陆续有人离职了，团队补充了一批新人，有一新来女孩，不是百花仙子却似百花仙子般的轻盈娴静，不染风尘，与世不同，让人有一种圣洁的心动。没人知道她为什么降临天地人，她和谁会有怎样的联系。林若蓝跟华蕊流露出了要走的想法。华蕊告诉了马一婕，马一婕告诉林若蓝："最坏的时候可能就是最好的时候。"

华蕊、周围的人都劝林若蓝留下来再试一试。清风牵涟漪，林若蓝珍惜被人在乎之感。八月下旬接到一所公立学校的面试电话，时间的岔口，林若蓝选择了：没去。

萧老师八月一单都没有，她同时在留意她的下一个时间的入口。萧把她的意思说给了林若蓝听。林若蓝在找到新的落脚点后按照萧提出的要求结房租。拿到钱是萧最开心的时候，她笑了，脸上洋溢着手难自禁微搓钞票的快感。在回去拿箱子的那一天，萧以一种解脱的姿态告诉林若蓝，小天使她不做了，过几天就回学校教书，图个安稳。而为了赚更多钱，舍家别子的年轻妈妈应聘上了一所著名的私校。纵论时事男去向则未定。

林若蓝喜欢顶尖名模气质的天地大厦，喜欢不夜城五光十色的美。林若蓝求个近水楼台看繁华，把新住处安在公司对面，委身于岗村一栋握手楼上的一室一厅里，将就着岗村里尘土混杂的气味。还好白天多了一道风景：看新来女孩吉优雅销售，销售优雅。和吉在一起作业，亦如午后清风自由：一起分享拜访客户的趣味，一起共话街物风景，一起做单彼此鼓励。跟马一婕在一块儿就正规正矩了，老没趣，无论在公司或是作业点，尽跟人讲些严肃的东西：一会儿问你客户拜访量啦，一会儿催你销售不要偷懒，一会儿说你沟通要微笑啦，一会儿劝你不要单独作战，一会儿干脆跟你讲起做人与做事、销售与成功的四角关系……

林若蓝已经熟谙销售话术了，能独立用既定的方式完成既定的作业流程了。一日下午，林若蓝随团队去罗湖某校门口作业。学校门口有一位五十来岁成功人士模样的男子在等孩子放学，林若蓝走上前："先生，你好！我是天地人教育师。"

成功男指着不远处一辆车牌标有红色"使"字的小车，微笑说："你去找她。"

林若蓝走到车窗前："小姐，刚才旁边那位先生让我来找你聊一聊我们的产品。"

车门开了，是一位与成功男年龄悬殊的漂亮女郎，坐在主驾位，打扮入时而不俗，清丽妩媚。林若蓝出神地欣赏着。女郎轻声说："坐。"

"小姐，你好，我是……"

"你用英语做个自我介绍吧。"

天啊，我英语好久没用了。林若蓝却口是心非地应了一个"OK"。

"I'm Francis，I'm from Jiangnan……"林若蓝几乎每一句都以"I"开头，边说边回忆当年学英语时在英语角是怎样和英语partner做"Introduce myself"的。说完了，林若蓝坐在副驾位很没光彩地看着近在咫尺的女郎，等着女郎把他打发出去。

女郎说话实在："我不懂英语，读书不多，但听得出来你英语也不好。"

林若蓝笑说"是"。

"我可以留个电话，到时去看看。"女郎说话短快，如她一身打扮一样明了，不多什么，不少什么，恰到好处。

林若蓝忙说谢，掩饰不住地欣喜。女郎没有食言，和她先生周六上午9点准时到达人精团队设在戴娜斯蒂大酒店的分享会现场，与所有来客不一样的是，他们自主在会场第一排中间两个位子坐下了。这在很长一段日子里都影响着林若蓝走到任一自由的场都坦然坐第一排，获取第一排的正能量。客户都就位了。随着会议室的门轻轻合拢，会开始了。门外攻单手早已准备就绪，门内林若蓝等四位教育师两边侍立。台上梁文玲以教育专家之名演讲，娓娓动听，委婉动人，颇有现场感染力。演讲毕，现场英语活动。会散，马一婕、华蕊、勇敢男、胆大女等攻单手入场分头引导游说客户到梁文玲处下单。林若蓝楼上楼下送货忙，就是不见女郎的身影。家长陆陆续续走了，还不见女郎和她先生出来，林若蓝心情低落了。才低落，又惊喜。女郎和她先生下来了。吉站在家长后面，对着林若蓝微笑扬指，示“OK”。成交了！

中场休息，林若蓝、吉坐在第一排的位子上说笑。梁文玲站在台上偶尔看过来，什么都不说，纯静地笑。团队出货量不少。只要业绩不错，梁文玲心情就会月亮般优美地写在脸上。

“这个是什么？”林若蓝指着吉右腕上的两串珠子，一串水晶银，一串琉璃光。吉不答言自顾笑。“给我看看。”说着，林若蓝就往吉手上扒拉。

“别这样，主任看见骂的。”吉一边笑，一边已把右手放到左侧。

“就看一下，待会儿还你。”林若蓝抓住吉的手腕，看着她没再躲，乘势成功扒下了一珠琉璃串，“很漂亮！叫什么名字？我戴几天玩玩，改天还你。”

“一定要还的！”吉且笑且低眉。

“没问题！”林若蓝信誓旦旦，笑。

罗湖有座景峰，景峰山脚有一座华庭，12栋，各以一年12月的代表花命名。男家长姓方，年轻时学俄语出身，但头疼孩子英语不好。第一次做售后服务是马一婕带去的，事情都是她搞定。第二次售后是女家长有疑问，林若蓝一个人去。皮鞋踏着光洁的楼道脆声响，林若蓝紧张得心直跳。屋门开了，一阵清香扑面袭来，女郎头裹白巾，一身轻素短打扮，宛若清露百合正上妆，恰如夏花之绚烂。世间竟有女子如此绝色，林若蓝无限惊叹。女郎将客人引进门，方先生在陪女儿看英语光碟，看到林若蓝进来，起身打开冰箱，递过一瓶椰汁，举止大方：“外面很热吧，辛苦你了，这么晚还让你跑一趟。”

“没什么，这是我们应该做的。”相比方先生风度，林若蓝则拘板了。家长的问题是光碟太多，顺序被调皮的女儿搞得乱七八糟理不清了。林若蓝在女孩的小房间教女家长一张一张理光碟，女孩坐在学习桌旁玩天地人英语电子教材的电脑拼词游戏，外面方先生在接电话。

“我不是老板……不是我不帮，是我做不了主……这个事要问最上面的胡总老板。”说完哈哈大笑，声音豪放。林若蓝听在耳里，能想见方先生在单位的地位。

林若蓝从女孩房间走出来，方先生留坐。天色太晚，林若蓝告辞，走在景峰华庭的林荫幽径里，想着何时能拥有方先生的气度。

这是林若蓝的人生第一单，按照马一婕经营客户的教导，林若蓝不时会电话回访。有一年电访，突然得到女郎回答：“我们已经离婚了，孩子判给了他。”

此为林若蓝得到的关于女郎的最后一次消息。似情理不通又情理之中。彼时的女郎在老家——一座西部古城刚刚参加完少时朋友的重逢，她很不舍，即时就要动身飞往她不想回去但必须回去的深城。古城弥漫着一种人世无法抗拒的伤感与轮转。

而根据安排，林若蓝要随人精转战宝安边上的岗镇了。岗镇过去就是与深圳齐名的巴城。

“岗镇还有肯德基耶！”这是林若蓝到达岗镇的第一印象。林若蓝对乔惠的第一印象就是远处轻骑车上的一个影，起初看不仔细，但像个做妈妈的。林若蓝站在马路边大手一挥，轻骑竟然停了。前面真是位妈妈，后面是个阿姨抱着一个小男孩。林若蓝乐不可支，忙凑上前拿出资料跟轻骑妈妈介绍产品。轻骑妈妈很爽快，留好姓名电话，一骑绝轻尘。

轻骑妈妈和她先生一起与会，但就她一人走近了会议酒店，先生远远地站着。

“让你先生一起过来吧。”

“他国语不好，不要紧的，我们上去吧。”

上午分享会结束了，要下单时，轻骑妈妈却一点轻骑的风影都找不到了。轻骑妈妈不敢当场做决定，坚持说要回去跟先生沟通沟通。说是回去沟通，回去就没下文了，这是很多家长惯用的托辞。林若蓝认定此单是黄了，一心准备下一场分享会。不想轻骑妈妈下午来电语调欢快，让林若蓝送货到家，货到付款。林若蓝比家长更欢快。马一婕同样高兴，带着林若蓝，带着货，坐着风驰电掣的电动三轮车，一路唠叨着她的售后服务经，直到松恩路99号乔惠家。乔惠的家很大，客厅沙发的对面供着一尊关羽像——典型的粤式人家。

林若蓝九月业绩不错，华蕊、吉、周围的人都祝贺林若蓝。林若蓝心里美滋滋的，憧憬着更美的“钱景”。

“钱景”未来，中秋节先来。中秋节尚停留在上午，黄仁锋突然发布了一条重磅消息：晚上有重要客人来访。勇敢男、胆大女问是谁，黄仁锋故作笑而不宣。整个白天大家都在揣测是什么人物，有人风传可能是天地人北京总部或华南区来人。大家在想象中等待，在等待中想象。

晚上，天地人张灯结彩，庆贺一年一度的中秋佳节，更为迎候上面来人。

7点半，黄仁锋站在台上：“你们知道谁来看大家吗？”

没人回答。

“猜一猜。”黄仁锋乐不自禁地看着台下。

有人脑袋想得远：“董事长！”

黄仁锋笑而不应。

有人脑门转得快：“总经理！”

林若蓝不出声，看着一群老大不小的人猜谜语。

“猜董事长的举手！”

一群人举了。

“猜总经理的举手！”

又一群人举了。林若蓝滥竽充数随便举了一个手。

“恭喜你们，你们答对了！”黄仁锋欢喜得跟年轻了多少岁一样。

答对者欢声雷动：“总经理来看我们了！”

黄仁锋单纯无邪地跳起来。全场跳起来了！全体过顶击掌！全场舞腰弄肢！全场喝彩！全场欢呼！灯光笑容相摇曳，欢歌笑语共相庆。

黄仁锋一双大手向空中一伸，大家齐齐坐回椅子三分之一处。全场一片肃静。黄仁锋笑意渐收，表情渐凝重，未成曲调先动容，灯光温和地映在他脸上，宁静悠远。台上台下情深意浓，大家屏息静气看着黄仁锋。黄仁锋选在了华南区总经理来访的当口敞开了他的过去。

“你们知道吗，没有总经理，就不会有我黄仁锋今天。八年前我只身下广州，跟大家一样想快赚钱、赚大钱，可什么也不懂，糊里糊涂被骗光了所有钱。没钱啊，白天就蜷缩在路边草坪，靠人家倒掉的剩饭剩菜、扔掉的剩馒头过日子，晚上在垃圾堆找一条破席子当被子。那时刚过完年，广州冷，早上城管早早过来，看我还没起，朝着席子对着我就往死里踹，直叫‘滚’，当时我就像一条狗啊！第五天总经理路过，看到我可怜收留了我，我才走到今天。”

一语辛酸一低沉，一语深沉又开颜。黄仁锋从记忆深处走来又笑若弥勒似的挺立在大家面前。

“总经理是我的救命恩人，总经理人太好了！中秋节，所有人都在赏月吃月饼，总经理却来看我们，到哪里找这样好的总经理！8点一到，大家就使出这辈子最大的劲，用最热烈的掌声欢迎总经理！”恩人未到，黄仁锋每一个细胞都跳跃着无与伦比的兴奋与激动。

7点59分，天地大厦顶层悄无声息。时间在这一刻为一个人静止。

8点整，春夏两迎宾看准了时间，不差一秒、不多一秒拉开了大门。门才轻轻开了一条缝，全场掌声雷动；春夏迎宾加速拉门，门开得大了，掌声更响了，响天震地，巨浪拍岸卷起千堆雪；迎宾再拉门，门全开了，春夏两迎宾身如轻燕退于大门两侧亭亭玉立。全场起立，掌声经久不息！总经理缓而不慢，稳而有力步入大门。

“总经理好！”黄仁锋至诚至深至尊地行了一个九十度大礼。

“总经理好！”三大主任虔诚弯下了腰，齐致敬。

“总经理，您这边请！”黄仁锋行完礼，又导行。黄仁锋温文躬亲侧边引，总经理雍容恢宏向前行。

“下面有请总经理为我们中秋祝辞！”

总经理平静地看着台下，一脸节日的祥和，微点头：“大家中秋好！”声音浑厚宽宏，散发着一名成功人士的底气，充满着唯有此时成功有、别地他城无处寻的吸引力，不笑也传递着节日的暖与庄重。

“好！很好！非常好！”一声更比一声强，一句更比一句响，一浪更比一浪高。

总经理微微点头，目光如炬又似海深邃，笑意脸上似有还无，有无之间，声音沉静扬：“天有三光：日、月、星。地有三柔：水、火、风。人有三品：精、气、神。世界有三宝：天、地、人。天地人和，这是董事长当年流浪异国街头仰望天地，萌生创立天地人时的梦想。我们属于天地，天地属于世界，世界属于天地人。

“月球修炼三十天才得一次月圆，地球修炼一年才绕太阳一圈，董事长修炼二十八载让天地人走到今天。我有一个梦想，梦想有一天天地人人人功成圆满，就像今晚的月亮。

“我们是天地人的旗帜和标杆。

“旗帜不倒，标杆长存，深圳是天地的恩赐，时代对深圳充满期许。我有一个梦想，梦想有一天开车行驶在深圳第一大道，身后浩浩荡荡是深圳天地人同一款奔驰。让世界仰望天地，让天地见证天地人的传奇！

“今晚月满天地，今晚天地人和，祝愿每位天地人心想事成！”

总经理微微点点头，向全场轻挥手，全场被一个人的气场深深笼罩。

型男大步走上前，振臂高呼，全场齐呼：“天地人，天地人，我们是深圳天地人，我们是中国天地人，我们是世界天地人，我们属于天地，财富属于我们，我们属于世界，成功属于天地人……”

在一遍又一遍的口号里，在黄仁锋和三大主任的陪同下，总经理渐行渐远，天地人的口号和梦想在天际恒久回旋。

散会之后，公司给每人发了一盒月饼。林若蓝望着深南大道陷入无限沉思：什么时候我能和他一样大气恢宏与功成。

总经理在深圳转了一圈连夜就走了，去了他此行的下一站：巴城。黄仁锋强势传达总经理离深前的口谕：华南区业绩正被北京区赶超，这是第一次，人类历史第一次！要求深圳天地人必须竭诚尽力拿下深圳，镇住北京，绝对不能允许北京有第一次当第一名的机会！

黄仁锋具体部署：国庆连做三天销售专场，客户预约量必须比平时翻一番，每人必须有一套业绩，用黄金三天超越北京，续写华南奇迹！

九月底全公司都忙坏了，林若蓝忙得房租都没时间交，不管房东有没有同意，在电话里跟房东知照一声就挂了。白天忙到一身疲惫，晚上忙到披着夜色走进卧室倒床就睡，来日循环继续。国庆全城澎湃着人潮与钱潮。林若蓝十月第一天就完成了公司规定的销售任务，当时有姚姓客户正在深圳书城陪孩子购书。国庆第二天，林若蓝像松弛的弓弦，精神难振了。林若蓝累了，想念起过去一到国庆就放假的日子。晚上，盘点一天业绩，很不理想，林若蓝连客户预订的一套都被退了。大家垂头丧气地撤场，梁文玲脸色阴沉得像乌云遮月坐在沙发上。林若蓝心软给她发了一条短信："不要紧的，相信明天会好起来的！"

不料梁文玲心硬地回了一条："把货送出去！"

林若蓝后悔死了不该给梁文玲发短信。林若蓝极不想去，也不敢去硬送货。

"让他去！"梁文玲指挥马一婕和胆大女。

胆大女是一个听话女，抢先抓着林若蓝就动身。林若蓝两眼凄楚地看着梁文玲，希望她大发慈悲，念在他关心她的份上饶过他一回。梁文玲冷艳冰凉一个字："去！"

林若蓝再看一眼，梁文玲冰冷决绝三个字："拉他去！"

胆大女一点都不矜持，拉扯着林若蓝的衣袖下楼了，像拖货似的。到楼下，勇敢男拦住一辆的士，把货放进车后备箱，回梁文玲处去了。

"进去！"胆大女像塞棉絮一样把林若蓝塞进车后座，跟着，她也坐进去了。

到得家长楼下，楼下有几盏路灯，灯光昏黄，照得见小区很旧。林若蓝厚着脸皮告诉家长来意。意料之中的是家长颇为意外，意外的是家长没有拒绝，且不失礼，让林若蓝及随行上楼。楼层很高，顶层七楼，没有电梯，货很重，林若蓝身虚体弱得扛一肩换一肩，气喘吁吁地扛一层歇一层。待到顶楼，林若蓝已满头是汗，衣衫湿粘湿粘的。舒缓一口气，敲门，搬货进门，就座。面前是一台旧彩电，客厅布置干净整洁，但客人的到来让客厅颇有拥挤之感。女家长客气倒水。

"谢谢。家里就你一个人吗？"

"孩子睡了，他爸每天都在建筑工地忙得很晚才回。"

“搞建筑很好，现在房地产发达。”

“他又不是大老板，只是承包一点小工程。工程款常不能及时结。你看他现在还没有回来。”

“哦。”林若蓝没话说了。根据销售经验判断，男主人不在，货是怎么送都送不出去的。马一婕会掐时给林若蓝发来一条短信，两个字：坚持！

“你先生什么时候回来？你跟他说一说吧，就说我们在这里。”胆大女跟林若蓝有同感，直奔销售要旨。

女家长很配合，拿起电话拨了，电话没人接。“经常是这样的，工地吵，很难听到电话的。”

“那很辛苦！如果孩子长大也这样，不知道家长愿不愿意？”

“家长肯定希望孩子好嘛。”

“我们这一套产品正好可以帮助家长和孩子实现愿望。”

“但是你们东西太贵了，我们真的承受不起。”

“价钱听上去很贵，但你想，用几千块钱买孩子一个美好的未来，多划算！”胆大女把销售话术拿出来了。林若蓝看着家长不像有钱的人，心里是说不清的滋味。马一婕算准了给林若蓝发来第二条短信，四个字：坚持到底！

胆大女闲得和家长在一边聊天。林若蓝看得没意思，插话：“你再跟你先生打个电话吧，看看怎么样？”

女家长又拨了，拨通了！家长一放下电话，林若蓝就问：“怎么样？”

“他现在很忙，上面要赶工程，要很晚回来。”

“他一般几点回来？”

“早就10点11点，晚就12点甚至更晚。”

林若蓝想速决：“你看能不能先付一部分，我们把产品放在这里，改天你再交余款。”

“我也觉得你们教材很好，确实想买，但是家庭有困难，钱都被他压到工程上去了。这两天学校买校服要钱，孩子报兴趣班要钱，我又没工作，这些都需要等他来。”女家长顿了顿，“不瞒你们，这房子都是租的。”

林若蓝听得心里凉凉的，坐在人家家里逼人家掏钱，算怎么回事。马一婕好像知道林若蓝在打退堂鼓，又发来一条短信，六个字：坚持就是胜利！

林若蓝被跟梁文玲一样的冷血主任逼得很辛苦。“你再跟你先生说说吧，就说我们在等他回来，等他回复。”

女家长电话再打过去却没人接了。

“我们再等一等吧。”胆大女提议，家长没异议，林若蓝无奈。三人东一茬西一茬地边闲谈边等主事的人。11点，男家长没来；11点半，男主人没出现；12点，主事的人还没到。林若蓝是撑不下去了，胆大女的劲头被消磨得也差不多了。二人起身告辞。林若蓝把货搬回公司近凌晨1点。梁文玲不在，马一婕守在公司，满脸堆笑。估计是等很久了，一看就是装的，笑得可苦了。林若蓝没好气，没跟她说一个字，回住处休息了。

林若蓝累坏了，待醒来，却发现上班要迟到了。林若蓝抓起牙刷涂好牙膏，打开厨间水龙头，没水！打开卫生间水龙头，没水！两个水龙头都没水，这下惨了！

“房东，怎么没水？”林若蓝心急火燎拨通房东电话。

“谁呀，这么早，你有没有交房租，哈——”房东打了个深深的哈欠。

“我不是跟你说过嘛，我这几天很忙，我明天交。你跟我把水放过来。”

林若蓝把话说完，房东哈欠还没打完：“哈——先交钱，再放水。”

“你不放水，我怎么漱口洗脸上班？”

“你自己想办法吧，哈——”房东打了一个更响更长的哈欠，把电话挂了。

“地主！”林若蓝恨恨地骂了一句，迅速转向联系马一婕：“马主任，不好意思，这么早跟你打电话。”

“不要紧，你说。”马一婕说话清醒有力。

“我今天想请个假。”

“什么事？”一有事马一婕声音就很急。

“房东停我水了，我没办法出门。”

“把牙刷牙膏毛巾带到会议现场来。”

“这怎么行，多不好，你就让我请一回假吧。”

“今天绝对不行，经理要来我们团队。”

“你跟上面说一下吧。”

“要说你说，我这里坚决不行，必须来！”马一婕态度同地主一样绝。

林若蓝都快被逼疯了，从深夜硬送货到一早遭停水，送货事才完，一早又添堵。林若蓝干刮完胡子，用纸巾反复擦了几下脸，低着头出门了，一路早餐都没买，眼都不敢抬。林若蓝8点半之前赶到了分享会酒店。马一婕定定地注视着林若蓝，林若蓝回了她一瞥，进洗手间，漱口、洗脸去了。

黄仁锋来了，脸上没有半点笑容，像个豹子头似的吓人。大家都很紧张，都在想方设法忙起来。林若蓝翻出过去的客户资料，挑附近的一个一个打。都打得差不多了，林若蓝又想起了一个，第一次跟她打电话，她说不来就不来；第二次再打，她说来，结果没来；第三次打给她，她说让保姆来，林若蓝断然回绝了；第四次催她，她说孩子不喜欢。客户拒绝的花样一次一个样。林若蓝又拿起电话打给了她——一个后来他叫金姐的人，可电话里的她语气依旧很强硬。

“不去！你们东西太贵了，我绝不会买！”话说得是不留余地，再往下说，态度忽转柔，“但我可以请你吃饭。”

吃饭？不来就吃饭？头一遭。吃就吃吧，看看能吃出什么。林若蓝欣喜地接受了客户的邀请，但并不敢流露出接受邀请背后的半丝欣喜。此时的黄仁锋一会儿像个木头人在位子上呆坐不动，一会儿像个监工四下督巡，一会儿像头熊到处吼人。黄仁锋动粗打人了，熊掌狠狠地打在人背上，熊脚重重地踹在人身上！林若蓝坐在会场入口的岗位上心惊胆跳，生怕自己就是下一个。散场了，团队所有人都不敢说话。没有排岗的自由人收拾会场。林若蓝坐在安排的位置上，心不停跳：继续干坐吧，显得没做事；过去帮忙吧，又怕被说成擅自离岗。豹子头从会场里面走过来了，像是在瞪谁，瞪得林若蓝浑身不得劲，心里想着应该做点什么事让自己忙起来，便急忙起身跑过去帮收拾会场。才穿过豹子头身边，豹子头头一转，猛地飞出一脚打在林若蓝屁股上：“他妈的，你是干什么的，要你们这些人有什么用？”

林若蓝委屈极了，害怕得说不出话来，直用手指门口的岗位。林若蓝坐回门口别提多懊悔了，华蕊、吉、团队同事都在不远处看着，林若蓝脸上难受得只想找一块布把自己遮起来。

豹子头状态好不好是管不了了，林若蓝休整两天调好状态，伴着傍晚时分的城市灯火去赴金姐的饭局，地点是罗湖大富豪俱乐部旁的一家海鲜酒楼。林若蓝找到酒楼，金姐早就等在门口了。林若蓝随金姐进入一间包厢，得知还有客人要来。金姐带林若蓝边喝功夫茶边等主客大驾光临。不多时，一位五六十岁模样的阿姨笑着进来了，后面跟着一男一女，男的苗条不显瘦，女的娇巧不显小，两口子。主宾落座，金姐把林若蓝介绍给来客。林若蓝一一向来客点头问好。楼面部长一脸春色走进来了。

“连姨，今天要点什么？”部长弯腰拿笔做记录状，殷勤候立。

“你们这里没什么好吃的，每次来都是这些。”主客随手翻了两页菜谱就递出，“让阿金点。”

“我不点。”金姐像推掉林若蓝的单一样干练。

部长眼疾手快，放下笔和点菜单接过菜谱，逐页给主客作介绍：“你看，这个，这个，还有这……都不错，这道菜也很好，你没点过的。”

“好，就点这些，好吃就给钱，不好吃就找你。”众人一起笑了。

海鲜很快上来了，各人各带塑料手套抓食。林若蓝用筷子在边边角角挑些青菜类的小菜吃。

“你怎么不吃？”金姐问。

“吃呀，我在吃，我已经吃了很多了，你们吃！”林若蓝挑一块看上去长得比较善良的海鲜夹在了碗里，证明他在吃。

林若蓝吃着，有人说开了，阿姨先起话题：“阿金，他不理我。”

“谁呀？”

“就是你介绍的那个，还有谁？”

“怎么了，你们不是好好的吗？”

“好？没钱想要钱的时候就好，有钱花，翅膀硬了就不好了。”

林若蓝听得云里雾里，不知道发生了什么，左看右瞧，试着从几人的表情中看出个究竟。

“你跟他说说嘛。”

“他不听我的。”阿姨一句一个气与恨。

“他怎么不听？”

“怎么不听？上次在大富豪，我让他在三楼陪我唱歌，他没唱一首就下去了，说下面有朋友，我打电话让他上来，他上来一会儿，又把我一个人扔在那里，当我是什么？”

“干妈，”叫阿姨干妈？“干妈”一词冒出来，冒得林若蓝有一种时空错愕之感。此类叫法在哪听过呢？林若蓝头脑一边搜索看过的电视，一边听金姐说，“别生气，可能当时他确实有朋友在，走不开。”

娇巧女依主客而坐，为主客夹菜：“菜都凉了，干妈先吃菜。”

“不吃，早被气饱了。”

“你不吃就浪费了，这都是钱。”金姐话里带刺。

“我不吃就不吃，你们吃。有朋友就算了，事后不跟我道歉，让我在三楼好等，最后都是我一个人回来的。”

“他现在不在这里，干妈，我代他给你道个歉，这件事情就算完了。”苗条男说着就要代为敬酒赔礼，想了局。

“我不要你赔，我只要他当面给我道个歉，保证以后对我好。”

“现在他不在这里，你生气有什么用？”金姐的话说得风凉。

“所以我就更气嘛！”主客声声抽噎声嘶哑，谁也不曾想狂飙从天落，只听突然“啪”的一声响，主客已一把抓过一副碗碟愤愤然摔在地上，碎片四溅。楼面部长在外开了一条门缝探了探头又缩回去了，金姐伏桌啜泣。

“金姐，给。”林若蓝递过一张纸巾。

“这事都是我不对，你要怪就怪我好吗？干吗摔东西，搞得大家都不高兴。”金姐抬头拭泪。

娇巧女安慰主客：“干妈，你没必要为他生气。”

“我跟他打电话，让他现在跟干妈道歉。”苗条男想扭局。

苗条男打通了电话，并实时播报电话里的情况。电话里的人一会儿说很忙，改天当面说；一会儿说在老家，改天回来谈；一会儿说在房里不好说话，一会儿说在厕所，就是不见跟主客直接通电话。苗条男和娇巧女轮番跟电话里的人解释事情的厉害。几番下来，有结果了，苗条男给主客传话：“他已经知道不对了，回来就跟你道歉。”

“他为什么不在电话里直接跟我说？”主客的气消了些。

“男人都是要面子的嘛，他肯定知道我们这边很多人吃饭。”

“我暂时再相信他一次，如果他再这样，我就把电话打到他家里，我是有他家里电话的。”

苗条男忙劝：“干妈，别这样。如果他不道歉，我们说他，把他抓过来，这事包在我身上，你相信我！”

娇巧女也劝主客适可而止。金姐说了：“你这样做，叫人家以后怎么见人，以后你们还能在一起吗？”

“好，我相信你们，我就看看他回来说什么。”

乌云散尽，一场风雨总算停了。

结账。楼面部长一脸春风躬身递过账单，手里托着一本菜谱，菜谱上已备好了找零，崭新的：“连姨，你看。”

主客掏出一叠百元钞票，放在部长菜谱上，同时拿起菜谱上的散钞放进包。散场。

这是林若蓝和金姐第一次吃饭，第一次吃饭就不同寻常。林若蓝走在回岗村的路上，夜色下的城市与路灯同寂寞，谁解深圳深深深几重？此后，金姐还请林若蓝吃过好几次饭，但都没再一同约上阿姨，阿姨其人其事林若蓝亦没再听金姐提起过。

在全国十月月初业绩统计日前，天地人华南区成立以来第一次输了，输给了北京。接下来一个礼拜，没人看到黄仁锋笑过。林若蓝销售状态同样不好，萎靡不振地看着日子在眼前虚度。

又是新的一周，林若蓝软绵无力地坐在大厅的人群里，黄仁锋劲儿倍足地站在台上说一本新书：《狼》。

“这本书太好了！昨天晚上我一口气看完，今天我跟大家完整地读一读，你们好好听一听。做销售就要学狼，哈哈哈！”

说读就读，毫不含糊。一开口，就如江河之水滔滔不绝一发不可收。有人挺直脊背竖起耳朵来听，有人在腿上放笔记本边记边听。林若蓝头晕晕的，闭一下眼养一下神，再睁一下眼瞧一下现场动静。在场的人注意力都在狼身上，没人注意他。台上读得很投入，台下听得很专注。已经念了很久了，有几个小时了吧，还要多久才念完呢？林若蓝坐得屁股都疼了，肩背发酸，轻轻揉一揉扭一扭身骨，自我缓解一下吧。黄仁锋尽情地读着，偶尔即兴插上几句。林若蓝干坐着，呆呆地像一块化石坐着。黄仁锋的声音像风一样在大厅里吹着，有几缕吹得猛，吹进了林若蓝耳朵："对客户就要像狼对猎物一样！"

风持续吹着，时紧时缓地吹着……吹着，吹着，风停了。林若蓝警觉地睁开眼，提神。黄仁锋反卷舌头把上唇酣畅淋漓地舔了一遍。这不正是书中的狼吗？书中狼走出来了！舔完猎物的血，狼性豪迈地眺望着前方。下面一群狼崽狼眼睁睁地望着狼王，眼神里充满了对成为下一只狼头的深情欲望。当天勇敢男把英文名字改成了"Wolfking"。

"好吃啊，太爽了！"从书中走出的狼意犹未尽，用舌头又豪舔了一遍嘴唇，听着："对客户的善良就是对自己的残忍！不想再失败，不想被饿死，不想被淘汰，你们只有一个目标：搞定客户，成交成交！"

"搞定客户，成交成交！"丰满女人带头变成了一只狼，以头狼之姿带着她的天神，不，天狼，喊着呼喊着。型男带着地龙变成地狼了，狼口大张喊得更响。人精变成人狼了，月色美女梁文玲变身月色美女狼，带着团队一起喊着高喊着："搞定客户，成交成交！"

林若蓝混在里面，搞不清自己是一头羊还是一匹狼，但能确定的是自己正在动物庄园的一堆狼群里。

学生放学了，家长都过去接。等候在外围的天地人——天地狼看准时机，蜂拥，不，狼拥上去了！天地狼如饥似渴，牢牢地盯着目标猎物，撕咬着，咬着。可怜的家长和孩子，林若蓝看在心上，绊在脚下，不知如何进与退。有几个家长带着孩子冲出来了，有几匹狼追过去了！人生啊，狼生！人间啊，一片狼烟，天地苍茫！

“林若蓝，深圳书城的《狼》全被我们买来了，但还不够，这次没你的，下次有再给你。”这是胆大女的声音。

“哦。”林若蓝压根就没想掏钱买。

“林若蓝，别那么酷，笑一笑，对，笑得再大一点，对，很好，八颗牙的标准，在客户面前必须这样。”这是梁文玲的声音。

“林若蓝，你怎么啦，是不是不舒服，要不要回去休息？”这是马一婕的声音。马一婕温柔的时候挺有人情味的。

所有人都比林若蓝大，林若蓝按照所有人的话去做，可林若蓝再没回到销售的高峰状态。上班看着月色美女梁文玲点到，然后公开地在点名簿上划掉离职未到者的名字。林若蓝感觉就像划在他心上。做完一位为了出国而想让孩子学好英语的唐客户的单，又在戴娜斯蒂大酒店做了一单，林若蓝以一种善始善终的心态，正式向马一婕提出辞职。林若蓝拿到马一婕转交的工资：“怎么就这点？”

“因为你走后，你最后一个客户的售后服务公司要转交给别人做。”

“算了吧，公司有几个做售后服务的？”

“这是公司的规定，我只是按照公司的规定做。”

林若蓝定定地看着马一婕，没说话，走进了天地人的电梯，走出了那一座曾让他无限激昂的大厦，再没进去过。

后来，听天地人一女同事说，梁文玲第二天点到没念林若蓝的名字。为此，林若蓝心里感念了好些时日。不久，梁文玲离开了天地人，嫁给了一位追了她三年但没她高的男人。

马一婕在天地人做了多久不得而知，只知她先生在广州做工程师。但林若蓝长久记住了马一婕经常说的话：善待客户，客户永远是我们的朋友。马一婕的很多话让林若蓝受益经年。

再见黄仁锋是在深圳著名的商业街华强北水泄不通的人潮里。林若蓝隔着庞杂的人群看着他，他隔着人群在张望什么，人模人样，神色正常。

吉也走了，据说读书去了。打此林若蓝再没听到过吉的消息。很多年来林若蓝每次出门，出远门，戴着那串念珠就会自然不自然想起清风祥和的吉。想起吉，心里就有一种别人无法给予的宁静与踏实。算来，那串借来的念珠林若蓝带在身边都快十年了，林若蓝从没想过当初一借就是无期限的年。和吉在一起的日子里，吉从来没有跟林若蓝要回过。

林若蓝不记得最后一次见华蕊是什么情景了，只记得她坚持AA制，还了那一顿少得可怜的肯德基餐钱。日后华蕊的状况，林若蓝一直不明。

不明的还有林若蓝的前景——林若蓝失业了。为了散散心，排解排解心中的苦闷，林若蓝去了一趟大梅沙的海边。大海碧蓝辽阔，潮起潮落，林若蓝光脚走在沙滩上，任潮水打湿脚丫，随海风吹乱发丝和衣衫。林若蓝心冷冷，意冷冷，想起几个月来流的汗与不成比例的所得，憧憬挫败得如秋夜油灯般的幻灭。一个人，一座陌生的城，心死得如岁末的秋叶凋零无凭。当街头传来一首鼓劲的歌：“心若在，梦就在……”林若蓝就会情难自禁地放声跟唱：“人生豪迈，只不过是从头再来。”从头再来，不做室外业务，不做普通销售，林若蓝定下了两条换工规矩。走到这一步，林若蓝不允许自己走回头路，但是也决不允许重蹈覆辙。

逛了不知多少条白光晃人眼的街，看了不知多少条招聘信息，在一家名叫“金汇”的投资公司蹭了三晚的投资培训课，做了两周的外汇模拟操盘。林若蓝在观望与徘徊中不敢轻易进任何一间公司。人都知道选择比努力重要，可谁又能看得清选择的方向。人是要带的，这是林若蓝老家很流行的一种说法。有一次林若蓝在电话里跟金姐提起该想法，金姐直回三个字：“带不了。”

没人带，只有靠自己了。林若蓝不想住在城不城村不村的岗村了，不想跟地主打交道。地主不退押金也不住了，太没安全感了。林若蓝费心竭虑在安心和省事之间寻找想要的房子，同时寻找花钱的平衡点。

“先生，不好意思，我想问一下，你这边有没有单间出租？”林若蓝从岗村向右，逆时针一个一个小区地问，问到快问不动了，晓园新村的保安给了林若蓝一线信息之光：“这里都是套房，套房中的单间可不可以？”

“可以。”林若蓝就想一个安全独处的空间。

“租金可能要六七百，行不行？”

“没问题。”好歹比岗村的房租要便宜些。工作迟早会有转机的，挺一挺，一切都会好起来的。前路无着落的林若蓝依然想得宽裕。

保安听后比林若蓝还高兴，满脸挂笑：“里面有个女孩刚好租了一套三室两厅，她想出租其中几间。不过她现在上班去了，你晚上过来，我带你去看一看。”

说到做到，保安很热心，晚上愉快地带领林若蓝上楼后就下去了。林若蓝随女屋主入户看房，房间没房客，但房中有两人坐在客厅长桌的两侧，在谈旧房客的历史电费欠账交割事宜。一位中介代理，一身白衬衫；一个上了年纪的女人，一套深色调的衣服。女人说着说着就气急上火了，中介却有理有节，温而不怒，态度如身上的职业装黑白鲜明。

林若蓝真心真意看中了一小间，却故意挑了小间的很多缺点，把价钱由六百五压到六百。林若蓝想压得再低点，女屋主不干了。

“不能便宜了。我们是打工的，本身工资不高。我姐姐刚到深圳，对深圳不熟，急着找房子，被中介说得天花乱坠，稀里糊涂交了定金，订了这套房子惹出这么多事。”女屋主指着客厅的中介代理，“他就是过来收剩下的钱的，收不到钱不走。上个二房东欠的电费都要我们交。我们想不订，他又不肯退定金。我姐姐没办法，就让我来接手房子，她先在我那里住。我来深圳比我姐姐早，没更好的办法，就想把屋子三间房租出去，分担分担房租。我朋友也是第一次到深圳。”她指指客厅正在谈判的女人，“我们在客厅简单搭个地方住。”她指指靠近厨房一张搭了蚊帐的床。

女屋主说得很诚实，可房子复杂了些，林若蓝心里总有几许未知的不确定。他向她说明了一个人出门在外对麻烦的担忧，她向他表明了一位女生在深圳及对外招租的顾虑：“我看你挺斯文的，所以才敢把房子租给你，如果换成别人，我看得不好，我连房都不让看。”

林若蓝被说得不知道说什么好，又找不到当场决断的理由，于是指着小间中庸地回了一句：“你考虑一下，我也考虑一下吧。”

走到小区门口，保安关心地问：“怎么样？”

“我再看看。”

“像这样的房子在小区很难找的。”保安一贯的热心。

“我再想想。”

次日晚，林若蓝打电话给女屋主，想再探探她底线，女屋主却告之：“小间已经被两公婆租了，大间也租了，还有一个中间，六百五，你看怎么样？”

林若蓝心里为房间的抢手而诧然，声音却表现得淡然：“哦，我待会儿过去看看。”

小间还有一张床，而中间就是一块地板、一扇窗、一盏灯，还要人买个地铺。林若蓝心里有一种不可言说的悔痛。在确认房子遗留问题与中介交割清楚后，林若蓝交下了定金。保安看到林若蓝带着东西进来入住，一脸笑相迎：“搬进来了？”

女屋主看到林若蓝随身就一箱一包，一脸疑相问：“你就这点东西？”

林若蓝不习惯任何一种近距离的问候，此类问候总让林若蓝有一种全身被人一眼看穿的不自在：“对呀，我是一个很怕麻烦的人。”

“你冬天怎么过，深圳冬天挺冷的。”

“我等下会买一床被子。冬天很快会过去的。”林若蓝总是想当然地向好处想。

交完该交的钱，女屋主有了新想法：“以后你房租就交给我朋友，我平时很忙，她没事。”

“陶小姐，我不管什么原因，我跟你说，我只跟你打交道。”林若蓝对女屋主的新想法很不满。

“把钱交给我怎么着了？”女屋主的朋友半是不解半是生气。

林若蓝瞧了下站在女屋主身边的女人，没作回应，起步就要回房，大门被人轻轻敲响了。女屋主将注意力转移到了门上：“谁啊？”

“找林先生。”

“谁呀？”林若蓝回身走到门口，但没立即开门。事有蹊跷，谁会找自己呢？

“我啊，这几天你找房子都是我帮你介绍的，你还记得吗？”

“哦，记得记得！”林若蓝正要开门当面向保安致谢。

保安在咧嘴笑：“现在你都搬进来了，你看我介绍费你还没给呢。”

“什么，什么介绍费？”林若蓝一头雾水。就一瞬，林若蓝悟出了保安几天来热心背后的深意，放下了开门的手。

“没钱谁跟你介绍？”连日来嬉笑的保安不笑了，音色严峻。

“为什么你开始不说？”

“我们这里都这样的，介绍一次五十块。”

“你没做什么嘛，太贵了，十块吧。”林若蓝想象征性地给点钱算了。

“十块？”保安一阵透彻门扉和凉夜的冷笑让林若蓝不寒而栗，“我跟你说，我天天在这里，我看你给不给？”说着就是“砰砰砰”连续几声剧烈地锤门响，铁门不堪承受重锤而颤抖。保安还没完，又撂下了一句狠话：“你等着！”

林若蓝分明感觉得到保安甩手下楼气急败坏的样子。来得太突然了，林若蓝一点心理准备都没有。

“这里看房要介绍费的吗？”林若蓝问女屋主。

“我们刚过来，不了解。”

林若蓝脑袋急速打转，打开了门。“你等一等，”保安刚下半个楼层，“钱我可以给你，但你记住，事情到此为止，以后不要来找我！”

保安拿到钱就回保安岗亭了。以后林若蓝出入小区还常与保安相见，但保安没再对林若蓝笑过。而在同一屋檐下，林若蓝除了按时向女屋主交房租外，很少与同屋房客往来。大家进进出出碰个面点个头接个话就是缘了。印象里大间两女，一位高挑一位玲珑，高挑靓女喜欢在客厅阳台向家里扬声煲电话粥。梁文玲虽然很高，但打电话向来注意保持低调，特别是公共场所。玲珑女则寡言少语，见到林若蓝瞄她一眼就跟辟邪似的回大间。小间小两口大学毕业不久，男方闲来无事常爱在客厅摆弄一台笔记本，笔记本桌面是一张小两口的合照。女屋主颇有兴趣。“这是怎么搞上去的？”女屋主想知道，但男方只笑不接话，“照片很漂亮！”女方听着女屋主的话高兴，接过话，两个女的很聊得来。

女方不仅能聊，还敢聊。有一回小两口在客厅闲坐，聊着聊着，提到工作和钱的事，男方流露出一丝抱怨，女方乘机向男方半玩笑半带认真地挑衅：“你嫌工资低，跟你老板要求加工资呀！”男方不说话了，只顾玩电脑。

大间小间都是成双成对的，各有各生趣，夹在中间的林若蓝就显得格外孤单伶仃了。三个房间的年轻人都是做销售的，听着大间小间的同龄人抖落销售中的趣闻和笑料，林若蓝却笑不起来。沉痛的经历总能让一个人颓然得自闭于周围的人与世界，很久很久。天地人百余日夜带给林若蓝的就是一次重创，元气大伤。

新年来了，应该把工作定下来，不能再拖了，拖不起。只见钱如流水出，不见有钱滴水进。过年前的倒数第N天，林若蓝坐在华强北人行道的长椅上查阅报纸上的招聘信息。金牛证券有限公司？林若蓝拨通了公司电话："你好，我想应聘贵公司的电话营销员。"

"你过来吧。"电话里的女声倏忽犹如一阵冷面风，在林若蓝耳畔过。

林若蓝下意识地问了一个问题："贵公司卖什么的？"

"什么都不卖。""啪"，电话挂了。这没让林若蓝生气，反激起了林若蓝兴趣：过去看一看，看是什么名堂？向北穿过一个路口，拐一个弯就是了。群星酒店附属楼二楼整层都是金牛的，布局现代大气。接待林若蓝的是一位职业丽人，亮丽的职业装扮，标准的职业微笑和坐姿："你有没有做过投资？"

"在金汇做过一段时间。"林若蓝镇静递过他做的第一份工作简历。

"我们公司朝九晚九包工作餐。如果你觉得可以，明天就过来上班。"说话流利丝毫不拖泥带水——就是说"什么都不卖"的人，公司销售经理梅菲。公司情况和找工条件基本吻合，林若蓝当即表态说"好"。

上班第一天，梅菲给了林若蓝几页客户资料，另外给了林若蓝一句话："所有电话都围绕着钱老师打，打死了不要紧的，我们有的是客户。"

梅菲说的钱老师，美国纽约大学毕业，在深圳电视台有一档股评节目。节目内外有很多股民打进电话咨询炒股事宜，股民的电话资料每次都像传输带从接线中心传到销售中心。销售中心有三个销售团队，第一二团队一早就会喊一段口号，在梅菲手下做就不用。林若蓝第一次拿到的客户资料新旧掺杂。电话打过去，客户反应千奇百怪。

有的悲观厌“市”：“世道不好，股市跌跌不休，早就割肉出仓了，再也不炒了。”

有的心如火烧：“问问你老师，股市跌到什么时候才是个底啊？我股票都亏六成了。”

有的不慌不惊：“我只做长线，股票先放在那里吧，早晚会反弹的。”

有的巧于计算：“我跟你们老师，钱都被你们老师赚去了，我入会费都赚不回来。”

有的高屋建瓴：“会费是小事，我担心的是我资金的安全。”

有的不胜其烦：“你们好多人跟我打过了，我都被你们烦死了，你们别再打了！”

有的临岸探水：“我在看你们的节目，如果你们先推荐一两只，我试一试觉得好马上就入会。”

林若蓝抓住“临岸探水”的客户，一天一次不间断地跟。

“李先生，我们老师说了，不看大盘看个股。今天你看了我们老师推荐的个股吗……今天忙没看？我告诉你，我们老师的个股全部跑赢大盘了！”

客户表示下次看。

“李先生，我们老师今天在电视里推荐的股票又涨了，你买了吗……没买？太可惜了！如果你跟我们老师做，会费早就赚回来了，你在股市里早就赚钱了！”

客户表示再等等。

“李先生，你还要等什么？再等机会都没有了，钱都被人家赚去了！”

客户表示再想想。

“李先生，你想得怎么样了？我们有五种证券服务，我为你推荐第一种吧，新年入会特惠价只要三千块，你就可以得到我们老师手中的金股，从此炒股不用愁！”

客户一点点心动了，客户下单汇款了，但客户不要公司回寄发票，不想被老婆发现。

“你怎么抢我的客户，梅菲！这个客户我在跟的，被你们的人拿去了！”一销售男站到林若蓝面前不分青红皂白地大叫大吼。全场都被吸引得往林若蓝处看，有的走过来围观。

“重单！”一个叫白俊的白面小生瞬时反应过来，表情老练。林若蓝不管什么重单不重单，无缘由的被冤枉，激得林若蓝与抢单男针锋相对地辩。

“停——判单！”梅菲的咆哮声更有震慑力，场面立时被控住了。

判单结果出来了：归林若蓝。

而股市已经跌到两千点了，还在跌，哀鸿遍野，一片惨淡。单不好做，大家心里都不好受。钱老师常到销售中心亲自察看指导销售。

“你傻逼呀！”在电视节目上书生文气的钱老师突然出口来一句，吓了林若蓝一跳——在骂一位女营销员：“东方航空，跟人家谈什么汽油涨价，还谈得起劲，东方航空跟汽油涨价有什么关系，人家买股票不知道买什么吗？”

钱老师面朝全场训话：“听着，全部谈老师！”

钱老师金言简短有力。女营销员面红耳赤，眼泪欲止还落，伏桌而泣。林若蓝不想成为第二个女营销员，从早到晚依循钱老师金言寻找下一单。有几个问具体操作思路的，林若蓝乐得跑腿去找公司股票分析师，顺便活动活动筋骨：“客户让我问，佳康电子怎么操作？”

分析师看完走势图就摇头：“这只股票不好，让他一有反弹就抛。”

“客户问，四环生物下一步怎么操作？”

分析师对着电脑K线图谨慎回：“观望。但大盘不好，建议逢高就抛。”

林若蓝跑的次数多了，分析师烦了：“以后客户再问，就说高抛低吸，不会有错的，”林若蓝笑笑，分析师笑笑，“炒股就是这样的。”

林若蓝把分析师的话说给梅菲听，梅菲张扬地跟全队喊话：“大家听着，客户再问股，就说高抛低吸，换股跟老师！告诉他们，我们老师很厉害的，跟我们老师没错的！”

钱老师到销售中心巡场又抛出新的金句了：“别跟他妈的谈什么投资，他们懂什么投资，他们懂个屁！谈投机，就谈投机，一律谈投机！”

“这不明摆着是骗人吗，我们做的就是一锤子买卖。”没抢到林若蓝单的销售男在洗手间发起了感叹。而白面小生一会儿仰头吐烟，一会儿来回踱步吸烟，一脸阴郁。林若蓝听得似懂非懂：客户跟老师炒股没炒好就不会再跟了，情有可原，可为什么把介绍客户入会叫骗人呢？林若蓝没往深处想，继续找新客户，跟熟客户。

钱老师又来销售中心了。

“大家听我说一句。”钱老师不似平日，一副有大事要发生的样子。全场不敢怠慢，纷纷放下手中的电话，凝神注视着老师。“我今天看大盘一直有一种感觉，很强的感觉，明天会拉出一根大阳线，估计会涨三十点，”钱老师眼神深里浅里是一种恍如时间为其静止的沉思，待声音奋发扬起，是笃定，是坚信，是毫不犹疑，是时空转盘的极速旋转，“一定会涨三十点！至少涨三十点！现在就告诉他们明天一定大涨，让他们马上交钱，直接跟我们做！”

涨了，真涨了！真的拉出一根大阳线了！林若蓝惊呆了：说涨就涨，太神奇了！而且还是六十点！梅菲雀跃：“我说过我们老师很厉害的，我说过我们老师很厉害的，不会错的！”全场一片欢呼和沸腾！钱老师看上去是一脸平静，但言语间却掩饰不住内心的心潮澎湃与激荡：“我的感觉不会有错的，现在就告诉他们，让他们下单，踢不动的单交给我，我来踢！”

梅菲给团队成员鼓气：“踢不动的单跟我说，我让钱老师为你踢，钱老师很关心我们的。”梅菲说话像钱老师是她什么人似的，眉飞色舞，语调隐约间有一种不收敛的亲密。

北京老阿姨说：“小林，我看了你们老师确实很厉害，可是我的钱都在股市里面亏着呀，你叫我怎么办啦？”

蒙古老汉说：“我想跟你们老师呀，可我老婆不让我炒哇，钱都在她手里捏着呢。”

上海老太嗲嗲地说：“是反弹还是反转啊？明天又会跌的，不信你看！”

西安先生说：“大盘还会跌，跌到七百点，我做金融的，哈哈哈！”

浙江老板说：“我看过所有电视台的证券节目，我发现你们老师都是一阵一阵的，这段时间准了，过段时间就不准了。”

沈阳女人说：“你老师那么好，那你跟啊！”

林若蓝被一个个股民噎得话在心口难开。他想做，但是活钱不多。梅菲想做，她的钱被深发展套着呢。

钱老师在销售中心接电话直接跟大客户沟通了，音色稳重，跟做节目时一个样。公司出现一张六万元的大单了。又一张大单！都是其他两个团队的。林若蓝听着就眼馋，为什么自己碰不到优质客户呢？林若蓝手上是有一个客户，但怎么听怎么不像大户，一中原女，有点黏，不拒绝也不入会，徒声音甜美：“我做得挺好的，昨天做冠农股份赚了一点。”

“你不想赚更多吗？”

“想啊，没钱啊。”

“跟我们老师早就赚了。”

“跟你们老师太贵。”

“花三千块小钱赚大钱，太划算了！”

“你们先给我一只好股，让我尝点甜头，我就入会。”

“先入会，再给股票。”

“你们让我先赚了，正好我就有钱交会费啦。”

一来二往，单攻而不破，电话营销就常会变成跟客户电话闲聊，聊生活家常，聊地方风物。梅菲看在眼里，给个鼓励的笑："就是这样的，不要紧的。"

可中原女并不买账。

大盘才见上，忽而再向下，股市又是一片肃杀，打进钱老师电视节目的电话越来越少了。营销员都在跟熟客户聊天。天天聊，中原女一天一套说辞："我也想啊，可我的钱在我老公那里，你跟我老公去说吧。"

客户不下单，打发一天十几个小时就成了一种体力与脑力的考验。快过年了，林若蓝一点都高兴不起来，身在财富中央却抓不住财富，人像股市深不见底的迷茫。

"是不是很郁闷？"梅菲看着林若蓝，笑吟吟地问。

林若蓝高调标榜心情："不郁闷，一点都不郁闷！"

梅菲不听林若蓝怎么说，像真会宽慰人似的且笑且语，玩柔情："是这样的，没单的时候就是这样的，习惯就好了。"说完，她还在笑，对着林若蓝笑。

一天，中原女自个儿松口送上门来了，是一份薄礼："我先交一半行不行？"

没见过下半张单的。林若蓝把问题提交给梅菲，梅菲给林若蓝一个眼神让林若蓝回"可以"。中原女绝对想不到梅菲还有后半句没让林若蓝回："先把她套进来再说"。没见过套客户的！林若蓝没见过的还多着呢。过年前上班的最后一天，梅菲不在，白面小生递给了林若蓝一张意想不到的纸条："这是梅菲留下的，该办手续的赶快办手续。"

白面小生说的手续是离职手续。上面写的第一个名字就是“林若蓝”三个字，后面有七八个人的名字。一个精神疲蔫的大龄男不理解：“这是怎么回事，我平时做得好好的？”

确实很不可理解。梅菲表里反差太大了，平时好端端的，怎么突然会变卦？一点征兆都没有。林若蓝气愤地拨通了梅菲手机：“你现在在哪里？”

“在火车上。”

团队在上班，头先回家了！林若蓝才想到串起来思考这个女人：平日里把钱老师挂在嘴边，总是一脸诡秘的亲昵；其他方阵一早都喊口号，而她一直没为团队准备，也没为公司赢得一张大单，却什么事都没有，奇了怪了！从小就很优秀的林若蓝被梅菲白名单的“第一名”刺激得怒火中烧，出口质问梅菲的第一句不是别的，而是：“你为什么把我的名字写在第一位？”

“没有为什么，都一样的！”

“我有业绩，你还要怎样？你这个女人反复无常，说变就变，有没有人告诉你很变态，啊？”林若蓝还想骂，梅菲挂了，一如他跟她第一次打电话时一个德性。梅菲电话没声，现场掌声响起来了。

“好！”白面小生带头喝彩。

大龄男铿锵有力地和：“这个女人是该骂！”

其他几个名单上的人齐拍掌，林若蓝被梅菲气得对全场熟视无睹。林若蓝才就业，又失业了。

过年又不能回家了。林若蓝想起了在鹿城春节时不想回家，一个人待在学校的日子。大年初一，给母亲拜了个年，母亲没硬要求林若蓝回家，反给林若蓝找了些不回家的理由聊以自解，然后回祝林若蓝过年好，心情好，多赚钱。

钱没赚着反陷进去了，林若蓝心情怎么都好不起来，但依然欢声给老客户拜年。乔惠家里过年喜庆、热闹、忙，金姐电话里的声音背景就异常清冷了。同样清冷的是北京老阿姨的春节电话问候和蒙古老汉的短信祝福。林若蓝知道他们的意思，可他还更需要人帮呢。林若蓝新春开年就走在为钱运奔波的路上。

有短信。谁呢？“你骗我，我咒你出门被车撞死！”

看到中原女毒蛇样的新年“问候”，林若蓝站在地铁里后背直发冷，说不出的心口之伤。以为离职事情过去了，没想到还没完。林若蓝回了一条短信：“你为什么不给我打电话？”

中原女没回。林若蓝拨通了另一个人的电话：“梅菲！”

“谁啊？”

“我那半张单谁让你们做的？”

“你不在公司，跟你没关。”

“是不是你利用我的名义把人家弄进来的？”

“跟我没关，白俊在做你的客户。”梅菲说完她想说的就挂了，从不管林若蓝有没有说完。

白面小生把中原美声女给涮了！

林若蓝和梅菲还见过一面，在华强北。他到马路东面去，她到马路西面来，他看见了她，她看见了他，两人走在斑马线上隔着人群相视而笑了。相逢一笑泯恩仇吧，谁也没有为谁而停留。

一天林若蓝又出门，走到小区门前的人行道，竟与天地人一女同事相遇，正是除华蕊外的另一个女迎宾。两人停下，聊了起来。

“你最近在做什么？”

“没什么好做的，你现在呢？”

“我现在就在旁边的广场。我们公司很轻松的，上班报个到就出来，很自由，没人管的，绝对没天地人累，要不要做？”女生说话一板一眼，眼睛亮晶晶像星星傍上月亮宝贝一样开心。

“待遇怎么样？”林若蓝就关心钱。

“现在好像什么都不好做，老板都赚不到钱。你干吗不当老师，当老师不是挺好的吗？”

“想发财呗，还用问？”林若蓝说完，两个人都笑了。

“我上次去过深南中路一家II公司，做什么手机网址的，我没听懂，一个潘经理想要我，我看公司破，就没进。不过经理人挺好的，你可以过去看看，他们很佩服天地人的。”说完两个人又是笑，笑里笑外分不清是喜抑或悲。

谁叹韶华如逝水，谁言一寸光阴一寸金。金姐第二次请林若蓝吃饭是在深圳老商业区东门，林若蓝借着吃麻辣火锅的功夫，二度提出了请她帮一把的想法。金姐态度没变，变了一种说法：没办法帮。

只能去II公司看看了。凭着天地人的招牌，林若蓝顺利坐在II简易的会议室接受关于手机网址的培训。主讲潘经理讲得激情飞扬，说手机网址是企业进入3G时代的门户，深圳几十万家企业要进入3G时代，绕不开北京授权深圳代理手机网址的三家公司。而林若蓝觉得，手机网址俨然就是手机上的搜索引擎，凭借两大移动通讯商首次联手共同设置的手机数字端口，发送一个关键词就可以点对点搜到对应公司信息。培训近结束，潘经理问："大家还有什么问题吗？"

林若蓝看着会议室墙壁上贴了一幅印有II和Sina两家公司logo的手机网址广告宣传画，问："我们公司跟Sina有什么关系？"

"你听过整合营销没有？"

林若蓝摇摇头，心里想知道，可潘经理并不解释。不过林若蓝感觉公司商业人脉不简单，手机网址应该是"钱"程远大。

销售产品，话术先行："许总，你好，我是中国移动，我们有一款新产品手机网址，你听过吗……没有？还没有？你知道吗，深圳全城都在注册手机网址了，我们看到你公司没注册，专门跟你打电话，你看我们现在见面还是下午见个面，我们当面为你办理注册。"

"你过来吧。"电话声里，客户有丝紧张的气息。

有戏！林若蓝提包正要一个人去拜访客户，潘不知趣地说了一句："我带你一起去！"

林若蓝满心无奈一脸和悦："好。"

许总在罗湖一家生物科技集团。走进许总办公室，感觉就一个字：大。比II两个团队工作的场室都大。距门口不远摆着一张红木大办公桌，桌面简洁明了，资料、电脑摆放有致，环境布置淡雅，与女主人的气质相得益彰。女主人右侧墙壁挂着一帧巨幅彩照：一对银幕伉俪坐在许总公司翻阅产品宣传册。公司产品很多：抗衰老针、除皱针、美白针、缩阴针……系列产品一应俱全。许总以淑女之姿递过名片。潘拿到名片一声不响先坐下了。

林若蓝以彬彬之礼双手接过名片，默读主人名：许馨雨。好名字！"许总，你好！"

林若蓝才坐下，被女主人身后一幅字吸引住了：听海。字没多少特色，但落款很有来头：李××。正是时任某领导的李××！林若蓝很愉悦地捧了一句："这两个字写得很漂亮！"

潘手指李××的落款，提了一个林若蓝想问但没敢问的问题，声音欠底气："你……是怎么得到……他的字的？"

"前几年去北京，托人把我的名字带进去，他看着我的名字写的。"年轻老总说得轻描淡写，就像她的妆一样淡，"你们说说手机网址是怎么回事吧。"

林若蓝正想说呢，潘用手悄悄掸了下林若蓝的手，像掸从地上泛起的浮尘。潘拿起资料，独自口若悬河地讲起来了。许总表情如镜，林若蓝在旁听得昏昏晕晕。

"我们的手机网址在电脑上都是查得到的。"潘说。

"打开电脑演示一遍吧。"林若蓝闷得慌，趁机补了一句。潘微用力掸了掸林若蓝的手，像掸蚊子。

潘接着背专业资料。许总听得一点反应都没有，就像石子入水没涟漪，丝毫没预约电话里的在乎劲。林若蓝坐在一边困晕了，没忍住又插了一句："开一开网，让许总看看吧。"

潘使出赶苍蝇的劲掸林若蓝，林若蓝且缄口。潘还没停口，许总开口了："你们先回去吧，我们再看看。"

潘一走到许总办公楼下的街上，就把林若蓝训了一通。林若蓝满口赔不是，一脸不服气：如果是我主谈，早就搞定了。

不愉快的事且过夜。潘向团队通报公司最新的销售战况，而林若蓝向潘通报辞职不干了。潘似乎意识了到什么："你不做了，但这几天工资我跟公司争取给你。”

工资没争取到，潘拍拍林若蓝肩膀表歉意。林若蓝没说什么，只觉潘确像是“人挺好的”。

林若蓝后脚出II，前脚又进EE。

“你好，我想应聘你们的注册专员。”

“你懂手机网址吗？”

“我在II做过一段时间。”

“谁那里？”

“潘经理。”

EE经理听后笑得隐秘：“你为什么离开II？”

“因为我听说EE更好，事实上你们环境确实是好一些，我相信我在EE会有更好发展。”EE经理笑得更隐秘了，笑得和他的深色西装很不称。林若蓝意识到下面需要说什么了：“我手头上有一个客户，感觉不错。如果你们同意我加入的话，我马上可以过去谈单。”

“可以。”

“你给我一份收据吧。”

“等你谈好了，给也一样的。”EE经理又隐秘地笑了，笑带狡黠。

林若蓝离开EE，路经客户处，无果，奔TT。TT在华强北沿街一栋厂房改建而成的旧办公楼里。TT老板邱总正培训新招员工，乐见新成员加入。虽然公司比II还破，总经理室、会议室都是沿墙靠几块不透明的玻璃板隔出来的，但新一代网络产品手机网址实实在在燃起了林若蓝久违的财富热望。TT上下充满着对财富新矿的想象与向往。

想象很美，真做起来，问题全来了。再次联系前客户。

“许总，你好！我是TT的林若蓝，前两天我们因为手机网址见过面的，你看我们能不能再谈一谈？”

“TT？你上次不是说你是II的吗？”这是前客户第一反应。

“都一样的，TT更好，所以我来这边了。”

任林若蓝巧舌如簧，许总的疑虑没消释，信任却已荡然无存。联系新客户，等绕过前台，迎来的却是负责人的直拒。小公司难有单，大公司更别谈。打电话给Huawei，Huawei对外联络部第一次回：“这类注册太多了，Huawei注册不过来。”

第二次部门主管答：“手机网址即使很重要，也要走程序，等上面一层一层批。”

第三次对外联络部复：“我们还需要考虑考虑，了解了解。”

联系上了一个，却远在岗镇，林若蓝想去又不想去。去吧，天地人的辛苦又浮现在眼前；不去吧，成天打些无效的电话不是一回事。还是去吧。穿过几条横七竖八的路找着了公司，老板早下班；再去，老板刚出门；三去，和同事一起去的，各谈各单，老板正在理发。等着老板回来了，老板豪爽，洗茶具，冲茶，倒茶，率性递给了来客一杯，林若蓝以不敢承受之姿接过茶水并试着套交情：“谢谢！庄总喜欢喝茶？”

庄总并不答，只问林若蓝：“说说手机网址是怎么回事吧。”

林若蓝说完，静候庄总有个好反应，庄总却直截了当地对产品下了一个判决：“你们的手机网址太新，两年内不会有运用前景。”

跑了三遭，就换来一句判决，急得林若蓝慌慌张张地回道：“庄总，我刚才可能没讲清楚，我打电话让我同事跟你说一说吧。”

同事不是别人，正是和林若蓝同到岗镇谈单的高业绩。高业绩身材不高，心术不低。公司流传，一暑假，高业绩无事，与朋友合计拉一批货到某海滩，海滩附近无商店。高业绩以公司推广品牌、感恩顾客、回报社会为名免费向游客派发饼干。待众客食毕喉咙干渴，朋友伺机推出矿泉水叫卖，N倍钱一瓶，货供不应求，二人喜赚而归。后高业绩进入TT，隔三差五常有单签，引得众人竞相羡慕。慕其名者有一女，随高业绩去谈单以探究竟，回来告知：高业绩并无甚特别，言辞平平且常语无伦次，唯向客户多推介尔。林若蓝相信功成之人定有功成之理，当场联系上了高业绩。

庄总听高业绩说毕，就是一句话："我要手机网址有什么用，有用我就买！"

庄总问到了产品的一处软肋，一个很难论证的问题，没谁有化解的办法，唯不断推荐。套用天地人的话：高业绩卖的不是产品，而是自己；公司卖的不是手机网址，而是移动互联网前景。

手机互联网大会正是在此销售背景下应运而生，大会由手机网址北京授权公司主办，深圳三家代理公司协办。TT很早就在筹备预约客户。谭天作为邱总特地请来的团队经理，为公司做了一份异想天开的策划。大会前一天下午，谭天代表公司发布计划，计划核心是：给所有入场客户贴TT特制标签。谁站哪个点、怎么做都安排停当。谭天信心满满、志在必得："好好干，大干一场！没有多少客户是与营销员见过面的。到明天，即使全场客户不属于我们，但我们一定会签很多单。我们一定会成功！"

销售还可以这样做？林若蓝算是开了眼界。方案由谭天执行，会场设在深南大道财富大厦三楼。会议远没开始，谭天就带着一干礼仪小姐：两位站在大厦门口欢迎来宾，一位立在一楼电梯入口迎接客人，慕其名小姐与一位叫阿裕的新来同事守在三楼电梯出口左右两侧，两人把在会场入口。关键点位都有TT的人了，个个美女肩披TT绶带。TT其他人等回避。谭天站在一旁看着电梯出口，就待客户来。

第一个客户从三楼电梯里出来了，出口处两美女齐声："欢迎光临！"

慕其名小姐说完，从容给客户肩臂贴上TT标志，阿裕微笑指引客户入场。客户看礼仪热忱，笑礼相回。

第一个客户贴着TT标志进场了！谭天神采飞扬，邱总喜上眉梢，眼里透亮。

客户一个一个被TT按计划请进会场，偶有一位客户有疑："我好像记得叫我过来的是EE公司。"

"都一样的，我们都是一起的，都是为了手机网址更好普及与发展。"慕其名小姐一笑一解释。客户不再言，接受TT标志入场。

谭天可以笑傲江湖了！

可就在TT上下都以为谭天计划完满实施时，II、EE察觉到了会场异动，提醒同伴行动起来，找到各自的客户，澄清TT的把戏，扯掉TT的标签，陪护客户坐到各自公司所属方阵。

其兴也勃，其衰也忽。谭天计划迅速被对手瓦解。邱总看着全场，一时闪亮的表情顿时凝结，表情纠结，忙催人赶快打电话叫客户。这让林若蓝又想起了天地人。做场不好的时候，也是一层催一层，催到最下层。林若蓝能聊以交差的是他有一客户早早到得现场。可该客户自从进场以来，却在座椅中穿行，一走一哈腰，一步一带笑地向会场人群派发其公司产品宣传册，一散会没多逗留一秒钟就走了。TT没来多少客户，像只气力不继的饿狼眼巴巴地看着II、EE如狼似虎地签单，签单。在会场各个角落，就是没TT的事。

TT尽兴开场，惨淡收尾，没有成交一张单，颜面扫地。谭天在回到公司后的会上，用抱歉式的笑检讨了计划的失算。而林若蓝又跟起了岗镇庄客户，没事就跟。不知跟了几天，总归是豪爽经不起磨，客户答应注册一个关键词试试。付出终有回报，林若蓝高兴之极，到庄总公司找庄总签单，被一男子在门口拦住了："你找谁？"

"我找你老板。"

"有事可以跟我说。"

"我直接找你们老板。"林若蓝没把把门的放在眼里。

"我们老板不在。"

"我在这里等。"

"他刚有事出去了，今天不会过来了。"

要回去？大老远跑一趟多辛苦！林若蓝瞧了瞧把门男，想进门坐等。

"回去吧。"把门男把得严实，只字不提请人进去坐。林若蓝被堵在门外，心里很不痛快。打道回府，待和庄总再约签单时间，庄总却变口了："你先跟我们经理谈吧。"

经理？经理是谁，跟经理有什么关系？林若蓝纳闷了：怎么好好的就变了呢？邱总对公司每一张单都盯得紧，特别是在手机互联网大会后。

"林若蓝，你把客户电话给我，我打过去看一看。"邱总不介意亲自跟客户谈，谈的结果换来的是邱总一声："你呀……下次注意别得罪他们下面的人。"

一句话得罪一个把门男，一个把门男吹飞了一张"熬熟"的单。林若蓝真心酸，越心酸，越是想要挽回些东西。林若蓝再次拜访了许总，得到的回复五味杂陈。

"我们前一段时间确实注册了一个词，可是过几天再一查，却变成了广东另一家生物企业。打电话问注册公司，注册人员已经离职了。我们没想注册的词了。"

林若蓝知道这是有人利用了手机网址三天临时注册期。起先TT都没有人发现三天临时注册期的商业实用价值。最早发现者是II，成功付诸营销运用的第一个案例恰恰就是林若蓝想搞但没搞动的大客户：Huawei。

II涮住Huawei分三步。第一步，在手机网址注册后台以一虚拟公司名注册"Huawei"一词。第二步，电告Huawei对外联络部："我们发现你们的品牌刚刚被人注册，这一注册三天后正式生效，如果你们再不补救，到时你们在移动互联网上的品牌就转手易人了。"Huawei对外联络部听闻查实，不敢懈怠，询问赎回路径。第三步，II煞有介事曰："如果你们在三天内能提供材料证明'Huawei'品牌归Huawei所有，并向我公司注册，我们可以向上面申请，将被注册的'Huawei'重新判给Huawei。"

许总坦诚她被骗了，临了只给林若蓝留下了一句不可兑现的空头支票："这次算我欠你一个人情，下次再还。"

两位多好的客户啊，都被搞死了！叫人怎能不沮丧？而邱总也同被手机网址的业务困扰。据谭天讲，邱总原是帮朋友做公司的，做到了上市，想单干，就创立了TT。再说公司有一男，长相、说话、性情皆忠厚，曾几日不得见，后见其一回，公司即开大会。在解释忠厚男去了哪里之前，邱总打破惯例先提了一个很私人的问题："你们知道我对公司有什么梦想吗？"

忠厚男先答："赚钱。"

"开公司都是为了赚钱，说得具体点。"

"买房买车。"慕其名小姐后答。

"不对。车子房子早就有了，梦想是公司的。"

"多开分公司。"慕其名小姐又答。

"还不对，分公司已经有了，再想一想。"

邱总像位导师循循善诱"学生"，可"学生"到底是涉世浅，猜来猜去都猜不中。

"我告诉你们，"全场聚精会神，瞩目，倾听。"我想公司有一天上市。"邱总音量很轻，但声音异常坚定，眼神深处闪幽光，"上市知道是什么吗？"

忠厚男、慕其名小姐等摇头。

"简单地说，就是到那时公司有更多钱分给大家。"说到钱，邱总嘴角现出仿佛上市"钱"图就在眼前的笑。

邱总处心积虑了。接着说同事几日不见忠厚男，原道是被公司派去EE做卧底了。邱总邀忠厚男现身说法。他山之石可以攻玉，邱总借此欲让大家相信：手机网址是个好东西，关键看怎么做。

怎么做？邱总亲自带忠厚男去拜访客户，也铩羽而归。东西没人赏识，真让人窝心。工作半死不活的日子，林若蓝想要一个注册做投资，可做销售赚的收入还不够对付日常的开支与生活成本。林若蓝从鹿城带来的钱日渐少了，钱像漏斗一样往外流，流得林若蓝从卡里单单取一百块，都像抽血，心绷得老紧老紧的。刚到深圳那一阵，林若蓝一餐十块八块。陷进深圳大半年后的林若蓝，中午能吃五块的快餐不吃六块的了，晚上能吃一块八的方便面不吃三块的沙县小吃了。可钱还是不受控制被一种莫名的力量往外吸。林若蓝整天待在一个人的世界里，想着一个人的钱事，看着自己的财富一天一天缩水。

小泉又要参拜靖国神社了。深南中路与华强北交叉路口的一栋大厦挂反日条幅了，还有人群示威游行，砸日车日店，冲击吉之岛。平日间隙学日语的慕其名小姐也不学日语了，一大早就在公司广播事态最新发展，她很惋惜在关键的历史时刻无所作为："我还从来没参加过游行呢！"

林若蓝一点感觉都没有。九九年炸馆事件闹得多大啊，后来又怎样呢？还以为谁有雄韬大略呢！结果呢——林若蓝对海外来的挑衅越来越没原来的激愤了。

华强北的人行道出现成群的警察了，威而不武的，或坐或站着。周六清晨，走在上班的路上，林若蓝打量着周遭的一切。稍抬头望，右手边"味千拉面"玻璃窗上新贴着"本店香港同胞投资，同样爱国"的告民提示。满街行人稀少，气氛如冬。左手边一幅大型的户外广告牌上细线条勾勒的一位二奶耸立的妙龄女郎，女郎身后"等你来包……"的广告词撩人且诚实地提醒路人，这还是时代的最前沿——深圳。林若蓝边走边看，心里惆怅着何时可以步入有钱人的行列。这个年头没有比钱更重要的事了。

为了守住钱，林若蓝把“家”从晓园新村搬到了公司集体宿舍。所谓宿舍，就是公司在华强北附近租的一套两室一厅，男女混居。七八个女生住俩里间，一位女生不肯与人挤一屋，在卧室阳台搭了一个窝。林若蓝和一位老兄住客厅。同室的老兄晚上一冲完凉，就拿起刚脱下的裤子来洗，再晾上，上班时间又穿上同一条裤子出门去公司。林若蓝最后一次进晓园新村是回去取押金，当时一位新女房客正把堆在客厅过道大箱小袋大包小捆的东西，往才空出没几天的中间挪与提。

“你东西怎么这么多？”在深圳待了些年的陶小姐依然保持着对周围事物的好奇。

“还不止呢，那边还有一些，今天实在搬不过来，没办法，来深圳好多年了，每次搬家东西都不舍得扔，所以就这样了。”新房客如同旧房客林若蓝搬进来时干应着，但林若蓝终不如新房客开朗。

谭天很健谈，在团队会上总能说个没完，自我感觉良好时再说几段个人轶事，段段像说书。林若蓝都听不出哪一句是真的，哪一出是注水。

“我在好几家公司、工厂都有股份，可能并不是每一家都很好，但总有一家能赚钱。”谭天整了整西装扣，一遇到情绪节点，谭天不是把扣上的第三枚纽扣解开，就是把解开的第三枚纽扣扣上，“我现在还不够成功，但总比你们成功，啊，成功一些。想我最困难的时候，到处躲债，白天不敢开手机，还要想办法筹钱，一连几个晚上睡马路，没地方洗澡，大热天身上黏得受不了，找个工地，有几棵树没几片叶子，三更半夜躲在树后脱光衣服拿起水管就冲凉，不管有没有行人看。”看到高业绩等男生笑、阿裕等女孩羞，谭天又整了整西装扣，“你们还小，没经历过就不懂，改天再跟你们谈。下面我们模拟谈单。”

大家轮流当客户，当谈单手。

“下面轮到谁了？”谭天问。

“林若蓝。”众回。

“林若蓝，你来当老板。”谭天再看看慕其名小姐，“你还没谈单对吧，你来跟他谈。”

说来就来。林若蓝坐主位，笑一笑，调适调适姿势，让表情自然些。慕其名小姐坐客位，笑得很不自如：“林总，你好！”

林若蓝进入角色：“你好。”

“我们公司有一款新产品手机网址，你了解不了解？”

“你说说吧。”林若蓝把许总的语调拿出来了。

慕其名小姐拿起资料就说开了。“林总”斜靠椅背审视倾听。

“林总，注册一个吧，很好的。”

“我为什么要注册？”“林总”把庄总的架势摆出来了。

“很多人都在注册，再不注册就晚了。”

“我能得到什么好处？”

“你的潜在客户通过手机输入行业热词就可以找到你的公司，多好啊！”

“谁会用手机查产品？”

“今天可能没有多少人这样做，但是明天一定会越来越多。”

“你们东西太新了，我要再看一看。”慕其名小姐还想解释，“林总”听累了：“你先回去吧，如果有需要我会跟你打电话。”

林若蓝话音才落，高业绩和几个同事不约而同齐声起：“好，这个像老板！”

“哪有这样的老板？”慕其名小姐想打林若蓝，没打着，打在了椅子上，林若蓝笑着躲过去了。

“这个‘老板’提的问题很好，真正的老板就是这样的。”忠厚男说话公道。

“哪有老板这样打发人的？”慕其名小姐对林若蓝末一句耿耿于怀，还想打人，林若蓝且笑且躲。

“这个‘老板’很难搞，”高业绩笑着评点，“搞不定！”

谭天顺水推舟引导大家讨论怎样搞定“林总”。搞定“林总”的人没影，林若蓝被谭天看上了。

“林若蓝，今天我带你去见客户。”

客户是熟人，在华强北一栋商住公寓楼里。一进客户公寓，谭天就和公寓主人亲热握手。公寓主人表情平淡，但谭天单凭他一脸笑就把气氛营造得甚欢。办公室不大，一张办公桌，一头是主人椅，一头是两张客人椅，三人正好分坐。林若蓝旁听。谭天问主人生意，主人问谭天近况。一个是三十岁不到，有车有房有事业有太太的“四有”新人；一个则鸟雀点水般掠过手机网址，话里话外是对主人不禁外露的羡慕：“没想到几年不见你混得这么好！”

公寓主人笑得云淡风轻，说得波澜不惊：“现在不奋斗，什么时候奋斗？”

说得多好！好得谭天回到TT就与团队分享。在会议室分享着别人的成功心法呢，谭天又说到他自个儿了，接上回，话说某夜子时：“一位朋友家里电脑坏了，让我过去看一看。我二话没说，穿衣提包就去了。事实是他电脑没多大问题，我帮他搞好，正要走，他拿出一沓厚厚的钱，十万，说是借给我用。这笔钱救了我。”

天方夜谭莫过如此。

“救我的人会是谁？”林若蓝一个个地数，数星星一样地数，每一颗星都闪烁不定，美丽朦胧。林若蓝无助得就像一条无名的小丑鱼，不小心游进了深海，没勇气回头，又看不清前方的航标，搭不上一条顺风的船，一天到晚随波逐流着。林若蓝估计自己是撑不了多久了，卡里的钱如粮仓里的粮变少，世界不认识谁似的漠然。

金姐改在华强北请林若蓝吃饭了，吃几口湘菜，再八一八她的生意：“新一佳的店没钱赚，我退了，不知道接下来哪个倒霉鬼会接手？”

金姐在跟陌生人玩击鼓传花的游戏，这算谁涮谁？

林若蓝不去关外跑业务了，不想吃力不讨好，就在关内就近做着单，或一个人，或唤上同事阿裕。

“今天我在车公庙有一个客户，一起去吧。”

“我不会谈哦。”

“不要紧的，我谈。”

有单谈没结果的时光里，在一座无人问候冷暖的城市，阿裕灿若桃花的笑脸总能给林若蓝一种心情的明媚。

不知道是不是每一个人都过得很抑郁。天地人的唐客户信奉耶稣了，不仅让她的孩子信，还反向林若蓝推销基督之灵验，想让林若蓝信。金姐每周都要去一趟仙湖植物园，园里香火很旺。应景时代在深圳骨髓里的某种微妙，大梅沙新落成了一座愿望塔。林若蓝不经意间动了心：想找个人再去海边走一走，顺道许一个愿。但阿裕雨打梨花般地低首：“你自己去吧。”

想去海边但没人陪，林若蓝继续找客户，碰得有几个开化的，软磨硬泡几下能签得几个小单。日子就在小单的光阴里半灰半淡地过着，看不到大单的希望。林若蓝没有当初进公司的劲了，工作没有奔头就该走了。在林若蓝欲走还未走的某天里，刚上班，谭天一手提着包从邱总办公室出来，出公司门，一手不停地扣着西装扣，却怎么扣也扣不上，一脸慌神不定的笑。谭天刚进电梯，邱总走出办公室，面向全体员工通报：“谭经理违反公司规定已经被开除，希望大家不要受这件事的影响，好好工作，争取把业绩搞上去。”

邱总通报完就回办公室了，没有更多的话。

“怎么回事？”林若蓝看慕其名小姐。

“我不知道。”慕其名小姐看公司内线忠厚男。

“先做事吧。”忠厚男让大家安心给客户打电话。

下班，慕其名小姐传：谭天破译公司手机网址后台密码，盗了一批手机网址，被老板发现了。关系经不起推敲，仇情恨绪长不了。街头的日车渐渐多起来了，慕其名小姐又大大方方学日语了，在午休的时间里，在上下班的电梯里。

“我还是想去日本，小泉是小泉，日本是日本，你说对吗？”

没人异议。

林若蓝受不了人货两用电梯走一层停一层的老爷脾气，遇上慕其名小姐学日文会凑兴学几个单词。慕其名小姐一遍遍教，林若蓝笨得一次次走音，给无趣的大铁箱平添了几许有趣。有趣不久，公司即减员了。

林若蓝离职了。才离职，谭天消息灵通，打电话让他过去一起做。一直盼望有人带的林若蓝，在那一刻真的来临时却选择了——不跟。网络做不开，股市做不动，直销做不长，单干没资本，最初的商业新鲜感都被磨出茧来了。市场还有什么项目值得一做吗？跟谭天能有更好的局面吗？天知道谭天还会演出多少人生的昼夜黑白。离职那天，林若蓝在TT楼下还遇见过忠厚男，忠厚男也打算走，没说去哪里，但对林若蓝说："你会有很好发展，我看好你！"

林若蓝听着就笑了，惨然地笑了。与其说林若蓝找不到理由相信忠厚男，不如说林若蓝找不到理由相信自己。

"真的，看你样子我就有这种感觉。"

林若蓝不知道忠厚男是怎么看出来的，但林若蓝是笑得更乏力了，像深圳落日余晖映在TT楼面上一样惨烈与苍白。当年马化腾带着几个人就是在那栋楼的三层缔造了QQ的崛起，但是那栋貌不惊人的楼再没诞生过第二个网络传奇。林若蓝还看到过一次高业绩，他和一男同事提包并排走在岗镇街头。林若蓝坐在乔惠的新车里隔窗看着两人的背影有一种恍如隔世之感：曾几何时谁也和高业绩在岗镇做单啊。

阿裕离职后没做销售，随便进了一家公司，林若蓝在电话里听她说："就是图个过渡。"

"接下来呢？"

"没想过。"

"准备在这一家做多久？"

"混一天算一天吧，我早晚要离开深圳的。"

“去哪里？”

“还能去哪里，回家吧。”

“还回来吗？”

“不回来了。”

“为什么？”

“老家更好吧。”

“哦。”

“你有没有去愿望塔？”

“没有。”

“你不是说要去吗？”

“找不到机会。”

“这要什么机会？”

“一个人不想去。”

“哦。”

两个人的心思在声音里潜流。

身边的人都在说回老家。姚客户做生意的货被人骗了，她在电话里跟林若蓝提起她西南边城的老家，声线布满了人在深圳的灰尘，丝毫没有边城山水里的清秀与明静。林若蓝不知道自己为什么还要在深圳坚守。他坚守不住了，还想着TT能宽限几天，让他好好找处合适的房子，但邱总在电话里直说“不行不行……”，就挂了。

TT无可厚非，公司不是救济所。林若蓝曾认真想过去收容所暂时避一避，歇歇脚，缓一缓气，但终是想想而已，有心没胆。同室的老兄是跌到底了，公司早就让走人了，老兄还拖着没走。

林若蓝是要挪窝了，可卡里的钱只够租四五百块价位的房子了。不能住城中村，到哪里找既安全卫生又实惠便宜的居所呢？向着城中央的方向去过景田，向着大梅沙的方向去过盐田，向着深圳湾的方向去过蛇口，向着关外的方向去过龙岗与宝安。在TT给出的搬离时限前，林若蓝穷途末路地在深圳地标——地王大厦背后一片房中房里，找到了一间隔板房：一张窄长的木板床，刚睡得下一个人；床与隔板之间的留缝，刚容得下两脚一前一后走；透过隔出的半扇窗，望得见屋外一抹狭窄的天。试着住一住吧，你还有什么资格挑三拣四呢，好歹干净、通气，有采光吧。林若蓝说服自己，赶在十点的夜之前把家当搬了进来。背包放在床沿，占去了大半个床尾，箱子立在床尾堵住了一个门口。待关上门，躺下，头顶着半边窗，外面没有一丝风，整个隔板房就跟蒸笼罩一样，气温挥散不了憋在一起，烙在人身上，如蒸如糊。那一晚，城市无光。从踏上深圳的第一天起，林若蓝千想万想都没想到他有一天会滑进一口棺形房。那一晚，时间好长。醒时，耐不住身疲体困，且睡；睡时，熬不住天热气闷，又醒；醒了，倦了，累了，又躺。躺躺坐坐，垂头断肠；坐坐躺躺，闭目神伤。等天边的亮光刺开惺忪的眼，林若蓝摸摸脸，确认自己还在，跃身起床，提起箱子背包就冲出了棺材房。他无法想象一个人的前途、命运在棺材房里怎能获得绝地反转的力量。

天黑之前，林若蓝循着贴在墙上的租房小广告，在附近又找到了一间看上去符合预期的隔板房：一张由石砖垫得老高的宽绰单人床，一条可以由得双脚来回穿梭的过道，没有窗，但有一扇门板挨着厨房，厨房通着阳台，空气不算闭塞。当晚林若蓝睡得很踏实，踏实得以为可以继续踏实地住。可当他惬意地在清晨中醒来，才坐起，一只蟑螂在地上探头探脑地东瞅西瞧着什么，接着一只母性蟑螂跟着一只雄性蟑螂亦步亦趋地跟了上来，旁边还有一只年轻的蟑螂，贼眉亮眼的，神似小三。林若蓝愣头愣脑的正想着地上的蟑螂从哪儿来的呢，一伙后生蟑螂、小蟑螂急行军从厨房穿过木板缝爬进来了，林若蓝看呆了，一群老弱蟑螂成群结队地进来了。雄蟑螂爬上林若蓝的床了，“小三”逼近林若蓝的手了，探路蟑螂攀上林若蓝的包了。林若蓝火烧眉毛般地跳下床，操起一张旧报纸就是一通胡撣乱扫，一手拉起箱子拉杆，一手提起背包带，右脚踢开门，左脚仓皇外跨。有一只后生蟑螂和一只小蟑螂还追上来了！天啊，这是哪门子蟑螂，怎么也狼性十足？林若蓝跌跌撞撞，上气不接下气逃到楼下，还心惊肉跳，不止不已，好些时间里只要想起还惊魂如昨。

颓废的阳光照在夏日的深圳，没有季节应有的热情与豪爽。林若蓝像条干瘪得榨不出水分的苦瓜四处张望，城市到处是路口，林若蓝却不知该如何走。心还有余悸，身早已疲顿，找不动了。在黄昏落日前，林若蓝穿过一条大道，走进一家叫不出名字的小区，在一处被时光遗弃的角落找到一间阳台房安下了身。虽然蛇皮袋类的杂物蒙住了一面防盗网，关上木门，里面还是比蟑螂房要光亮，比棺材房要宽敞。除却一张旧办公桌，余下空地容得了箱子自由开合平放。一个月电费不超五元，就可不计入月租。林若蓝知足了。

阳台房下面就是马路。夜里枕着中心城区的繁灯与车流入睡，清晨和城市一起苏醒。醒起，看夜里垫在背下隔热的湿毛巾变成干毛巾。洗脸，穿过一条过道，是一排房中房。房中房与厨卫间隔着一块小客厅，小客厅靠墙摆着一组折叠桌椅。房客与房客天天就在过道和小客厅擦身而过。房客里有一浓妆艳女，常晚出早归。在太阳把阳台房晒成烤箱前和烤箱退烧后，林若蓝日日早出晚归，去去人才市场，看人才“挤挤”，翻翻招聘专版，看职位“茫茫”。

在老家听朋友说深圳遍地黄金，而到深圳近一年的林若蓝看到的就是满城一种表情一门心思，一群不分昼夜不分黑白绕着钱转的人。

“林老师，你好！看你的资料，你做过老师，而且发表过文章。”

“对。”

“我们正好需要一些兼职。”

“兼职？”

“对，我们公司目前没有新的岗位。如果你有好的儿童文学作品，可以寄给我们，我们可以看质量给你稿费。”

“你们需要什么样的儿童文学作品？”

“最好是牛鬼蛇神，呵呵，现在的市场就对牛鬼蛇神感兴趣。”

林若蓝想象力贫瘠死了，满脑子能想得最远的牛鬼蛇神就是牛头马面。牛鬼蛇神的钱是赚不了。林若蓝买了一本记账本记录起日常开支，盘点起剩下的钱。林若蓝估计自己是不是太不珍惜钱了，所以钱才不理不睬不回头地弃其而去。

只有出账没有进账，钱像手中持续握不住的流沙。林若蓝鹿城卡里的钱用光了。生命有一种不能承受的空，心却如石。

“尹总，我们什么时候可以进入下一轮面试？”

“先通过笔试，我们会打电话，你先回去吧。”

回去，回去，应聘的公司都在让应聘者“回去”，金姐也在叫林若蓝：“回去吧。”

能回到哪里去呢?

离地王大厦不远有幅小平画像，画像背后有块草坡地，几簇杂草没有规矩地参差兀立，天然地隔出了与路人的距离，隔出了与正面繁花似锦不相称的落寞。小平谈话节录就掩映其间，“敢闯敢试”是里面四个字。多少人因之而兴，多少人因之鳞伤遍体？无所去处的光阴里，林若蓝站在小平画像后面心灰意冷，看不到光明。唯有想起其他城市，心灵深处还能闪起一点点隐隐可见的星。广州太乱，兄长在那；上海现代，可惜排外。去北京，如何？没人给林若蓝指点和答案，只是在深圳越没有盼头，林若蓝北上的念头就会越发的强烈。

唐客户确定要移民加拿大了，姚客户在打算把生意转回老家。

不是打算离开就是确定离开，每天都有人离开深圳。看着别人的人生，林若蓝就会触景生情地联想起自己。金姐有闲无忧似的，一天又请林若蓝吃饭，林若蓝推掉了。有什么事吗？没有，仅仅因为恰逢是林若蓝到深圳一周年的日子。满腔愁怀的林若蓝，就为想看一看来时的路，乘上开往宝安的大巴，回到了二〇〇四年第一次到深圳的点。车站还是宝安汽车站，人才市场还是宝安人才市场，只不过是换了一批新到深圳的人。林若蓝站在街上看着斗转星移，星移斗转掠过街头数着林若蓝过去一年的光阴。

“你为什么来深圳？”

“赚钱呗！”

“鹿城不是挺好的吗？”

“深圳更好嘛！”

他笑昂着头，她低着眼笑。

想着在深圳认识的第一个人，想着宝安人才市场额边垂着一缕红发的重庆美女关萍，想着和她一幕幕的对话，林若蓝有一种想见不敢见的伤痛。当有一天林若蓝备足勇气走进宝安人才市场，想和重庆美女再聊一聊时，重庆美女却已不知去向。林若蓝问前台，前台反问林若蓝："关萍？没听过。"

人世无言沧桑。

从宝安回来，重回深圳深处，看着一抹抹抓不着的繁华。他认识她，她不认识他，他有一种身在繁华边，却靠不近繁华的悲怆：

走吧，走吧，你不属于她，她不属于你，你们属于两条永远不相交的线，行驶在各自的平面。你在城市看着她，她在城市陪着夜。你以为你在夜的繁华里，其实你只是在繁华和夜留下的影里来与去。

走吧，走吧，收拾收拾自己，收拾收拾心情和行李，就这样结束吧。离开这座城市，从此断了对深圳的梦与欲望的念。

可当这个人从火车站窗口拿到北上的车票时，一种深深嵌在他内心深处的不忍不舍、不甘不服、不情不愿像约好了似的齐齐涌上心头海平面。

"尹总，你好！前一段时间我在你公司应聘过图书编辑，我想了解结果出来了没有？"

"结果还没出来，还要等一等。"电话里的回答一点都不着急。

"我现在在火车站，我就想了解一下结果，不行，我马上就走。"

"你在哪里？"电话里的语速明显加快。

"罗湖火车站。"

"你过来吧。"尹总声音快起快落。

一扫连日的阴霾，林若蓝抑制不住地激动：莫非这就是自己寻寻觅觅孜孜以求的转折？林若蓝不敢确信，但有一些半透明的憧憬，想着踏破铁鞋无觅处的财富，林若蓝的心又痒了，脚跟着动了。退票，搭车，直奔剪影文化传播有限公司。最后试一次！

公司在景田一栋住宅楼里。

“我是海归，平时很低调。”尹总以一种并不低调的方式拉开了新入职编辑见面会。公司还有一位丁经理，与尹总简约的形象不同，头发、胡子蓄得有一两分艺术派头，一般不出席公司会议。林若蓝和几个新人组成一编辑部，任务就是编写一套“奋斗”书系，林若蓝负责编著其中的《青春蝶变录》。

不写书，写书是一件令人神往的事；真写书，写书就是一件苦差事，时有煎熬。整天对着电脑，手指在键盘上敲敲停停。好吗？凑合着吧。不好吗？比做销售简单平静些，连空气都懒得理你。林若蓝有一种淡淡的满足。

素日尹总和丁经理就在各自的办公室里。偶出来透透气，顺便跟编辑聊聊天，说说话之类的。丁爱讲些趣闻，而尹多和编辑分享用头脑和电脑的心得。话完了，笑完了，余下编辑各自忙活。写不动了，林若蓝能做的就是坐在电脑面前发呆，一呆就是一两个小时，偶尔偷懒想一想未来也写一本什么书，给自己，给时间里的谁；邻座陆小姐不是忘情于网络小说的江湖，就是专注于她的网络银行，有时应一应林若蓝的对座北方女闷得没话找话问她的字与词；北方女坐在位子上沉不住了就自怨自叹：“真的不知道怎么写！”不会写，也得写，谁也帮不了谁的忙。有一种写书就是挤药膏，有时连挤牙膏都算不上，一天能挤一两千个字就算不差了。

一个人的城市，更难还在下班后。深圳的夜炫目妖娆，魅惑在每一个都市人的眼前欲望斑斓。每一个欲望都连着一道阀门。有人坐在灯意融融的家里休憩与生活，有人选在灯红酒绿的入口沉醉与游走，有人守在灯火通明的楼宇沉淀与求索……一座城市，几样人生。地王大厦对面有两座名“城”，一座是万象城，一座是深圳书城。回阳台房前，林若蓝就把自己搁在书城直到打烊。周末则把整个人和心放在书城，中午困得不行了，就找个座椅靠一靠身体，眼皮打架了，想睡了，找一姿势打个盹。伏膝枕手很累，就侧身而倚，向左的坐姿撑不住，就向右侧坐试试，如此磨合N个来回。下午继续看书。书的种类多，一种连一种，里面讲的不是成功就是财富，要么就是五花八门的考试书籍。信手翻一翻，再读一读以前没来得及看的旧小说。一日重一日，一本接一本，直看到眼睛酸痛得泛泪，直看到越看越虚空。世界很美，但中间总隔着一层。

记账本清清楚楚显示林若蓝的生活费用流越来越紧了，钱连心，心连钱，林若蓝的心缩得更窄了。坐车去公司前，沿途地王大厦拐角有个唯一的早餐点，一辆早餐推车，林若蓝就买一块钱的小馒头，一袋两个，吃完再上班。不敢在公司吃，被同事看到，就太穷酸了。北方女常带点心回公司和同事分享。

“你要不要？”

“我吃过了。”林若蓝摆摆手。

“不要算了，我们多吃一点。”北方女似气还笑，与陆小姐边吃边聊。

“我不吃零食的。”林若蓝欲辩明些什么，声音却淹没在两个女人的早餐闲语中。

中午吃公司的，编辑部几个人喜欢凑在一起比较谁的外卖菜好饭多，北方女拉着陆小姐一唱一和甚活跃。这是公司最热闹最有人气的时段。闹热过后复寂静，歇工过后复赶工。

“咦，怎么老是掉线？”林若蓝电脑不好，遇不懂就问陆小姐。

陆小姐耐性挺好：“可能是哪根线松了，你再接一接吧。”

“开始还没有，怎么最近老是这样？”林若蓝嘴里咕噜着，蹲下身检查主机背后接口与插头。地上乱七八糟的一堆线缠在两张电脑桌中间，北方女一双光脚趿上凉鞋往回缩了缩，看不出异常。

晚上进书城前，林若蓝会去趟书城后面的好又多买个五毛钱的东北大馒头，一个顶早餐推车的仨。夜九点半，马路两岸灯火流光，地下道是流浪音乐人的晚场。林若蓝回阳台房，路过一位坐抱吉他的歌手，一遍遍弹唱一首首声凝弦绝的歌，伤怀得温柔。林若蓝总会缓下脚步，想长一点留住人在深城的一份感动。

感动的时光总陶醉，生活容不得麻醉。林若蓝在柜员机查过了，深圳旧卡里没一分钱了，剪影新开的工资卡还是一张空卡，没人说几号发工资。箱子翻过了，衣服的口袋都翻遍了，边边角角都摸过好几次了，凑凑拢，摆在床席上：三张一块的纸币，皱皱巴巴；两枚一块的硬币，孤孤零零，不多一分，没一角余。人生落魄至此，情何以堪。林若蓝欲哭忍悲地安排未来几天的生活：公司远，必须坐车上班，两元；写书是种费力费神的活，早餐还要在地王大厦早餐点吃，一元；晚上没事，闲着也是闲着走回来吧，省出两块留到后天坐车去公司。后天以后呢，上班怎么办？请病假吗，一男的平日好好的能突然有什么病？人长得瘦，怎么不经常生点可以请假的小病呢？林若蓝好希望当场能小病一场。要求人吗，求谁呢？求金姐，她会信吗？求老板提前发工资，向同事借，向家里开口要，找什么理由呢？不行！会被人看穿识破，笑话很久很久的。林若蓝一个个地排除，排到就剩下他自己了。他还有一套几百块钱的西装，做销售时买的，只穿过几次，可以典当或贱卖，能换得几十块十几块也好啊。就是这种时候林若蓝痴痴地告语自己：一切都会好起来的，一定会好起来的！他不知道命运在哪里拐弯，但发自内心的有一朵似无还有、始终不灭的蓝色火焰在风中摇曳。灯火阑珊。

到底是囊中羞涩。林若蓝在晨曦中起床，虽然身体无恙，脑袋依然沉重，头抬起来也乏力。从买早餐的一刻起，想到接下来要坐车上班，林若蓝掏数第一块纸币就要看看地上，再看看手上，有没有带落另一块钱。从数好两块钱，牢牢攥紧，投币上车，想到明天还要投币坐另一趟车，手不禁又伸进口袋摸了摸，确认两块硬币还在，心口分不清是悲壮的踏实还是踏实的悲壮。青春的背影多凄凉。

凄凉看不到头，午后光阴凉。该想的都想了，能做的都做了，穷得只剩下两块硬币的林若蓝，无能为力得如闷葫芦似的坐在时光里，就等命运出招。陆小姐查看网络银行的样，并没有发了工资的迹象。时间慢节奏地走，公司如同平常，就只有敲键盘的声响。下班时间，林若蓝走出公司，看街头宽亮，心反释然了。一个人无可失去，还有何所惧吗？不能坐车，就不坐吧，看着如蚁的人群候车又挤车，林若蓝晃着手散漫地走在回深圳书城的路上。通过一个十字街口，穿过一段林荫道，走近一座人行桥，豁然广阔。桥上桥下绿意盎然，枝头之上、天空之下横着一块有几分水墨诗韵的广告牌：“Vanke十七英里”。林若蓝笑了，意外地笑了，笑得有几许明朗、舒畅，还夹杂着一丝丝说不清的辛酸。自己从老家到鹿城有多少里了？从鹿城到深圳又有很多里了吧，从深圳到彼岸还要走多少里？在人生的低谷，一个声音在林若蓝心底坚毅地响起：成功最后一段路程，就在前方“V”形拐角“十七英里”！

林若蓝不知道“十七英里”有多远，但感觉就近在眼前。他伸展着手臂，任晚风拂过衣衫与发丝，在时空里飘逸。一滴两滴雨打在身上，林若蓝加快了脚步。人到书城，没雨落地。当林若蓝再次把新开的工资卡塞进柜员机时，柜员机映出了林若蓝畅怀的笑容。久违啊，卡里终于出现了有实质意义的三个数字。林若蓝在好又多旁边的小湘馆里豪吃了一顿好久没沾的回锅肉，犒赏自己！整晚清凉，一夜无失眠，林若蓝幸福得睡沉沉。

睡到自然醒，晨色阴，林若蓝看看窗外，望望天，不像下雨的样子。要下早下了，林若蓝没带伞就出门了。出门没多久，瓢泼大雨没有任何铺陈地倾泻而下，铺天盖地，势如江河开闸。回去取伞？来回十来分钟的功夫都上车了，雨来得快必定去得也快。林若蓝没有新的想法，就近躲在肯德基门口看雨。雨不认人，没有停的势头。回头取伞是淋湿，往前冲是淋湿。没有走回头路意识的林若蓝执拗地选择了后者。满街都是打伞上班的人群，林若蓝一个人在伞群中纵横穿梭：穿过一道人缝，拨开一侧伞沿，绕过一道人墙，碰到别人的包说声对不起，跳过几块水洼地，跃至一位女白领的跟前，挡着她过十字路口的道。雨帘层层密密望不到边，大雨似珠如注和着行人的脚步吧嗒响，每一把雨伞都匆匆而过。看斜角处一栋大厦有一条避雨走廊，闪过一位女士的面，一脚飞步跨上台，走到廊檐尽头，心不想但不得不低头迈脚再钻进水帘，扎进伞群。忽见横出一条街，人流杂车流，伞流混雨流，车外的人看着车头，车里的人看着人伞，伞停车移，车停伞移。林若蓝走走停停，乘着一个空当冲出车流伞流，冲过拐角处的早餐点，冲到地王大厦前的站台。一颗心落地！再看看脚下水浸鞋，鞋进水，另一颗心又悬起来了，林若蓝全身由下往上潮湿得钻心凉。上车。一路站着，满身湿重得从上到下水淋漓，似融冰，带走了身体残留的暖湿气。人在夏日却冷得冰骨，林若蓝的心都僵了，抓着车扶手力挺着。终到站，雨还在滴滴答答地下，下得水已满街，下得人行道上水横溢，下得下车的乘客脚都无从下。

“门口的快点下，人家还要上车！”

司机大佬一头急得催，林若蓝一头乱得闯水阵，看一下，蹦一下，晃一下，跨上了一片高地，脚暂时安然了，头仍在任雨敲打。林若蓝被敲怕了，不敢固执了，傻傻地想到就近买把伞，在人前撑撑场面先。大雨天没带伞进公司，多丢人啊！进公司要过一路口，路口已经被淹了，有人卷起裤腿、手提皮鞋在“过河”。林若蓝上上下下都湿了，还卷什么卷、提什么提？他穿着皮鞋就趟过去了。倒倒鞋里的积水，挤挤裤脚，林若蓝就等进公司同事一惊一诧一同情了。进到公司，林若蓝才发现全城狼狈不只他一人。陆小姐正一边梳理粘湿的头发，一边述说雨势凶猛；北方女的脸色比天色还阴郁，难得一见地应和做话局的配角；尹正源源不断拿报纸在编辑工位下面一张张地铺，公司有一美术设计男在一旁帮衬。

“大家把鞋晾一晾，并排放在阳台。”才铺完，又交代，尹又快速取出几双拖鞋，放在编辑面前，“拿这个先换一换，将就一次，别着凉了。”

林若蓝看着，心里有一种遗落了很久的触动。

假如人生可以不考虑钱，林若蓝很愿意在剪影写下去，但一想起自己南下就是奔着钱来的，从火车站折返，是冲着钱来的，林若蓝又思索起前途来了：哪里才是一个头？做销售是做到尽头了，写书也看不到出头。林若蓝捋着命运的线头，向几座大城市撒网投了几份简历。简历寂寞无音，考研的书在书城扎堆，刺激着林若蓝的神经。一天两天没感应，三天五天没知觉。一心想着要理出命运头绪的林若蓝，某一晚鬼使神差闪过一念头：考研如何？不想不在意，越想越觉得是一条命运的路径。林若蓝把丢掉的英语重新拾起来了。深圳繁华的角落不协调地多了一个手持一本英语手册，嘴里念念有“词”的身影。

尹也在忙着什么：“今天下午出版社有领导要过来，谈点事。下午大家去书城逛一逛，统一打车去，公司报销。”

“什么领导？”林若蓝看着莫深。莫深在公司有一年了，林若蓝希望从莫深处知道些信息。可莫深只摇头，金口不开。一家私人小公司后面能有什么事，搞得如此神秘？第二天，尹对领导来访一事只字未提，只是林若蓝的网线又掉了。林若蓝弯腰看桌底，北方女一双光脚在网线中间窸窣，一双凉鞋搁在一边。林若蓝瞬时明白了，抬头怒目，厉声而问：“是不是你？”

北方女好几秒才做出反应：“什么？我不懂。”

装糊涂？林若蓝还瞪着北方女。北方女不安地调整了下坐姿，闭声敲字，避而不看林若蓝。就此，北方女再没找林若蓝说过话，林若蓝电脑也没再掉过线了。剪影面上就这点破事，事情小到林若蓝都不想知道北方女搞他网线的原因。

“奋斗”书系第一稿依次出炉了。尹传“幕后领导”的话：“书里面都要加些职场性骚扰的内容！”

“这个怎么写？”北方女似问还叹。

真实的性骚扰林若蓝并不愿入书。商业图书按照商业规则办，“奋斗”书系的几个编辑花了几天时间各编了一节性骚扰，又把书稿交上去了。

投出的简历有回音了。北京来电：“你好，请问是林若蓝先生吗？”

女音如棉质衣，有几分想象中的北国质感。林若蓝答应对方写完手头上的书稿即可过去。北上，一边工作一边考研。思路既定，林若蓝就等着见打电话的冯主编和冯主编所在的“99文化艺术中心”。

书稿过二审，就差细修了。算好时间，林若蓝根据入职时尹提出的“离职提前两周和公司打招呼”的规定，跟尹提出了月底离职。雇主都知道雇员有走的一天，而尹和其他雇主不一样的是把话说在了前头。尹没什么意外的。在“奋斗”书系和其他书系写作团队散伙之前，尹还开了一次图书策划会，在会上晒编辑的idea。

“所有的方案中，最有新意的要数莫深的策划。策划巧妙地借用一个医学概念，并围绕医学概念设定主题，比如：营销G点、采购G点、管理G点……”G点？临尹侧坐的林若蓝听不出名堂，伸首探看尹手里的策划稿，只见策划稿正中间画了一个硕大的“G”，环绕G，有秩序地排列着市场热门词：创业、投资、IT、物流……气势蔚为壮观，欲感跃然纸上，令人拍案叫绝。林若蓝环看众编辑：北方女抿不住嘴地窃笑，一手一个劲地卷着衣角，一手不停撩身边的陆小姐；陆小姐拿着一本书，双手托在膝上埋头伴读，头几乎挨到书本了，脸涨得通红；莫深像一位修行欠深的活佛似的坐着，脸上是一种欲禁难禁的激动起伏。一个人沉默如金到竟然能想出如此一份惊艳的策划，林若蓝叹为观止！

欲望无尽时，惊艳不常有，唯有时间细水自长流，分秒数着林若蓝北上的时光。

离开剪影并没有多少解脱的林若蓝站在万象城二楼空中走廊，透过玻璃幕墙望着城市光怪陆离的夜，有一种望不透的怅然。未来将来不来，过去似去非去，旧人往事一一在眼前，几度天凉几泪痕。

夜深，林若蓝拭干眼泪回住处。才进门口，一条“左青龙”乍现在面前。林若蓝心一惊，倒打了一个冷颤：什么人？光着膀子，一身横肉，坐在客厅里小餐桌前。疑虑间，“左青龙”缓缓夹起一口菜，一边微侧头轻轻往嘴里叼，一边斜视着林若蓝。就一眼，恰像一道利剑寒光，射得林若蓝心里连着全身打冷战，脚往后退。

“来，大哥！我敬你一杯！今天你来看小弟，今后小弟就靠大哥罩着了！”说话者是一小个男，背对厨间而坐，端起一满碗酒，仰脖就是一饮而尽。“左青龙”收回眼光，单手执碗浅浅地饮了一小口。

林若蓝不敢再看了。进阳台房的过道和客厅的连接口被“左青龙”挡着了，林若蓝欲进不敢进。不进，无处可睡；进，如有闪失，怎么得了？要挡没东西挡，想跑都没地方跑，林若蓝越想越有种不确定的怕，怕在离开深圳前的几十个小时里出现不测。一年风风雨雨都过来了，绝不能让自己毁在这里：“哎呀，我东西忘记拿了，还要回去，麻烦！”

行人不知何处宿，只向大道明处行。林若蓝走在深南中路，走过地王大厦和小平画像，走过深圳博物馆和市委门口的雕塑“拓荒牛”，走到一个灯明光亮的广场，没有保安，有一排长椅，累了，坐一坐。困了，乏了，想躺了。躺一下吧，就躺一下，让身体舒服舒服就起来。才躺下，人竟睡着了。

不知睡了多久，林若蓝迷迷糊糊感觉紧身裤兜处有“东西”在蠕动，林若蓝扭扭身子，“东西”安静了，静了几下，“东西”又蠕动起来了。什么东西呢，你动一下，它就停一下，你停几下，它就动几下。到底是什么东西呢？林若蓝烦躁得猛警醒到什么，弹身坐起，看裤兜已破了一条缝，里面的手机隐约可见，再抬头，一个十七八岁黑衣小青年收起一把轻巧的折叠刀随身揣好。

“你们太过分了！”还没完全睁开睡眼的林若蓝口里干巴巴地冒出了一句。

小青年模样悠闲地走了，后面跟着七八个年纪相仿的小年轻，向着下一个方向，把林若蓝遗留在深圳真实的噩梦里，一个人坐在夜里，疼惜一条在鹿城知名的五马街花了好长时间淘来的休闲裤。不能再停留了，必须加速离开这座不可预测的城市！

深圳的十一没有国庆的气氛。大街小巷人山人海，提醒路人又是一个大钞小票蠢蠢欲动、人潮钱潮争汹涌、举城竞掏钞票的黄金周。街头歌手不应景地在唱着一支支伤情悲曲。才穿过一条人流，从身后飘来一首熟悉的歌：

“如果大海能够带走我的哀愁，就像带走每条河流……”

歌声凄美如月钩，每一个音符都在唱着城市灵魂深处的孤寂。林若蓝停下脚步，掏掏口袋，不到五十块。歌声深沉高亢，像大梅沙海岸的浪，一阵阵拍打着海岸，拍打在人心头。林若蓝抽出十块，回头，弯腰放下钱，转身走进地铁通道。歌声在耳畔回响，感伤嘹亮，犹如海平面上吹来的风，越过城市的喧嚣，飘在人群的上空安抚着深城每一颗受伤的心。

林若蓝坚持体面离开的原则，订了一张“硬卧上铺”。晚上，林若蓝在好又多买点东西，做离开深圳的倒计时准备。金姐却来电话了，以高于家教市场回报的标价让他辅导她女儿。假如她的电话来得早些时日，林若蓝可能当即就应承了，可离开深圳的票已经买好了。

“什么时候？”

“明天。”

金姐没有说一句挽留林若蓝的话，只静静地等待林若蓝先挂电话。林若蓝没有二次退票的冲动了。再次退票又如何？即使是后来，林若蓝也想不出，假如他不是在绝望中决定北上，他的人生又将怎样？

命运没有如果，时间按点运作。林若蓝背着包，拖着箱出门了。路过浓妆艳女敞开的房口，艳女没有化妆，朴实还原得就是一位谁家宅院的邻家女子。

“走了，不回来了？”一位陌生人，不是熟人，却胜似朋友的一声问候。

“嗯。”林若蓝还以微笑，在女子目送中走了。人生就一幕，于千万人之中，在时间的无垠的荒城里，没有早一步，也没有晚一步，恰好遇上了，也没有别的话可说，唯有轻轻地道一声：别离。

别离，别离，站台站外迷离。轻拉窗帘，林若蓝倚窗而坐。望着窗外，一个满脚绷带的妇女坐着轮椅，由先生和儿子推着向火车走来，一身一木然，一脸一茫然，一步一怆然，在时间的站台张望着列车的入口。都在离开一座城市，都带着累累伤痕，林若蓝不能自已，眼眶泪浸湿。想着自己一年多来在深圳的日日夜夜，想着自己破碎的梦，想着自己的苦累与苦果，无尽酸悲翻涌在心头。妇女拄着拐杖一个人上车了，就在与林若蓝同一节的车厢来回寻找可以换床位的人："哪位大姐大哥行行好，你看我腿脚不方便，爬不动，谁能帮我中铺换下铺？"

换床位的悲然声在狭窄的车厢回荡，时间在悄悄移动它的车轮。汽笛"呜"地响起那一声啊，林若蓝是肝肠寸裂，片片心碎在天际，在时间的流光中，荡又去。止不住的是眼泪哗啦啦流，流在脸上，流在心里，流在林若蓝遥望窗外深城的最后一眼里。林若蓝暗地咬牙握拳，在心底起誓：

深圳，我一定会荣归！

泪眼中的世界，深圳迷离，迷离，从此又是一段天涯孤旅。

捣练子

归去来，
又一程。
断续天涯断续踪。
无意尽随广厦飞，
繁华深处是朦胧。

走出北京西站，抬头看北京第一眼：“好光”。

京城茫茫。天黑之前，林若蓝在北大圈没找到适宜的房子，在北大一招待所住了下来。招待所简洁明净，看得还踏实，睡得也算安稳。

到北京的第二天，林若蓝打了两个电话。一个打给深圳的尹，询问新到账的工资为什么少了三分之二。尹给出的理由是：“临时”离职，给公司造成了损失。林若蓝争辩，尹辩不过，不容分说把电话挂了，挂得人冷冷的，像北京的秋。身在北国，鞭长莫及，但林若蓝把这笔账记下了。林若蓝第二个电话打给了北京99文化艺术中心，和冯主编取得了联系。冯随即安排见面，见面即安排二对一的面试，试毕，一位古老爷子亲自送出门来。林若蓝又上班了。来北京没几天，就把工作定下来了，林若蓝有几分得意。

公司在朝阳区一座四合院里，专编师生用的各类各级数学报。林若蓝隶属小学数学周报编辑部，负责编辑某年级B、C版。好多年没有接触数学了，教材版本又多，要熟悉吧，还有专业的编辑软件、规制和流程，林若蓝边做边请教。有人学得无心，有人看得有意。一天，古爷把林若蓝叫进总编室。所谓总编室，就是总编、冯主编、古爷三张办公桌，加两张长沙发椅。林若蓝就沙发而坐，总编坐在椅子上满脸乐呵呵：“听古爷说，你是老师，还写过书？”

像面试似的摸林若蓝的底。林若蓝不知道总编想做什么，回了一个字：“对。”

总编和古爷笑了，一位笑得爽朗，一位笑得意味深长。冯主编笑得温和，林若蓝莫名其妙。

“你看小学编辑部刚好缺一个主任，现在还没有一个头，就像兵不能一日无将，没将没办法打仗啊。”

“对对对。”

“经古爷推荐，我们认真观察，”总编指指冯主编，“发现你不错，我们决定让你来顶这个位置，怎么样？”

“我可以试一试。”

“不是试一试，”总编挺直身子，严肃起来，“要做就做好！”

“好。”

总编和古爷又笑了，一位笑得开怀，一位笑得慈祥。林若蓝笑得勉强。没做过的事哪能有底劲。林若蓝的工作在夹生夹熟中铺行，适逢人远故地水土不服，林若蓝腿上出了红疹子。不想去看医生，熬几天吧，熬到疹子一天比一天多，满身都是，熬不住了，利用下班的时间转过几个弯，在公司附近一间连锁药店开了点药。红疹慢慢见好，林若蓝的版面样稿也排好打印出来了，已送校对室。可以好好洗个澡了！

一周洗一次澡，在北国的秋天不是一个问题。公司提供食宿，宿舍却没有浴室，洗澡都要提着一塑料袋衣物，穿着一双拖鞋，沿着一条没有人行道的马路，经过一串灰尘拌油条似的店铺，去外面的澡堂。

南方的公共浴室是一个隔间一个隔间的，北京的澡堂奇特，掀开厚沉沉的门帘，映入眼帘的首先是一张长板台，台上躺着一搓澡客，搓澡工在搓澡客身上来回地搓着。搓着什么呢？搓澡工在澡堂给搓澡客搓下身呢！林若蓝看一眼就受不了，搓澡客无所谓："来一个吧，很爽的！"

林若蓝吓得想吐舌，舌头没吐出来，林若蓝连摇首带缩头。

"真的很舒服的，隔壁女澡堂都这样。"搓澡工还在搓搓澡客的下体，咦！一边信手搓着，一边还笑，"搓完这一个我就给你搓。"

林若蓝慌得连摆手，转脸即准备冲凉。澡堂就沿墙连几根水管，挂几个水龙头，没任何遮挡，几个大男人赤身裸体从上至下无所顾忌地洗着。林若蓝终是迈不过全身脱光的心坎，一个人穿着一裤衩，在一片赤裸裸的世界显得很是格格不入。

澡洗完了，林若蓝的版面样稿却在校对室被卡住了。不是字错了，是B版有一篇需充实内容，C版有一篇要撤换。

"校对室不是校对字的吗？"

"不知道！"安徽小子在跟谁堵着一口气。

别人的版面样稿都过关了，就剩自个儿的了。想到这，林若蓝加快了敲键盘的速度。一做出新的二稿，林若蓝就推开校对室的门："焦老师，你看，按照你的要求我已经改了，你看行不行？"

焦老师不说行，也不说不行，开口就跟林若蓝掰起数学大道理来了。林若蓝忍着性子听，听得有道理处就点个头说个是。可林若蓝哪有时间听，他桌面还有一大堆事情呢。轮到林若蓝开口了。

"焦老师，您看您能不能直接给我一个数学例子，我好按照您的要求改，省得我来回跑，浪费您的时间。”

“我又不是编辑，我只负责校对，你拿回去再改吧！”方才还慈眉善目的老头横眉立目起来，在林若蓝二稿上留下几个字，又“校对”其他样稿去了。

这把林若蓝心堵得……什么人啦，既然声称是校对，为什么要管编辑的事？林若蓝愁得没办法，把事跟古爷说，希望身为编办主任的古爷出面协调一下，古爷却语重心长：“林若蓝啊，你刚来，可能不知道，这个焦老师，原来是海淀一家出版社副总编辑，退休后过来帮忙，专门把关的，数学教材一年级到高三，各个版本的他都通，他是这方面的专家，老板都要敬他几分，你按照他的意思做。”

林若蓝听话，改出第三稿给“校对”专家。B版过关了，C版就很麻烦。

“你这篇还是没改嘛！”

“改了。你看，这里，这里，还有这里……”林若蓝一一指给“校对”专家看。

“你这样改，还是没按照我的要求做嘛！”“校对”专家翻出一稿、二稿，一一指给林若蓝看，“你看，第一稿我在你这里用铅笔写了一个要求，看到没有，这里用‘建议’两个字。‘建议’知道什么意思不？”

谁不知道“建议”俩字在中国的意思，要你教吗？林若蓝心里可堵了，没敢说，只点头称：“知道知道。”

“我怕你不懂，第二稿我特意在这里用黑圆珠笔写上同一个意思，看到不？”“圆珠笔”三字故意读得重而慢，林若蓝越听越窝火。废话，能不看到吗？但他努力保持克制，不作声。“第二稿我又建议你换一篇，可第三稿你还拿这篇来给我，你糊弄我这个老头呢？”

“不敢不敢，绝对不敢。”林若蓝忙不迭地解释，“焦老师，不是不改，确实想不出来，没办法，你看，‘面积’这一章内容是不少，但‘认识面积’这一节内容就这一面半，真没什么知识点，还要出两个版面，所以就想到编录‘面积之最’向学生普及一点面积常识，让学生对面积有个初步的感性认识，正好也与这一节内容吻合。”林若蓝边说边给“校对”专家看教材。

可无论林若蓝怎么解释，“校对”专家就是不依不饶：“你就告诉我‘面积之最’能培养学生什么数感？”说完，连贯性地“啊啊啊”地追问林若蓝。

林若蓝拿不出有力的数学理据回应，不敢硬性反驳，焦虑地想知道“校对”专家到底想要怎样：“焦老师，您看这一节该出的内容都出了，还有什么内容可出，您能不能帮忙想一想，后面的面积计算又不能出。”

“我帮你想了，要你们编辑做什么，我的事情谁来做？这个我不管，你自己去想！”“校对”专家硬生生说完，还不忘在林若蓝三稿上写上“建议”几个字，并用上了专门的红笔。

林若蓝回到编辑室，呆呆地望着三稿，望着教材“一面半”，一筹莫展。问同事问了，查书查了，在网上搜了，该想的都想了，想的结果就是没辙。都下晚班了，偌大的编辑室就剩林若蓝一个人。林若蓝关掉多余的灯，独留下一盏照着角落里的自己，守在北京之秋的深夜里。自己为什么到北京来着？为什么从老家出来？一个个问题在林若蓝心头浮过。谁见寄人篱下曾长久，谁不想于一役毕其功?

林若蓝网报北大研究生考试了。报完研考，看光标闪移，任时间流逝，林若蓝脑袋仍昏乱一团：想朋友，想家，回头想摆在面前的文稿；想鹿城，想深圳，回头想一个人的北京。似有解还无解，化作片片空荡荡的白，如四周的墙。墙外的寒意挡不住，室内夜亦凉，林若蓝双手交抱，想抱住身体些许的暖。无奈夜长冷难防，冷得林若蓝一遍遍咳嗽，一阵更比一阵紧，突发扬起又沉寂。咳嗽有时止，凉夜不见底，想累了，没得想了，就不想了。路过门卫室，门卫室黑灯瞎火，里面住着的大叔早睡了，听得到一两阵轻微的呼噜。林若蓝轻轻打开院门回宿舍。宿舍依四合院北墙而卧，向右穿过一条宽宽长长的廊道就是了，廊道紧挨着四合院西墙。凌晨，室外的廊道与京城一样冰凉彻骨。

天明，林若蓝照旧依时上班。公司都在传着林若蓝深夜工作到凌晨4点的新闻。

“你昨天是不是做到4点？”古爷问。

“没有哇。”林若蓝不想承认。

“没有？我晚上3点上厕所，看到这里还有灯，”门卫大叔一头对古爷说，一头对着林若蓝说，“你走的时候，我已经醒了，就是没起来。当时我看钟，正好4点。”

“我不知道，我没看时间。”

门卫大叔笑了，笑着走了，一边走一边传着昨夜他看见林若蓝工作到凌晨4点的新闻。

“你怎么做到那么晚，把身体搞坏了怎么办？”

“没事的。”

“要不要回去休息？”

“不要。”

“挺得住吗，究竟是怎么回事？”

“也没什么事，就是跟你说过的那篇稿子。”林若蓝打心眼里希望古爷能出手帮一把，但嘴上说得很淡。

“哦，等下我跟‘老焦头’说说。”

“老焦头”笑着进编辑室了，笑里笑外都是在笑林若蓝熬到凌晨4点的事儿。

编辑室往左拐一道门就是总编室了。编辑室连着总编室，中间隔着一堵玻璃墙。林若蓝坐在正对总编室门口的工位上，边赶稿边注意着里面的动静。初听，总编室里，几人的声音开头并不高。接着，“校对”老头声音先激动起来了：“我不知道他是新来的，我看他很眼熟，像来了很久。我也不知道他是新任小学部主任，没人跟我说。”

续听，“校对”老头还在做自我辩护：“可是这个稿子确实训练不出学生的思维呀。”

再听，“校对”老头声音连着态度转：“你们说怎么办吧？”

“这次就算了。”

“这怎么行？”

“怎么不行？”古爷的调子高了。

“这个事情怎么弄？”“校对”老头被逼得直“啧”嘴。

“这次算了吧。”总编适时地发话了。

“校对”老头走出总编室和编辑室，走过一段走廊，进他的校对室了。林若蓝高兴在心里，是侥幸。侥幸之余，林若蓝一头扎进了下一个编辑任务中，一手忙自己的版务，一手忙审核小学部各编辑送过来的版面。

日子循环往复地过。吃完早餐就往办公室赶，吃完晚饭挑灯夜战，直做到十一二点。筋疲力尽了，听安徽小子相约："今天就这样吧，明天再来啦。"

北京一天比一天冷了。宿舍门前有一小院，院里有一棵树，树上没有一片叶子，树干瘦，枝丫细弱，立在晨霜秋风里。林若蓝有一点想深圳了，至少深圳有熟人。林若蓝把新换的电话告知了深圳的老客户，也告知了金姐。金姐让林若蓝好好做，林若蓝应答得响，并选寄了一套数学周刊给她孩子用。不几日，在白光光的北国，林若蓝收到了一份来自南国的包裹，包裹里是金姐送的一件冬大衣，大衣大且厚。就穿吧，显得早了；不穿吧，就缩手缩脚，旧箱都塞不下，还得另外买一个箱子。林若蓝选择了穿自己的。穿自己的，就人衣两单薄了，惹得好心同事纷纷嘘寒问暖。

"你不冷吗？"中学数学周报编辑部刘主任问—— 一位退休老师来的。

"不冷。"

"穿这么少怎么不冷？"

"习惯了。"

"在北京感觉怎么样？"有河北女孩也问。

"还好吧。"

人都挺好。大家吃饭围成一桌，南腔北调，天南海北，和气融融。在洗衣房、在洗碗池，有一位喜性的东北小姑娘碰到林若蓝总喜欢叫：

“组长！”

“我哪里是什么组长，我这个主任也就是临时性的。”林若蓝心里自知。

“这我不管，你现在是，我就叫你‘组长’。”

“我这个组长很快就下台的。”林若蓝说。小姑娘笑，而他心里拔凉拔凉的。

“主”不是好做的，“任”不是好担的，林若蓝在老家做行政就熟其中之理。一个编辑部的稿子都在你手里，差之毫厘都不敢使。“校对”老头还在校对室守着呢，领导在总编室望着，一组人员在编辑室看着。哪些稿子可以过关，哪些稿子必须打回重编，都需再三权衡与斟酌。北京的雪季没来，林若蓝已是如履薄冰。林若蓝坐在电脑前审慎地翻着组里送过来的初稿，生怕有什么疏漏。

“林若蓝”，一个如此熟悉的名字挂在河北女孩的版面头篇，让林若蓝本人生疏得扎眼。眼角余光里，林若蓝看着身后右侧河北女孩张望的脸，陷入了疑思。思无可思，林若蓝把河北女孩的送审稿翻过来又翻过去，翻过去又翻过来，翻无可翻。签字，起立，转身，看着女孩继续望的眼，林若蓝没说一个字，默默地把她的稿还给了她。

林若蓝永远不知道自己哪里会吸引谁的目光，只觉得自己行无定踪，运无定数，就像宿舍门口的秋树，承受不住任何一个人、任何一种一厢情愿的关注。

各编辑部主任津贴从一千二调到五百了。一个停电的晚上，中学编辑部刘主任在厕所碰见小学编辑部林主任，提起津贴下调的事：“要不要一起跟老板谈谈这件事？人多力量大，还有一个离职的原主任。”

“你们去提就可以了。”

“离职的已经提了。”

“老板怎么跟他说？”

“老板说‘这不是你一个人的事，是好几个人的事’。”

“这样？”

“因此他找到我，并叫我跟你说说，看看大家一起去怎么样？”

“如果老板愿给早就给了。”

“大家一起去就不一样了，他就没话好说了。”刘主任想林主任去。

钱是很吸引人，但林若蓝更想生活平静些，不想惹事，至少不要像在深圳一样动荡，工作余暇可以有心备考。思及此，林若蓝便回：“还是你们去吧。”

刘明显的有些失望。

事情要来，并不会因为谁的忍让而有多少平息。一向和颜悦色的刘为了审稿的事和“校对”专家难得地红了一次脸，愤激之情溢于言表。

“什么都是他说的，我明明审好了，到他那里就推翻了，一次两次就算了，经常这样，那还要编辑部主任做什么？”

而古爷给林若蓝新派了一个年级的两个版面。

“事情已经很多了。”林若蓝怯怯陈情。

“工作量不够，你吃什么？”古爷话说得狠，眼瞪得林若蓝声都不敢吱，灰溜溜回了工位。

公司要裁员了。裁谁呢？林若蓝被招进总编室和领导一起开会。从东北小姑娘到河北女孩，从河北女孩到安徽小子，从安徽小子到东北小姑娘再到河北女孩。转了几圈，古爷发狠说了：“安徽小子头脑挺灵活，先留着，让他去校对室，不去就让他走人；东北小姑娘还可以，接安徽小子手上的活儿；河北女孩差一点，不行，让她走。”

总编点头：“好。”

冯主编无可奈何花落去。林若蓝想为河北女孩说几句好话，但没敢说，算是默认同意了。

安徽小子交接完工作，垂着脑袋去校对室上班了，跟在“校对”专家身边干，专职校对，不插手编务。东北小姑娘挂在脸上的欢乐像个小精灵。河北女孩哭了。林若蓝看着女孩哭过的眼，想起了离开鹿城南下深圳前一天，女搭班老师泪流满面的情景。一切都已过去，一切还未过去，无边落木萧萧逝。林若蓝穿行在风里，紧缩着身子，心里担心宿舍前的独树在风中还能撑多久。

寒假未到，总编未雨绸缪，招呼中小编辑部筹划寒假专刊了。

林若蓝开了一个编辑会，起草了一个“七条”。刘看着挺好，搭个顺风车落个中学编辑部的名，递上去了。

总编又招呼主事的开碰头会。总编让各位发言，林若蓝不懂什么专刊不专刊，结合一线编辑的想法，谈了些看法，提出专刊“要好操作”。“校对”专家坐在沙发上看着林若蓝，笑。末了，“校对”专家总结陈词。“校对”专家脑袋里没有编辑好不好操作的观念，张口就是数学思想，闭口就是数学方法，谈得入情处，几粒唾沫星子从口里四蹦乱溅，就是不谈编辑实务。“校对”专家精深的废话很长，林若蓝听得犯困，但暗力支着身子不让领导看出来。三位领导不时跟“校对”专家接个话，偶尔看一会儿犯困的林若蓝。林若蓝不想犯困，但插不上话。

刘能说上几句，可除了主张给编辑减负，也说不过“校对”专家。会散了，林若蓝走出总编室，东北小姑娘问怎么样，林若蓝一身倦怠懒得答。“校对”专家还在总编室絮絮叨叨他的道理。接下两天，总编、主编、古爷、“校对”专家几个真正的头又聚在一起讨论专刊和其他什么，没编辑部主任的事。

总编不是等闲之辈，自有一套。方案出来了，兼顾了各方意见，而林若蓝也下野了。总编在编辑全会上给出了理由。

“囿于大家都知道的原因——囿于，知道哪个‘囿’不？外面一个‘口’，里面一个‘有’。”总编用心良苦了，在和都读过大学的年轻编辑们认真比划完后，接茬说：“囿于林若蓝同志本身不是编辑专业出身，为了保证公司寒假专刊顺利出版，一炮打响，今起小学编辑部由焦老师全盘接手。”

“校对”专家同时接手的还有中学编辑部。校对室归他管，不变。“校对”专家“全面夺权”了，专家亲自到编辑室坐班了，而编辑是更忙了，像开足马力的发动机超负荷地运作着。林若蓝才上个厕所，东北小姑娘就找来了。

“林若蓝，焦老师叫你。”

“什么事？”

“开会。”

“开什么会？”

“你过来就知道了。”

林若蓝从走廊走进编辑室，新主管正面朝一群编辑发表“就职演说”。林若蓝站在外围，未洗耳但恭听。

“刚才我说的要求记住了没有？”

众编辑都答：“记住了。”林若蓝没出声。

“记住了，如果有谁违反，按规矩处理。”新主管在散会之前不忘吓一吓大伙儿。

“林若蓝！”林若蓝正要回工位，被新主管情有独钟地叫住了，“你听到没？”

“听到了听到了。”

“记住了没有？”

“记住了记住了。”

林若蓝想忽视都忽视不了新主管了。

安徽小子想不干了，私下跟林若蓝说了几句“校对”专家“很霸道”的话，不想跟新主管做了。林若蓝可下不了决心，大冷京城怎么换工作？看在考研的分上，再忍一忍吧。林若蓝腾出时间温书了，在下晚班后的深夜里，在上早班前的晨光里。而在办公室，没有职务护身的林若蓝，被新主管找的频率多了，被“校对”专家叫的分贝也高了。林若蓝被动地应付着，和他的老爷电脑一起。

林若蓝的稿子又被卡住了，“校对”专家又发声了，说就说吧，劈里啪啦的还“……啊……啊……啊”，把林若蓝“啊”火了，指着东北小姑娘最新一期的报纸C版塞了一句：“怎么她的二元一次等式可以？我跟她一样的。”

他跟她的一样仅限于此。他刚到北京，进公司才几天呀，她在“99”做了些年头了；他老是不把专家当权威，她在专家面前柔声娇语可乖巧了……他跟她能比吗？不能比。此时的他正看着“校对”专家如何辩解。专家就是专家，专家不仅用笔一套套，说话还一套一套的，话锋一转，语气婉转了，话题焦点跟着转，转来转去还是林若蓝的不是。

“你的跟她的不一样，她的小孩子一看就懂。你的不行。”

林若蓝较真了：“怎么不行？”

“你看你的，”“校对”专家被林若蓝杠得不行，气得手和声音一起抖，“这怎么行？”具体怎么不行呢，“校对”专家没说，但话意不改话术转，“你用算式表示更好，按照要求改吧。”“校对”专家向林若蓝轻放下话，缓步归其位了。整个办公室没有声音，编辑都埋头做着事。是日晚些时候，“校对”专家走进了总编室，不一会儿，声音嘀嘀咕咕起，有几声激动地从总编室传出来，林若蓝意识到在“99”是待不久了，心里指望来年元月的考研会有一个暖人心的结果。好结果八字没一撇，总编找到林若蓝。林若蓝有一种事到临头的不祥之感。见总编做笑状，林若蓝学做微笑样，做得没总编好。待坐下，总编开腔了，腔调呈关心状。

“林老师，来这里多久了？”

“有一段时间吧。”

“怎么样？”

“还可以吧。”

“还可以就好。”

总编顿了一顿，收起了呈现出来的笑：“我们都知道你很用功。可是你看，囿于——上次我说过——囿于你的专业所限，考虑到公司的发展，我们几个合计，”总编指指古爷、冯主编说，“让你去校对室。”总编看林若蓝不说话，补充说：“跟刘老师一起负责校对数学教师报。”林若蓝还没回应，总编解释了：“如果是别人，我们直接让他校对学生版去了。你看你毕竟当过主任是不，跟他们不一样，你看怎么样？”

总编呵呵地看着林若蓝，林若蓝知道总编是在等自己开口。假如自己就范，确可获得一时安稳，可以后拿什么见人呢？林若蓝思绪翻江倒海，倒出来就轻轻短短一句话：“我要考虑两天。”

“这么简单的事，你还考虑什么？”总编呵呵的厚实中音里掠过一声轻飘飘的笑。

林若蓝沉默。沉默的还有宿舍门前的树，无声无响静静地向上，向上，找一个方向，向广阔的寒天伸展它并不强壮的枝头。

林若蓝决定辞职。没谁留他，只是古爷应许了林若蓝提出来的在公司多住一个礼拜的要求，没人反对。在一个礼拜的时间里，林若蓝和老焦头还见过一次。在长长宽宽的廊道里，一位从外面回宿舍，一个从宿舍回公司，俩远远地望了下，一位沿中线而走，一个靠墙边而过。

像往日的晚上，家在北京的都回去了，总编、冯主编都回家了。家在外地的，留在编辑室除了赶工还是赶工。古爷的办公桌边笑语融融。

“你要走，我送一幅字。”

“你准备送我什么字？”

古爷并不答话，铺好纸，着好墨。东北小姑娘和安徽小子两侧帮扶纸，古爷一挥而就两条幅，摆在地上，摆在好多年前曾学过但出来些年就没练过书法的林若蓝跟前：“你觉得哪个字好？”

林若蓝左看看右看看，上看看下看看，看不出来，乱点了一个：“这个！”

古爷笑了："上面这个不好，下边这个不错。"

东北小姑娘不懂了："古爷，你写的是什么呀？"

"没什么意思，想到这句就写上了，就是给林若蓝留个纪念。"

"古爷，你为什么不给我写一张啊？"还没等古爷回答呢，站在一边的东北小姑娘又蹦出了一句："古爷偏心！"

古爷被逗乐了："好，等你走，我给你写一幅。"

"记得给我也写一幅。"安徽小子凑趣儿。

"好，我给你们都写一幅。"

欢声笑语总有尽，流在时间的河流里，留在岁月的影像里。往后的很多日子，林若蓝还常会想起可爱的古爷，想起他说的一句话："你这小子，不改改脾气以后还要吃亏！"

亏，不用细算，就知道有多亏了。想起亏，林若蓝就心如刀绞般地疼——改吧。林若蓝又一头扎进了寻找下一处落脚点的寒流中。从北京的东头到西头，从京城的南头到北头，偶然顺经天安门，城楼上的毛像庄严不语，瞧着流动、纷繁的世界，轻轻冷冷。

林若蓝找到住的地方了，北大朗润园——听说季羡林等大师曾居于此。一个独门单院刚有一单间，一张木板床位，一口价三百五。

按价定下床位，就该定工作了。工作无着落，还想要一份好的，可等用人单位有意向了，林若蓝却改意向了，不是向老板要价加码，就是嫌公司待遇低。心态与工作共漂浮。出来几年把能见的工都见了，对一般工作都难有感觉了。到头还是"水木清华"把林若蓝的心给拴住了。联系人吴先生看中了林若蓝的专业和学科经历，"水木清华"有一个课件脚本设计的职位长期空缺找不到人。而林若蓝看中了"水木清华"大企业国字号的背景，他像找到希望之光一样，心心念念计算着命运拐点与国企的关系与距离。双方意愿都没问题，可入职老办不下来，吴先生答曰：“用人要上面批准，走程序要时间。”林若蓝干着急，急的次数多了，吴先生让林若蓝耐心等待并保证为他预留好岗位，保证得很确凿。

心仪的职位似近还远，心系的研考似远却近，又远又近的苦衷无人知。有一天，安徽小子冒冒失失给林若蓝打了一个电话，劈头就来了一句：“我跟你干！”

曾几时，林若蓝是有很强的单干念头，可彼一情，此一景。林若蓝还是颇感意外，跟“校对”专家干没用，跟我干能有用吗？但说出来就是淡淡的一句：“我要考研。”

“你要考研？”安徽小子更意外。

“对。”

“考什么？”

“国学院。”

“考国学院做什么？”

“随便玩玩。”

“哦。”安徽小子音发得很轻，轻到多年后林若蓝想起仍记忆依稀。

这个年头谁管得了谁？朗润园三个同室也是各有各事：一位来自河南，北大本科毕业，在考中央党校的研究生之前，先做了回屋子的二房东；一位山东富家上进男，要考雅思去美国；一个和林若蓝一般处境的辽西屌丝男，想通过参加司法考试当个有钱的律师。都是有志青年，都想有为，为了各自的梦想窝在一个不通风、没暖气的空间，游荡在朗润园与北大教学楼之间。日自习，夜自习，日日夜夜都自习。时光落在京城的冬天，映照着多少人备考的背影。

林若蓝还没来得及充分准备呢，考研说来就来。

会写的都写到了，不会写的都写乱了。一切就像白驹过隙。

“考完了？”辽西男一说话就是一口悠扬调。

“考完了。”

“怎么样？”

“听天由命。”林若蓝就说了四个普通的字，同室仨都笑了。“我这次就是试一试，看一看北大怎么出题的，为下一次正式考研做准备。”

林若蓝说得随意，心里盼盼然来年二度考研一定过。新春未来，来年还长，林若蓝照旧早起去教学楼找个位置温书，晚上回朗润园休息。这时是屋里最热闹的时候了。河南男最活跃，从他机器猫似的肚子里掏几件北大轶闻，再配之“北大个性老师模仿秀”，不是单口相声，却添油加盐胜似单口相声，让温厚的山东男与不苟言笑的林若蓝也忍俊不禁，辽西男一旁言相和，满屋笑相闻。

“君子坦荡荡，小人长戚戚。”河南男考研没过，但常爱引用此语以自炫。诚如斯言。当笑意落尽，留给林若蓝的就是不尽的失落与如影随形的局促。同样一种年轮，不同两种青春。想起自己没有丝毫光彩的履历和看不到半点光亮的前景，林若蓝心底总不由得会泛起一种深深的自惭形秽。

且听风吟。晚自习最晚一个离开教室，林若蓝用刻苦温书的方式充实他瘦巴巴的青春。等回到朗润园，看河南男打开笔记本放碟，看风靡大学一时的《色即是空》。看着电影里男来女往，看得躺在床上的林若蓝上下一片暖与润，沐浴夜与灯。而河南男一会儿看看片中的男女，一会儿看看同屋仨，不亦乐乎。河南男也好《亮剑》，且津津乐道。林若蓝不知道把精神存寄于过去有何用，眼皮抬不了几下就能睡过去。

睡去容易醒来难，又是一年春节来。同室仨都回家了。林若蓝重复着从朗润园到食堂再到教室三点一线的生活。生活像冬天的树枝光秃秃，寒假校园瘦意浓。林若蓝的手上除了书还是书。北国的寒风凛冽，寒着在身上，风打在脸上，直刺骨，冷剑霜刀都割人。一日下来，林若蓝能热盼的就是三餐热乎乎的饭了。只有在一餐餐热气腾腾的面、香喷喷的饭菜前，还能感到世界的一点点温暖。温暖有时限。一天中午，林若蓝到食堂，窗口的菜已所剩无几了。

“就这些菜？”

“就这些。”

“有没有别的？”

“没有，都快下班了，快快快，要什么？”一身白大褂、半身油污的师傅拿着一个勺子，一掂一掂地一边催，一边等来者下决定吃什么菜。吃什么呢？“这个还想？”“油大褂”笑了。

林若蓝笑带歉意，缩着身子，摩拳取暖看看左窗口，看看右窗口，汤粉汤面诚然香热诱人，但毕竟填不饱肚子。“来个四两饭，一个青菜炒豆腐吧。”

饭没热气，菜是凉的。吃吧，看在一顿不吃饿得慌的分上。草草吃完，可肚子并不知饱，胃口也一点都不过瘾，必须来一份热的。林若蓝起身点了一份滚烫的热面。热面下肚，感觉一下就好多了，身子热了，气血足了，人精神上来了。带着一股热劲，林若蓝打着饱嗝，掀开门帘走在扑面打来的北风里，风对着满足的肚子袭。

林若蓝撑着肚皮，顶着逆风走在北国零落的季节里，下午温书依然。至晚，林若蓝轻感腹部微微隐痛，时有时无，似浅似深，痛点在左下腹。早一点睡吧，睡一觉就没事的，像小时候被大人安抚。林若蓝自我安慰着入睡。在睡里没黑没夜没疼没痛。睁眼醒来，白天已来，屋里屋外的清冷一成不变，疼痛感却并没如预期消失，反而加剧了。整副身体就像生锈的钳子，被疼痛点给卡住了。林若蓝在记忆里搜寻疼痛的起点，但记忆在疼痛如麻的思维里找不到来路，想不出为什么，也做不了什么。疼痛没让林若蓝急，疼痛得几乎迈不开步，却让林若蓝真实地怀疑自己是不是陷入绝境了。当一个人不得不一脚重一脚轻，挪一步拖一步去食堂维持生存之需时，绝望之感就越发像路旁的枯草冷凝披霜。绕过一块空旷的车场，经过一排老旧的红楼，就是一道蜿蜒的坡。多少个分秒里，林若蓝巴望有人能在命运的风口上托一把。要盼的没来，除却两个裹得严严实实的行人各赶各路，就是不知从哪里传来几声乌鸦突兀的叫。小时听大人说，如果哪个村子要死人，乌鸦就会在谁屋头响。林若蓝嗅到了一种此音不应自己闻的晦气。路过校医室，林若蓝进去向医生问好。还没问病呢，医生连问带答了："你是不是北大学生？不是北大学生不能看。"

那一年冬天，林若蓝被死一般地困在了朗润园一间冰冷的平房里，躺在一张硬板床上动弹不得。挺不下去了，疼痛的第三天，林若蓝一步一歲、一脚一拐挤上了公交车，又一寸台阶一寸人行道蹭到了北大附属医院，极不舍得地花了十块钱办了一张不想要却绕不开的医疗卡。见到医生，医生第一件事就是让林若蓝躺下来做检查，检查没异常发现。医生第二件事就是安排林若蓝做更多项目的检查。看着医生熟练填单的动作，林若蓝怯弱地问了一声：“大概多少钱？”

“什么？”医生的嗓门不小。

“贵不贵？”林若蓝一面衡量着提高声调，一面小心控制着调门，为的是让医生既听得见又不至于有太大反应。

“你去问收费窗口。”

“在哪儿？”

“大厅。”

大厅不仅有收费窗口，还有一台柜员机。好一会儿，林若蓝从大厅回来了。病人都能看到自己可怜不安的眼神了：“医生，今天我带的钱不够，你看我改天再来做检查，今天你先给我开一点药，行吗？”

“你可以先去拿钱，等下再过来。”

“我住的地方离这里比较远，再加上我来去不方便，你看先给我开一点药，行吗？”林若蓝又把心里的话说了一遍。

“你去验一验血，不要多少钱。”医生递给林若蓝一张单子，看下一位病人去了。

验血结果出来了，没异常。医生说：“还要做检查。”

林若蓝窘迫得不知道该怎么说。他想告诉医生：其实不是我没带够钱，而是我卡里、口袋里凑起来就剩下三百多块钱了……可话在喉咙口打了个圈又回到医生的话上去了：“还要做检查？”

“不检查怎么办？”医生反问病人。病人“囧囧”地看着医生，只望医生行行好，给开一点药，哪怕一点点也好。还没等病人回答呢，医生最后通牒了：“不检查，对吗？”

“不是不检查，是……”林若蓝竭力想让医生明白，“是确实没办法……”林若蓝站在一边慌乱地解释。医生拿起两张纸，并在中间娴熟地夹上一张复写纸，唰唰地写着什么，很长。

“签个字吧！”医生唰地写完就递给林若蓝一支笔。纸上面密密麻麻，排着一行行波浪形的字，林若蓝诚惶诚恐地辨识着，末尾一句清晰可认：患者拒绝做检查，由此造成的后果自负！

“这是什么？”林若蓝指着尾句问医生。

“上面写得很清楚。”

“我没办法签。”林若蓝一肚苦水。他是满怀希望来看病的，医生看了半天却给出一份近似绝症判决书的诊疗单。林若蓝还想做一点变通：“医生，可不可以……”

“快点快点，别人还要看病。”医生早就失去了耐心。

林若蓝没得说了。签完字，医生拿着一份诊疗单塞进抽屉。林若蓝拿到他的一份诊疗单，心底冷冷脚底沉。北京冬天的街道与校园，不一样的景物一样的寥廓，谁解问苍凉？

林若蓝躺在床上，如时间凋零。屋头乌鸦凄厉的叫声不绝于耳，有如孤魂飘飘荡荡，叫得人瘆得慌。林若蓝紧了紧被边，诊疗单的结尾语重又在眼前浮现。一座水土不适的城，一个失业生病的人，屋漏偏逢雨，怎生是好？北京的冬夜极寒。

夜去昼来，林若蓝拨通了金姐的电话，向她借一千块钱，就一千，没说任何理由。金姐没问为什么，答应得好。林若蓝没多想，给了她一个他正在使用的北京银行卡的卡号。

“你今天能不能汇过来？”林若蓝从心里渴望钱下一秒就能到账。

“今天礼拜天，银行不上班哦。”金姐提醒林若蓝。

“哦。”林若蓝弱弱地应了一声。没钱的人对有钱的地方多陌生，林若蓝不熟银行的事，只枯等着钱能如期汇过来。

周一，钱没汇来。金姐来电话：“银行说汇不了，要你北京银行的开户地址。”

“我不知道，这是公司开的，我要问一问。”

金姐疑问了：“北京银行听都没听过，我问深圳的银行，他们都不知道。”

“这是一家地区银行，就跟深圳的深发展一样，在外地很少有分行。”当林若蓝像抓救命稻草向金姐改报另一家银行的深圳分行卡号时，深圳却挂掉了电话。

我像一个骗子吗？林若蓝立在原地，无可救药般的心凉意冷。乌鸦掠过枝头，抛下它的咒语萦绕在人耳际。林若蓝从没有一回感觉距离死如此近，就在头顶五尺，无光无明，天空黯然销蚀。落魄的灵魂肃穆地想到了死：假如明天我就不再醒来……

想着就不禁头涔涔而泪潸潸了，打湿了左边的枕被，枕被的右边还没干又湿。林若蓝想到了后事：

假如明天我就不再醒来，请把我埋在……埋在村前小河高高的岸头，听，世界永不停息的流淌。

假如明天我就不再醒来，母亲，请不要为我伤……

我还不能死，如果我今天死了，我拿什么写在墓碑上？我还有很多事……

想到自己还没来得及践行的墓志铭，想到尚未开幕竟将谢幕的人生，一股生的欲火若无还有地在林若蓝心头，燃，复燃，冉冉复燃。

夜渐睡，晨醒。林若蓝微睁眼，世界还在，一切如常。待手撑着身体坐起，腹下不可思议地不剧疼了。疼来得匪夷，痛去得抽丝。林若蓝给不出医学的解释，但深深庆幸老天还爱自己。

等林若蓝倍加用心守护他弱不禁风的身体时，北京迎来了它新年的第一场雪。北京的雪很美，林若蓝在图书馆倚窗而伫，看着雪景，深情陶醉。大雪飘飘洒洒，飘在屋檐上，屋檐白了；洒在屋顶上，屋顶白了，落在地上，校园的马路、草地、小车、行道树白了。多少年没看见纯得没有一丝杂质的雪了？目之所及一片雪白，天空澄净，雪花自由飞。林若蓝按捺不住内心的欢愉从图书馆走出来，走进漫天的雪地里。接一朵雪花在掌心，捧一把雪在手心，踩几个雪印，滑一跤，坐赏天地无瑕。雪花翩翩起舞，看学子顽皮，掷雪球、堆雪人，时光倒流。林若蓝好想一个人在雪地里静静地坐着，坐着，坐拥一片银装素裹的世界，永不退场。

北京飘雪的日子
我在读雪国
我读雪国的时候
北京正变成一座雪城
我就站在这个世界的雪中央
一个人看着世界的风景

雪国里的人来了又走
雪城的我信马由缰
我滑倒在这个世界的雪中央
雪花轻舞伴着我的疼与笑

雪花啊
我就像你其中的一朵
飘在这个世界的雪中央
悄悄然如雪国
雪国啊
北京
当你被雪花雪藏成一座雪城
你就像雪花一样
纯静　纯静得最美

大年三十晚，万家灯火。北大的路灯与校园影影绰绰。林若蓝早早躺下了，周围黑魆魆的，风敲打枝叶、木板门、格子窗，还有其他什么东西诡声作响，一阵连一阵，像记忆里的鬼敲门。林若蓝望着门窗里的黑夜和黑夜里的门窗，紧张地一遍遍紧裹着被子，让身体暖一点，暖一点并心定些。

大年初一，连乌鸦都回家过年了，林若蓝跟老客户打完拜年电话，一个人在听说有暖气但丝毫感受不到暖意的北大第三教室，看 *The Old Man and the Sea*。书外的人试图从书里找到走出困局的启迪，可书里除了主人公破落的结局什么也没有。林若蓝孤身坐在空旷的教室，犹如坐在时间的旷野里，有一种旷代的忧伤与悲凉，外面狂风呼啸为时代的人物命运注脚。

人生如逆旅，谁愿做行人？

开春，“水木清华”的吴先生才来了一个电话，通知林若蓝去参加公司组织的集体面试。林若蓝走了一个面试程序，过滤完面试对手，如愿进入了“水木清华”上班。公司大而得当，环境布置及朝八晚五的制度设计让人赏心悦目。正在林若蓝以为潮平两岸阔，全身心投入工作的时候，公司提出新聘人员需体检才能正式入职。问同事，同事都道原来进来没有体检。吴先生安慰林若蓝别多想：这不过是另外一个手续。可林若蓝心如镜明，但说不出口。体检报告出来了，如在校时体检一样，没变一点：小三阳。林若蓝把报告递给吴先生，吴先生翻了一翻，侧身提起电话向公司总经理做请示。请示完，吴先生轻放下电话，面向林若蓝传达总经理的话：“林先生，不好意思，你不能入职。”

虽然有预感，但林若蓝依然像遇到个倒春寒：“有没有回旋的余地？”

“没有。”

林若蓝总想回转些什么：“这个不要紧的，不会传染的，能不能跟上面说一说？”

“这个……这个东西谁也说不清楚……行不行要看上面。”吴先生答应跟上面再说说。说说的结果就是没结果：“确实是没办法，老总只答应补钱。”

国企进不了，考研放榜也显示林若蓝考不过人。命运总差一点点。林若蓝走在一条条时间的胡同里。有的胡同已经走到头，有的胡同还要继续走。林若蓝撇开面子，以考研之名，在让家里从存在老家的工资卡上转一万过来后，势将考研进行到底。

林若蓝在北大寻找各个有价值的学习现场。

这晌于轻声处听青年讲师壮怀激烈讲议“走出晚清”，学院副掌门旁征博引论权力大小通吃，那晌于冷幽默中听产权专家讲博弈论，改革元老谈古话今说罗马帝国兴衰史；这头听盛年教授一跃跳坐讲桌谈民主历史与现状，那头看非主流经济学家不修边幅力批二元对立思维；这厢看自由派学者“西山会议”归来公开演讲明星般的亮相携带众星拱月的光芒，那厢听最牛一封信的作者就物权法慷慨陈词主持人献花群情激昂；这边听商界狂人于商学院忆往昔峥嵘岁月畅叙成功心得，跨界名媛卸去浮华传经授法娓娓道来，那边看企业教父于百年大讲堂衣冠楚楚痛斥网络邪论歪帖，地产大佬胡子拉碴立志当“企业公民”；还有政坛新星走进中南海之前直面贫富悬殊讲演青涩，教授绕着高官鞍前马后……有权的、没钱的，丑的、漂亮的，朴素的、光鲜的，各色人等在北大交替登场，轮番表演。世界在林若蓝眼里是一张巨幕，他在世界眼里是一名看客。

柳絮不懂世间事，随风漫舞乱穿行，偶遇沙尘凭空起，一地寂寞一孤城。

河南男在考上中央党校之前还做了一件事：和女朋友订婚。两人性格、身材、家境都很般配。不一般的还有辽西男。在校园里，辽西男时有跟在河南男与女朋友身后，远不远，近不近的，林若蓝、山东男都不合适地遇见过几次。山东男还在敦实地考他的雅思，而林若蓝进完各大言论的讲场，又进教学的现场，就是进入不了命运的灵感。

要看的都看了，该听的都记着。没什么可看可听可记的，一种身体和光阴一起荒芜的错觉就会如藤蔓般地缠上心来，未名湖畔杂草丛生。那是哪里来的两位女生坐在周末的教室里用本本看A片。

不想听的，读完研究生难找工作的信息也传来。

一进入六月，北京的空气里就有一味火辣辣的炙烤感，人若浮尘，林若蓝在人来车往的喧闹里无以附着。北大老师都在布置期末考试了，学校就要放假了。林若蓝突然发现年初留在北大的理由，在光阴的漏斗里悄然地边际递减。不知道是不是所有的时间都会有走到尽头的一天。林若蓝想不出暑假留在北京，要拿什么打发一个漫长的夏季。一次回访老客户，林若蓝跟乔惠提起重回深圳的打算，乔惠很是爽快："好啊！"

"好什么好？"林若蓝心里苦涩。

"你来我这里住，正好辅导我孩子呀！"

"辅导孩子是我应该做的，我在你那里怎么住？"

"我这里有房间，你跟我们住一起啊！"

"你先生会误会的。"

"我跟他说，没问题的。"乔惠说得确切，林若蓝听得存疑。乔惠听林若蓝几秒没回音，改说："如果你不觉得不方便，住我楼上也可以。"

"楼上？"

"对呀！"

"楼上是哪里？你家就是一层嘛。"

乔惠在深圳笑了："我上面还有三层，基本租出去了。如果你来，我腾出一间给你。"

林若蓝算是半懂了，半不懂的是“三层”的上楼楼梯搭在哪。无缘无故住人家的毕竟不好：“会不会打扰你？”

“不会的，不要紧的，你过来吧。”乔惠确定无疑的表态，坚定了林若蓝重返深圳再看一看的——无奈。

二房东河南男做甩手掌柜，让辽西男代为收租了。不知该说辽西男是靠上家境殷实的河南男了，还是该说河南男顺道扶持一把辽西男。离京，林若蓝和辽西男结账。

“我的押金在你们这里。”

“押金没得退的。”

气氛顿时就凝住了。辽西男条分缕析其中的逻辑，未通过司法考试先有律师的谱了，林若蓝看着烦，手一摆：“算了。”

钱就是一点一点被社会抠掉的。想起每走到或离开一个地方，好像都有钱被抠，林若蓝似乎想通了钱为什么会不受控制地弃他而去，但还没想到为此要做某些改变。跟河南男、山东男握别，辽西男帮着提箱子出来。

“你这次回去，还来不来？”

“来，怎么不来？我还要在北大读研呢。”林若蓝说的是心里想的。

走过一段山坡路，走到北大图书馆下面的T字路口，再往下就是出北大的东门了。

“我就送到这儿了，祝你一路顺风！”

“谢谢你帮我提行李。”

“谢什么，这不正好顺路嘛。记得一定来，我们等你！”辽西男的声音如初识时悠扬，连同他的笑，和夏日的光一道在林若蓝的眼前摇晃。

“一定！”

林若蓝相信自己很快会回来的。可人间总是此一时，彼一时，世事无一定。等林若蓝有重回北京大学再听一听北大老师讲课的想法时，已是二〇一二年。薄雾重霾锁天阙。

二〇一二年不是世界末日，但城不分南北都迷漫着几许世界末日的时光哀愁。

哀愁的还有林若蓝。火车南下，裹挟着时间的风南下，南下。想当初怎么北上来着，怎么又南下了呢？林若蓝凭窗而坐，欲哭无泪。他很想知道接下来有什么在等着他，却深深遗憾世界永久性的缄默。

凌晨5时许，窗外一片漆黑，卧厢窸窸窣窣有人收拾行李了。听一男客云：“外面下雨了。”

“下得很大。”一女客接话。

是啊，下雨了，很大，一绺一绺雨水挂在车窗上。一下雨江南亦此景。

“北京这个时候已经很亮了，南边的天亮得要晚一些。”

是啊，同一片天相差多大啊。车厢里的人看着车外，看雨倾盆，听车疾驰。

“等下我们打车去吧，让姐姐姐夫来接总不好，这么大雨。”女客想的和男客不一样，“我跟姐姐发个信息，让她们别来了，有车也不要来，我们打车去。”

是啊，这么大雨，自己怎么去乔惠家呢？一个人拖着三件行李，路程又远。

“南方的天比北方的天亮得要晚很多。”男客还停在人在旅途的遐思里。

“快到巴城站了，要下车的做好准备了。”还没睡醒的列车员在催促行将到站的旅客。

又听有客整理行李。车停了，该下车的都下了。外面零零星星有几点泛黄的灯光矗在风雨中，映着四周无边的黑——看不出巴城传说中的繁华，想不出巴城和谁会有怎样的瓜葛。林若蓝坐得累了，起身，再看了一眼夜幕下的巴城，然后回铺，休息，就等着终点站的到来。

天色亮了，深圳到了。林若蓝坐在开往岗镇的直达大巴上，窗外大雨瓢泼。车在一层层雨帘中驶行。到岗镇，雨停了。下车，空气里一片清新。看汽车站前面的路，面善的面恶的面无颜色的、谈价的掏钱的收钱找零的、背包的拉箱的提袋的空手打赤膊的、穿拖鞋的穿套鞋的穿皮鞋的，夹着大车小车三轮车，和着泥水四散乱溅、泥辙横七杂八，在一个刚刚经过一场大雨浇淋的地方，就是一锅露天夹生混泥场。

谈了几辆的士，开价就三四十，太没谱了。林若蓝正在张望还有什么车装得下两行李箱一背包时，一瘦脸的老头骑着一辆平板车凑过来揽生意。

“老板，你去哪里？”

“松恩路，多少钱？”

“十五。”

“平时才五块嘛，我跟你说清楚，这不是我第一次来岗镇。”

“老板，前面都水淹了，实在过不去，要绕好远才能去你那里。”

老头边说边比划。

“一人让一步，十块。”

“老板，真的没骗你，到时我拉着你走一趟，如果我骗了你，你一分钱不给。”老头说得一脸诚恳。

看着瘦削的跟父辈一样的老头，两样人生一样艰难。林若蓝没再坚持，让拉车老人帮着一起放好一个箱子，另一个立着，林若蓝背包蹲下扶好。拉车老人直立起身子踩动踏板，车缓缓启动了。一路立踩交替着坐踩，一路乘着雨后清风。

林若蓝在松恩路97号下了车。松恩路两侧都是单体楼，一栋挨一栋，沿街右侧，建筑一楼一溜都是铺面。稍一抬首就是99号二楼阳台，乔惠就住里面。阳台以上就是乔惠说的“楼上三层”吧。林若蓝拨通了乔惠的电话，拨通的一刻林若蓝心里生怯。怯什么呢？乔惠已经接起了电话。

“喂——”

“我到了。”

“在哪里？”

“你家楼下。”

“这么快！”

林若蓝把事情想得太复杂了。乔惠不像金姐多变。乔惠放下电话即下了楼。看着乔惠开门走出来，林若蓝上前欠了欠身，表歉意：“实在不好意思，这次过来专门打扰你，跟你添麻烦了。”

“不麻烦，正好有房间嘛，没房间就没办法。上去先坐一坐吧，不要紧的。”

“不了，直接去我住的房间吧。”林若蓝想安顿一路辗转颠簸的身体先。

“好，晚上我们再吃饭。”

乔惠合上二楼的大门，往里侧巷道走了几步，打开了一道小铁门，顺着逼仄仅能供两人并行的楼梯，乔惠在三楼楼梯口打开了另一扇门。一进门，就看见房间整洁床宽敞，对门厨房间一扇望天的窗，天际光线充足屋明亮。林若蓝无言深沉，乔惠一侧询问：“怎么样，好不好？”

哪有不好之理，林若蓝心头无限感激：“好，好，我真不知道怎样谢谢你！”

“不用谢，朋友嘛，毕竟我们认识这么久了，对吧？好了，不打扰你了，你冲个凉先，休息休息，晚上我给你电话。”乔惠帮林若蓝掩上门下楼了。

林若蓝放好行李，坐在竹席上，竹席下面是一床席梦思。左手边就是床头，整整齐齐放着一个竹枕，枕头下面放着一件被套，靠近厨门一隅摆着一张桌台，桌台上摆满了东西：四个苹果、一盒鸡蛋卷、四卷卫生纸、半盒蚊香、一袋洗衣粉、一瓶饮用水、一瓶沐浴宝、一瓶洗发水、一盒牙膏、一台百叶窗电风扇、一面镜子、一个水杯。桌沿搭着一条干抹布和一叠黑色垃圾袋，桌旁有一张小凳子、一个红色水桶，桶里放着五个衣架。再进厨间，往里就是洗手间，便池洁白，倚墙有两个干拖，都是干净的。所有感谢的语言都是多余的，林若蓝把一切放在心里，放在后续的售后服务里，作为回报——经年。

傍晚，乔惠叫林若蓝下楼外出吃饭，乔惠的先生开车。车驶进一家湘菜楼的车场，从路边走出一个羸瘦的老乞丐，在前后车窗来回摇着手中的饭钵，不讨饭，只讨钱，让车上的人颇不自在。更不自在的是入座。面前是一张长条桌。

“怎么坐？”

“随便坐。”夫妇二人在桌台长侧坐下。

林若蓝在桌台短侧坐下，正好邻着乔惠。不坐下不觉得，一坐下，乔惠敏锐地先发现了不对，立马跟先生换了个位置。尴尬如此。乔惠笑问林若蓝：“吃辣一点的好不好？”

原本吃清淡菜的改吃辛辣的了，在老家爱吃辛辣菜的出来些年爱上清淡的了。客随主便，林若蓝浅笑说好。笑着说着，氛围慢慢舒适了些。乔惠先生开头还能用夹杂着粤语词汇的短句说：“湖南菜，辣……很好吃！”但夹生饭水平的普通话，乔惠先生坚持不了几句，就重说起他惯用的本语，乔惠两头翻译解说，不致冷场。

同一个际遇的场，一头是乔惠先生，七十年代末大逃港，已经泅过沧海；一头是林若蓝，如倦鸟投林般地又念起了鹿城，萌动了回贵族学校的想往。重回学校，就不用操心吃住的事了。人在外面光吃住就够折腾人了。林若蓝折腾不起了，都奔三了，还一事无成，财富无门，成名无戏，崛起无路。

林若蓝往学校投简历了。投完简历就窝在房间里，一边整理北大笔记，一边等待简历投出去的回音。回音迟迟不来，林若蓝估计是简历做得不够单纯，履历写得杂了些。乔惠一直没说辅导孩子的事，而学校九月开学的日子已经迫近。林若蓝心里固着得像戒不掉的瘾，仍痴迷地幻想着有人在他命运轮回前推他上想要的财富正轨。百无聊赖、闷热如蝉的八月里，林若蓝以一种尽力松弛的状态拨通了金姐电话，先清清嗓子："金姐，我回深圳了。"

"回来了，什么时候回来的？"

"前一段时间。"

"怎么回来了？"

"想来就来呗。"

电话里笑了："是不是又碰到什么事了？"

"没有，我能有什么事？"

"哦。"

"你现在在忙什么？"

"没忙什么，都不做了。"

"干吗不做了？"

"赚不到钱。"

"哦。"

"那你现在做什么？"

"带孩子。"

"小孩还好吧？"

"英语、语文还可以，数学不太好。"

"哦。"

"你现在怎么样？"

"穷啊，好穷，都快穷死了！"电话一头喊穷，两头都笑了。可自从进深圳起，林若蓝是真穷到就剩没死了。

"不知道你想怎样，一份工作做着做着就不做了，这怎么能赚钱？"

“工作不好，你叫我怎么办，你又不带我。”

“怎么带你？”

林若蓝说不出一个答案来，把问题抛回去了：“你帮我想呀。”

“我怎么想？”金姐放下此问，提起彼问，“你现在住哪里？”

“岗镇。”

“要不要一起吃个饭？”

“好哇。”

骄阳似火，烈日当空，近正午。深圳博物馆前的小广场，树荫斑驳，树荫深处就是深圳有名的雕塑：闯。一个男培训师在一棵树下培训两位女学员。学员正练习一手撑膝，一手反复伸缩向下使力挥拳，带数数：758、759……而培训师像一台鼓风机似的不断在旁边鼓气，一位学员累得挥不动了，双手搭在膝头喘粗气，就差没吐舌头了；一位学员还死撑着：802、803……一声比一声低。林若蓝路过，颇有感，不知道深圳还有多少人有此等执着得入魔的心力。可有又能怎样？林若蓝想着，看着，想着，一种光阴的虚无爬上心头。

林若蓝又回到万象城了。城还是同一座城，时隔几百天，生疏了许多。重见金姐添了一种陌生的熟悉。金姐还是昔日的金姐，身边带了女儿。

“孩子喜欢吃比萨，我们去必胜客吧。”隔久了不见，气氛都生分。

“好。”林若蓝干涩地应道。

小女孩依在妈妈身侧，好奇地仰脸打量着林若蓝，看到看无可看时转到别处，自行走在前面去了。进入必胜客，主客分坐，且吃且聊，聊着些无聊的话。

“孩子特别喜欢吃比萨，一出来就要吃，我都拿她没办法。”

这话刚才是不是说过？“哦，喜欢吃就让她吃吧。”

“孩子语文、英语还可以，但数学不行。”

这句昨天是不是也说过？“跟她数学老师沟通沟通，或许可以找到办法。”

两人有一句没一句的，和在一起就像似熟还生的沙拉，无味无兴。小女孩坐得厌烦了，跑开玩店里的滑滑梯去了。剩下宾主两人在位子上，越聊越没话，远不像以前。谁也没提北京的旧事。

“我离开一下。”金姐拉开坤包，坤包里一沓厚厚的百元红在林若蓝眼前闪过。金姐拉上坤包，起身去了洗手间。坤包留在桌上，一动不动。林若蓝看着窗外，人来人往。坤包主人回到位子，拉开坤包又拉上，唤回女儿。午餐结束了。三人走出万象城，走到马路边，金姐停住了：“你现在去哪里？”

“回岗镇。”除了岗镇林若蓝还能去别的地方吗？

“我带女儿回家，小孩子很麻烦的。”

“是，那你忙。我先过去了。”林若蓝动身就走。

“林若蓝——”

还没等林若蓝反应过来，叫住林若蓝的人，从坤包抽出一叠钱就往林若蓝衬衣的口袋塞。

“金姐，这……金姐！”

金姐只说：“早点回去吧。”

话一说完，金姐径直坐进了路边候客的出租车，小女孩沉默地看着一切，一个中年男笑如浮云般路过。

这并不是林若蓝急需钱的时候，钱的主人却双倍给了。很多年后林若蓝多次想归还这笔钱，钱的主人都拒绝了。目前这笔钱还存在深圳某银行的卡里，自存进起就没有动过。

八月末的一天，林若蓝收到不知来路的电话，要他过去面试。什么学校呢，没听清，又不好问。不管三七二十一，林若蓝先应允了下来，后通过来电倒查查到了校名和地址——清城？没听过。这就是乱撒网的结果。鉴于可能是学校开学前仅有的面试机会，林若蓝决定去看一看。

这是一座据说只有五盏红绿灯的粤西小城。穿过小城入口的牌坊，一路向前，两边都是水田，白水映天，远处是山，颇有几分山水江南的风情。出租车一拐，一排排崭新的楼宇出现在人的视线里，清城明珠学校就坐落其间。学校不大，但挺精致，清秀犹如来时路边风景一样宁静。唯有青春躁动疲于奔命。

学校校长是一位女特级老师，举手投足之间都有一般老师难以企及的职业风采和仪态。彼此初识，她倒乐意与林若蓝开诚相见。

“我原来也在深圳，做过很多事，做来做去还是觉得做老师好，简单。”女特级谈吐自信自然，声音顿挫抑扬，“刚才我们听过你的课，有一些生疏，但情有可原，你中间有一段时间没教书，对吧？”

“对。”

“不过不要紧，看得出你教书架子还在，教态不错。”女特级做出欣赏状，“谁都有想活动一下的时候，像我这种年纪都有这种想法，何况你们年轻人。”说着，女特级想起了什么：“今年多大了？”

林若蓝很不习惯别人问他岁数，回了她一个出生年份。

“哦，不小了。这几年该看的都看了，该玩的也玩了，现在收收心，好好干，不懂就多问，我们欢迎你！”

林若蓝又当回老师了，私校老师。

时光如回鹿城。一份一年期合同。旧时记忆一点点光临，新日光景一点点铺排。早起与学生一起晨练，中午带学生一起吃饭，黄昏陪学生一起玩耍，晚上伴学生一起归寝。

时光不似鹿城。班上三十来个人，男有四大天王，女有四大天后，没电的晚上打着手电筒在宿舍一个个巡视，都看不到有几个是好伺候的。一会儿，协班老师言：“这个班有几个很会搞事的，任课老师、生活老师都镇不住他们，我是没办法，你看你有没有什么方法。”一会儿，女特级下令：“班上寝室闹的，班主任晚上、中午都要下宿舍。”一会儿，音乐老师云：“你看，我刚到班上，你们班就打架了，桌子都掀翻了。”

时光不是鹿城是清城。一会儿德育处布置国庆歌咏比赛了，一会儿体育组要搞一个体育节啦，一会儿教导主任组织月考了，一会儿女特级亲自挂帅要筹备一次大型的读书节啦……每一个活动都搞得各班跟火拼似的：你不让我，我不让你，谁不快人一步、高人一招、赢人一回，谁不把谁的气势比下去一次，谁就矮人一等。林若蓝平行班班主任岳、耿、江与林若蓝争得甚为烈。只在周末学生都走了，松缓下来的时间，一下子像卸光了货的车厢一样空荡荡的落寞。逢此便是老师结队散步的好时候。一起看清城新貌，听草间虫叫，聊人间万象。学校有位身材高大魁梧，说话温良恭让的鲁老师——教导处新招副主任，很多日常用的东西不想另外买，专程租个车把原先在深圳的“家”全运来了。林若蓝惊异其六年没回家的经历。

“为什么不回家呢？”

“回不去了。”音如雾笼远山一般的迷蒙。

“怎么回不去呢？”同样几年没回去的林若蓝却想不通。

“父母都不在了。”一声叹息，叹息在夜里消沉。

“家里还有没有什么人？”

“还有一个哥哥、嫂嫂。”

“正好可以回去呀。”

“回去干吗？”鲁笑问林若蓝。对呀，回去干吗呢。

“以后怎么办？”

“走到哪里算哪里，流浪吧。”

说如轻浪听如潮，谁走过的路谁历历在目。日子周而复始。学生周日下午一回，校园就闹腾开了，老师又如上紧了发条的秒针一样绕着学生转了起来。等一天忙完，整个人就疲软了，累得在宿舍倒床就睡就稀松平常了。才说好就躺一下，马上洗澡。可谁料得意念中的一下是光阴里的几千下几万下。当半梦半醒间总有一种贴身胶水般的黏糊感挥之不去纠缠不止时，一个声音说：起来吧，你还没洗澡呢。另一个声音说：再睡一会儿，就一会儿，马上起来。等林若蓝爬起来冲凉，时间已是凌晨两点多。洗完衣服再睡，醒来，时间已指向七点。哎呀，迟到了！林若蓝边出房门边扣扣子，牙没刷，跳着台阶就冲下宿舍楼了。等周五送学生走，一切重归于平静，凭栏远眺，看着夜色中的远山，林若蓝总会自然不自然想起人忙碌到如打仗的意义。

“在想什么呢？”卸去工作状态的岳如喜鹊般跃到林若蓝身旁。

“没想什么。”

“没想什么？是不是在想女朋友？”岳会逗人。

“我没有女朋友。”

“长这么帅，没女朋友，不会吧？”

林若蓝岔开话题：“你们没出去玩吗？”

“等他。”她指指男朋友的宿舍，声音里掠过丝丝青春含苞待放的娇艳，“在这里怎么样，还适应吧？”

“还好。”

“会不会觉得清城很小，转来转去就是那么几个地方？”岳生于清城，长于清城。

“小是小一点，但很安静。”林若蓝很享受夜色和远山带给他的宁静，宁静到想就此安放他不安分的青春。

“听说你做过很多事，原来在深圳，怎么想到来这里？”

“接到电话就过来了。”

“深圳挺好的！”

“各有各的好。”

每一颗年轻的心中都有一座城，在时光的这一头憧憬城那一头的风景。岳也该有念兹藏兹于心的一座吧。岳还想说，她男朋友已拿好东西出来了。岳的男朋友是真帅，帅气不失沉稳，两人已在清城买了房。林若蓝在二人面前显然有一种相形见绌之相。

而女特级不愧是女特级，搞一个读书节都不同凡响。鼓动班主任搞完学生捐书比赛，又号召各班献书竞标学校书柜冠名权；组织完图书交换市场的模拟彩排和真实交易，又请新华书店到校售书驻点；举办完阅读征文的评选，再来一场读书节汇报表演：你方唱罢我登场。身为行政的鲁跟着女特级的指示，忙着台上台下搬道具做场工，音乐老师的现场伴奏标准跟着学生唱的节奏走，谁跟不上节拍谁就显得没用了。表演才落幕，林若蓝捐得了一个书柜，面向全班征了个柜名：四叶草。没见“四叶草”给谁带来好运，逼得平行班的耿、岳、江要强也先后各捐了一个书柜。学校冠名权书柜总共才八个。

书都争着捐，林若蓝床头一堆考研书籍愁得不知如何打理呢，一男级长在办公室把一同室女老师打了，在上班时间。有说女方先动手的，有说男方大打出手的，有说双方争执失手的，风传的版本不一，但女特级的反应就一个，严令打人级长在全校教师大会上做公开检讨，否则就卷铺盖走人。打人级长虽不愿意，但终没能抵住女特级的强势，低下了他作为一位老男人的自尊，在会上做了一回深刻检查，自始至终没抬起过头。

“如果是我，我不在这里做也不做这种检查。”坐在林若蓝身后的女士耿有几分气概，在办公室正义凛然，“学校做得太过分了！”

“学校做得是有些过分哦。”岳说得谨慎。

“学校是做得很过分。”林若蓝的协班老师说得确定。

“学校做得是有些过分，可打人也确实不对。”身兼年级组长的江说话很注意维持平衡，就像他戴的眼镜四平八稳。

对与不对，林若蓝都不想参与分辨。

时间中规中矩地过。读书节和打人事件的硝烟才散尽，学校大规模的家访开始了。好在协班老师跟家长熟，好说话——班是她跟下来的，家访的事有赖她提点。

家访才在深夜与周末的交替中结束，女特级就令各班向家长催学费了。全缴班有奖！老板娘亲临财务室坐镇督导。

“为什么这个学期交下学期的费？”

“这个学校就是这样的，很变态的。”协班老师声音里没有多少义愤填膺，说起变态来司空见惯的习以为常。

当变态成了一种常态，常态就成了一种变态。算不清费了几多口舌和周折，由协班老师帮衬着，该定下来的学费都定下来了。期末考试的前一天，女特级在教学楼的走廊碰到林若蓝，没问林若蓝期末复习进行得怎么样，而是明知故问：“林老师，你班交费交得怎么样了？”

“差不多了，还有两个。”林若蓝得意之色扬在脸上。

“很多班都交齐了，你们要快点！”女特级言辞间并没有一点松懈之色。

“我们班一个已经答应散学那天交，另一个年年都是开学交。没问题的，小事！”林若蓝信心满怀，一脸轻松。

“哦——”女特级的声音在表情里静流。

学期末的最后一天，学校公告牌在显示最后一天的工作安排：练习普通话。练习普通话？办公室里丝毫没有练普通话的迹象，只见江、耿、岳等同事谈笑，空气里有一种莫名的不正常。

“林老师，校长找你。”传话的人戴着一副眼镜，慢声慢气，发音含糊，混杂着粤西一带的方言音——正是学校教导处第一主任，全校最该练普通话的非他莫属。

“又一个要走了，噢！”这是胜者在败者身后的欢呼。耿女士锋芒毕露的庆贺，针一样地扎在林若蓝后背，透心凉。江、岳不知为谁而汗颜地笑。

林若蓝推开校长室门就要进去，鲁正恭敬地坐在里面。鲁应着推门声看着来人，脸色有种微笑难以掩饰的窘。女特级端坐着。

“等下，等下，你在外面先等下。”

离职还要轮候！第一主任忙抢上前，把林若蓝直往后扒拉，并借着林若蓝推开的门缝，向办公室的主人使劲地赔了一个笑，然后动作极轻地把门带上了。

鲁出来了，脸上挂着他一贯谦恭的笑，笑得比生活里苍然。林若蓝进去了。自鹿城起就常被人辞的林若蓝，还没学会怎样习惯被辞的场面，一身拘谨地坐在靠墙的沙发椅上，女特级保持着她和他第一次见面时的端庄。

“林老师，这半年觉得怎么样？”

“还好。”林若蓝努力展露他和她第一次见面时的微笑。

“我看你平时很辛苦，我都为你捏把汗。”女特级磁性的声音传递出一种对人的关切状，随之生发的却是笑。

“这个班确实很难带，我不说你也知道。”

“我们知道，也确实很为难你。因此我们后来考虑这份工作可能不适合你，下学期我们就不再合作了。”女特级看着林若蓝，又是笑。

虽然进门之前已经预计到会发生什么，但当预计的一幕真的出现在面前，林若蓝还是接受不了，发自内心地想抓一件什么东西挡一挡。他抓到了：“我们签过一年劳动合同的，我希望学校能把合同履行完。”

女特级倏然郑重起来，声音先抑又扬：“离开这里并不是一件坏事，像你综合素质这么好，到哪里找不到一份很好的工作？”

女特级的话说得中肯。往好处想，接下来应该会好的，但林若蓝心里就是不太爽。

“根据合同规定，你们应该提前一个月跟我打招呼。”

“我们给你预留了一个寒假，你还可以找工作嘛。”

话总是说得好听，但林若蓝心里还是不太舒服：“根据劳动法，你们应该赔违约金。”

轮到女特级不舒服不太爽了：“林老师，我们知道你法律意识很强，但是你这个情况学校从来没有做过，我们要商量商量。”

林若蓝心里稍好受了些，一出校长室的门，跟学校的音乐老师打了一个照面儿，她抬头第一句话就是：“我是自动离职的！”

音乐老师不仅长得可人，说话也可人，轻轻的一句话就可以寒碜得一个人无地自容。听说她也是从深圳来。多少人不约而同地从一个地方来，又不约而同地从一个地方去，命运安排了一群人在一座时光的小城相遇，然后又各奔东西。

结果商量出来了，学校答应了林若蓝心血来潮的要求。下午四五点刚在财务室领违约金，在财务室转悠的老板娘即要求林若蓝三小时之内搬出学校，声称：“这是学校规定！”

岂有此理！气归气，林若蓝依然坚持有话好好说的理：“你看，我就住一晚，明天一早我就走。绝对不动你们半点东西。”

“不是动不动东西的问题，这是学校规定，学校历来是这样处理的。”站在林若蓝面前的女人声线和态度一般粗。

第一主任透过眼镜密切关注着情势，乘机凑过来给老板娘帮腔：“林老师，学校对每一个老师都是一样的，不是专门针对你一个。”

“这么晚，你叫我怎么走？”

“林老师，要不这样，我们给你在宾馆定一间房，房钱我替你交！”老板娘豪意放豪言。

林若蓝无法领情：“搬不了，搬不了！”

“我给你定清城最好的宾馆，一晚三百块！”

好大气！林若蓝没理她。看见女特级走过来，林若蓝走上前陈述的确搬不了的原因。女特级不紧不慢，说了一句讲理的话：“学校这个规定确实有些生硬。”

“我下午洗了几件衣服没干。”

“哦。”

“我晚上还要跟我深圳的朋友确认落脚点的事，不过我明天一定走，不会跟你们添麻烦。你看行不行，跟她说一说。”林若蓝指指身后平时很少跟老师说话，有事就在财务室转的女人。

女特级说话管用，一波平息了，苍凉暮光中的清城寒意四起。新年开头，林若蓝就要为前路忧心了。

“要不要到我宿舍坐坐？”江在宿舍的走廊上看见林若蓝，笑问笑相迎。

江的房间没有暖炉，但很能给人一种温暖之感，摆设井井有条，应该是房间有女主人的功劳。女主人见有客来，没跟客人打招呼，但很明理地带着孩子散步去了。少年身材颀长，看上去没有父亲外向。

“孩子怎么样？”

“哎，不行，学习成绩不好。”谈起孩子来，江摘下眼镜擦拭，心里像有说不尽的话，“你接下来有什么打算？”

“惭愧！”

“这个要什么紧，我拖家带口的是走不了，像你这样厉害走了更好。”说起家，江面露忧情，看着林若蓝又展笑颜。

听江如是说，林若蓝心里更是惭愧：“班没带好。”

“怎么没带好，这次考试不是考得蛮好吗？”

“哪里，跟你们相差好几分呢。”

“你不知道，原来相差八九分、十几分呢？这个班现在进步已经很大了。”

“这样的？”

“对呀，这个班本身就烂，全校都知道的。你走跟这个没关系。”江戴上眼镜，“还记得她问你缴费的事吗？”江指的是女特级。

“记得，怎么啦？”

“当时我就站在你后面。”江神秘地笑。

“怎么说？”林若蓝想起了些什么。

“我听着你在那说得高兴，看着她表情一点点变化，眼神一点一点变，我就猜到了一些。”江笑得更神秘了，“其实这个事也就是一两句话的事。”

“不会吧？”林若蓝想象不出留人辞人的大事，女特级会因言而定。

“怎么不会？”江认真起来，“缴费人数多少是跟奖金罚金挂钩的。学校拿这个考评各班，老板娘也按这个给她算奖金的。”

“这样的？”

“你以为怎样？平时那些奖状、流动红旗都是扯蛋的，最后就看各班缴费情况。”

林若蓝越听越邪乎。看着林若蓝难以置信的样，江继续说：“私立学校就是赚钱，要不他们拿出那么多钱奖励全缴班级做什么？”

“我以前在鹿城的学校不是这样的。”

“这里不一样嘛，你刚来，不懂，她们非常紧张这种事的。这个学期还好，家长一般不会让孩子在这个时候转学，到下学期就很麻烦，很多学生会走。这些情况学校现在都会考虑的。像你走啊，还好一些，我是没办法。”江摘下眼镜，又擦了擦。

这个年头谁有办法？女特级身为校长有吧，在她权限内，她把普通话说不清的教导主任和打人级长都留下来了，把温良恭让的鲁辞掉了，据江推测鲁不讨女特级喜欢。几个月后，林若蓝在巴城某外国语学校应聘时，还见过岳和从深圳来的音乐老师一次，她们都和她们的男朋友在一起，唯有林若蓝一个人孤瘦得形单影只。

岁月形单影只地来，又形单影只地去，青春形单影只地走在时间的狭缝里。林若蓝没保住清城的工作，考研北上的计划也流产了。当他后来还想北上读研时，却发现日子越过越渺茫了。在渺茫的日子里林若蓝拖着来时的行李箱又回到了乔惠处。

“不好意思，又给你添麻烦了！”

“不麻烦。”乔惠恬淡如常。

乔惠的房全部租出去了，村邻的也租得差不多了，乔惠向同村要好的借租了一间，并为林若蓝备了一套棉被。

房间阴暗潮湿，窗户、阳台的光都被一缝之隔的楼挡死了。林若蓝开始了离家在外的第四个冬季。想家吗？想。可拿什么回家呢，拿一副失败相回去吗？有家不能回的无限酸楚，在风可以进寒可以进，阳光没法进的空间里一天一点地滋长。时间不上不下，学校都放假了，找工作的事就被卡住了。当退无可退，进无可进，去无可去，时间就成了一道无法逾越的栅栏。一天一张报纸，再买本书，一边看一边忘，多少事落得个竹篮打水一场空。

最难是洗澡了，不洗洗身上的邋遢，心里就怎么也翻不过旧的一页。水龙头里有冷水，松恩路有卖热水器和灌煤气的，为了离开时扔掉不至于心疼，林若蓝选购了一个便宜的热得快、热水瓶和脸盆。烧一瓶，倒一些进盆里，掺些凉水洗个头，倒掉脏水，再换另一些热水到盆里，掺些凉水把湿头洗净，再用洗头水湿湿身。当着阳台上渗进来的寒风，光着身子再烧一瓶，人都缩成一团了，身子发抖牙打颤。等第二瓶烧开，掺些凉水再抹个身，越抹越寒，冻得没力再烧第三瓶了，自己哄自己：我已经洗过了，行了。每每及此，林若蓝都会情不由己怀疑起人在外面这些年傻傻坚持的意义。当人生陷入为坚持而坚持的沼泽地，日子就成了三餐时间出去转一转放风时的光阴。松恩路不长，转来转去就是几家店面，改裤脚的，卖水果的，开杂货的，外加几家快餐店、粉面店、糖水店、电信代理店之类的，串在一起，参差不齐。路边一头停着一排私家车，一头散落着些摆摊的，卖鼠药、衣服、首饰、烧饼。暑期松恩路还有卖冥间什物的，他们揽生意的佛音叫不出名，但很好听，有一种润物细声安抚人的绵力。乐音不在，让人怀念，唯有发廊里的歌曲如打了鸡血似的亢奋，用声嘶力竭的声音唱着世界的喧哗与时代深处的哀鸣。发廊不远处是一工业区，一到下班时间，松恩路就涌动着一批批穿着蓝色工服的青年男女，如潮袭。

潮来还随潮汐去，有人说笑有人愁，愈近年关离愈浓。只见游子大包小包步履急，不见有谁一边赶路一边还回首。该回家的都回家了。回家，回家，家在灯火阑珊下。

母亲又来电话了，还是旧时的话。

“儿，今年过年回来吗？”

儿没有勇气答。母亲传老家的话，让儿回去接校长的位子，儿却软绵地拒绝了。母亲无奈，主动替儿回答了。

“过年不回来，对吗？太远，是嘛，坐车不方便。不来就不来，你在外面好好照顾自己，多吃点，别省，开心点！”

来自于时间另一端的问候并没有让林若蓝好受一点点。林若蓝在苦情的光阴里，苦苦等待来年春暖花开的日子。等，等待……

听应聘学校说好：“明天中午12点之前我们会打电话，超过12点没有打电话就说明不录用了。谢谢大家，大家回去吧。”

从应聘学校回来林若蓝就在房间里等着，等着招聘官说的“明天”到来。等得“明天”来，林若蓝又在等着招聘官“12点之前打电话”来。手机铃声小，林若蓝怕听不到来电，特将手机放在床面上。看一下报，看一下手机时间。九点不会来，要来就是十点来的。10点没来，下一刻应该会来吧。10点15分没来，再过几分钟应该会来。林若蓝一次次猜想，猜想在时间面前一次次成空想。10点半没来……10点59分没来。林若蓝盯着时间转入下一圈，11点01分还没来，不会来了。不，再等一等吧。11点25分都没来……哎，没戏了！估计人家早就定了，说不定都吃午饭了。林若蓝越想越难过，心里憋得甭提多难受了。出去转一转吧，透透风换换气也好。

走在大年初八恢复人气的街面，有不少归程的人，没有年味。阳光洒在身上留下一些暖，微风拂过脸颊带走一片凉。时间分分秒秒，林若蓝还会掏出手机看看有没有来电——没有。时间像睡着了似的没一点动静。林若蓝选一家比较干净的店面坐下，点一份快餐，等服务员上菜。时间点点滴滴，林若蓝还不死心地想着会出现什么，可手机放在台面，没一点来电的迹象，耳朵里只传来店里店外的嘈杂声。菜上来了，手机的时间跳到11点59分。不会来了，要来早就来了，不会来了，绝对不会来了，要来现在就该来了。林若蓝在十二点之前再看了一眼手机，无望地抓起手机塞进裤后口袋，拿起筷子夹起菜，不带任何念想地吃了起来，边吃边看电视。吃饱喝足买单，掏出手机看时间，手机赫然显示：一个未接电话。正是等待了一上午的来电！时间：11：59：52。扯蛋！有你们这样打电话通知人的吗？当林若蓝平复好情绪以最快速度回拨过去时，招聘官的声音就像室外拂过的风一般凉："你给我们写一个建议吧，我们再看一看。"

在一所学校浮光掠影地待了两三个小时，就看到几堵墙，几张桌子，几把椅子，什么都不知道，写什么？林若蓝肠子都悔青了，但还是用心对待。在一家拉拉杂杂的黑网吧里，改改写写，直到写满一页，略有分量了，以电子邮件的方式发过去，应聘学校却再没有消息了。

有一种遗憾叫扼腕叹息，有一种伤感叫痛到窒息。窒息的空间里，林若蓝的思绪一遍一遍回到十二点之前的时间里，身体躺在时间的床上瘫软无依。好长一段时间林若蓝都没缓过劲来。没有好单位预约面试，还要摆脱被动，在学校开学的前后一段时间里，林若蓝去过几家不入流的学校。

一家态度坦诚："这里不适合你，你可以找到更好的学校。"

一家语气恳挚："林老师，我们学生都是民工子弟，待遇很低的，你能接受吗？"

一家还挺俏："我们学校有很多老师应聘，我们要挑一挑。"

入流的学校进不了，不入流的学校不能进。林若蓝分不清自己是入流还是不入流。不是被人顺淘汰，就是被人逆淘汰，林若蓝夹在一个似入流非入流的时代无所适从。

深圳的雨季来了。雨一来，松恩路就要积水了。雨再大一些，下得再久一些，水淹松恩路就可以没过膝了。出不了门，林若蓝就看《忏悔录》自省，再伫立在阳台看看雨，听雨打落在屋上、地上的回声，想一个人流落的轨迹。不想失去的一次次失之交臂，想得到的一个个飘忽又逝，除了有一副可以对冷暖有所感应的身体，林若蓝再失去不起了。深圳的旧闻里几乎每天都有租客死在出租屋的信息，特区的报纸天天都在发布着最新的认尸告示。林若蓝打心底里有一种对世界的恐惧，恐惧命运的恶神盯住自己，自己一不留神就成了下一个倒霉的人。

人静夜深时最忌鬼。楼道偶有脚步声起，林若蓝便会意难自控地从床上爬起，蹑手蹑脚透过猫眼察看门外的明细，确认没有任何异动，回床躺下，再睡不着，睁眼做着各种噩梦吓自己，直到吓到累，累到自然醒，醒来又警备着屋外动静。一日复一日过着提心吊胆把命拴在身上的日子。唯当路过街头，重遇上那支空灵而宁远的佛曲从冥间什物摊飘来，林若蓝找不到出口的心才在这个世界、在舒展手臂的一瞬找到了某一种久寻的相契相依：

假如有一天我突然消失于这一片欲望红尘，我亲爱的人，请不要去追寻我的足迹，我是茫茫宇宙的一颗星，不小心掉在人世的风雨里；

假如有一天我永远消失于这一片迷乱尘世，我亲爱的人啊，请不要为我叹惜，我一定在属于星星的天空里，保持着对人间最温情的注意；

我本从一个春的季节里来，到一个花的世界里去。假如有一天我不再回去，请在一个春暖花开的时节把我的灵魂带到大海的平面，和天地一起，看人间四月芳菲永不凋零。

佛音渐远，花期将尽。林若蓝日日像困龙犹斗似的想做些什么，动弹动弹一下也行啊！林若蓝想起了有一些原本属于他的钱在别人手里，得要回来。不多也得要，混得不好也要去，这是一个人对自己对过去应有的一种态度与虔诚。

有一笔钱扣在金牛证券。当年离职结账，只结了薪水的70%，另外30%说是年底结，公司统一规定。都什么时候的事了，两年多了吧，应该结了。当林若蓝到达群星酒店附属楼，忐忑地以为会遇见熟人时，却被楼下陌生的保安拦住了。

“做什么的？”

“我去上面的公司。”

“上面没有公司。”

“上面没有公司？”

“对！”

“不可能，我原来在里面工作。我上去看一下。”话尚在嘴边，林若蓝跨步就进去了。

保安没有硬拦，跟着上来了：“我说了没有，你不相信。”

“原来这里有一家证券公司，你知不知道它去哪里了？”

“不知道。”

“知不知道什么时候搬走的？”

“不清楚。估计有好久了，我来这里就没有了。”

公司确已不知去向。林若蓝看着公司旧址，昔日灯光满盈的楼层间堆满了小山高的杂物，杂物上落满了尘埃，尘埃无言诉说着灯火繁华尽头的没落与荒凉。

不知道剪影怎么样了？从群星酒店附属楼出来，街上人车马喧，行人的脸上都写满了行色匆匆。老地方，剪影依旧在，只是该走的都走了，不该开的灯一盏都没开，房间幽暗，只剩下一位美术设计还和当年一样静静地坐在原来的位置上，像时间深处的一尊雕塑不偏不倚，沉默见证着周围的人事更替。

“你好，我找尹总。”

“尹总不在，丁经理在里面。”身处幽暗里的美术“雕塑”微微向来人方向转了转头，又转过头用电脑去了，声音里没有一点变化和表情。

往里，唯一亮灯的地方就是丁的办公室了。林若蓝做了一个深呼吸，鼓起勇气跟很久没见的丁打了一个招呼：“丁经理，你好！”

没再蓄胡蓄发的丁对林若蓝的突然出现讶异，但很快反应过来招呼林若蓝坐下。丁的办公室不大。客人坐的沙发紧挨着主人用的办公桌，中间隔一条道基本上就是一条缝。林若蓝坐在丁对面的沙发上，脚都找不到足够的位置放。

“现在在哪里做？”丁开了一个话题。

“从清城过来，教书。”林若蓝尽量让表情淡定些。

“清城我知道，我有一个朋友在那边。”提到熟悉的地，丁又恢复了以前能侃的面貌。

林若蓝不想扯清城什么，把话题拉了回来：“尹总在不在？”

“他已经离开深圳，回老家了。”

“做什么？”

“不知道。听他自己说，想休息一段时间看看书。”

“专门看书？”林若蓝不信尹能低调如此。

“我搞不清他的事。”

“我那本书后续提成怎么办？”

气氛紧张起来了。

“我不知道，你要问他。”

“我问你也一样嘛。”

“不一样，这家公司他已经转让给我了。公司以前的事你要去找他。”丁撇清了他和尹及前剪影之间的关系。

林若蓝还想从丁口里确认些信息：“你知不知道我那本书卖了多少？”

“我不知道。”

“你怎么不知道？”

“卖了多少出版社不会告诉我们。”

“出版社怎么不会告诉你们？”

“出版社怎么会告诉我们？他们还想多赚呢。”

“你们的分成怎么算？”

丁被问得逼不过，说了一句：“书稿是一次性买断的。”

“怎么说？”

“剩下都是他们的，卖多少算多少。”

“我那笔钱怎么算？”

“是谁你去找谁，跟我没关系。”丁又一次划清了他和尹的界线。

林若蓝找不到还有什么要和丁再谈的，走到外面的厅里拨通了尹的电话。

“尹总，你好，我是林若蓝。”

“哦，现在怎么样？”

“我现在在剪影公司。”林若蓝略过寒暄。

“有什么事？”尹的声音下面垫了一层戒心。

“我知道我们那套书已经出版了，我就想问一下原来说好的书的提成怎么算？”

“那本书卖得不好。”

“我在书店电脑里查过了，书卖得已经差不多了。”

“那不是卖掉了，而是被打回来了。”

“总卖掉了几本吧，有几本就算几本的提成。”林若蓝找不到相信尹的任何理由，因为他不是一次两次查过了，在清城、深圳都查了，而且问过书店了。连查带问的结果都显示书系内的各本书都有在卖，卖的进度不一，他和陆小姐的书在书店的库存最少。

“这也不是你一个人的事，是你们几个人的事，要算一起算。”

尹的话听得耳熟，在北京有谁提过一句类似的话？林若蓝怎想得当年的事过了些年在深圳对接上了。“一个一个地算，先把我的算了，别捆在一起算！”

“我现在不在深圳。”

“你什么时候回来？”

“等我回去再说吧。”不容林若蓝分说，尹挂掉了电话，像林若蓝在北京质问其工资为什么少发时故伎重演。林若蓝又无可奈何了。

什么都做不了。林若蓝又一次想到了回去，回家。也该回家了，好多年没回去了。找点临时的事做到暑假吧，做完就回家。

为了图个进出自由与方便，林若蓝把目光投向了课外辅导机构，并依报纸信息指引，在关内参加了一场辅导老师招聘会。

“这里都是刚参加工作的吧？”台下的没笑，台上说话的女人一个人笑起来了，笑语直爽。坐在下面的人左右前后相互看了看。林若蓝坐在尾排注视台上的女人，没吱声。

“你不是刚参加工作的吧？”女人注意到了林若蓝。

“不是。”林若蓝不喜欢回答有涉年龄的问题。

“这里你最大，你上来做个自我介绍吧。”

总是有人直白地提醒人多大了。林若蓝心里不悦，但仍不露声色地上去了。

“不错不错，做过老师的就是不一样。”

“谢谢。”林若蓝略作微笑，不想多说。

“教什么的？”

“语文。”

“教多少年了？”

女人短短几分钟就提醒了林若蓝三次年龄，林若蓝给了她一个始参加工作的年份。

“哦，为什么来深圳？”

“听说深圳好。”

“我们这里没有住的，你上班方便吗？”

“不要紧，我可以在旁边找房子。”

“你现在住哪里？”女人突然想起了什么。

“岗镇。”

“我们在明镇跟人合伙有一个分部，离岗镇近，条件比这里好，总部还没有免费住宿，你看，这里多挤啊！我给你一个电话，你跟分部涂主任联系，就说我说的，他知道的。”女人旋即递给林若蓝一个电话，笑容有几分灿烂，“你跟他联系吧。下面更容易做出成绩，分部有几位女老师，刚毕业，没经验，正好需要你这样一位男老师。只要好好表现，我们会让你担当更重要的岗位，你在分部会很有发展的。”

发展不发展，林若蓝是一点都不心动了——雇主不是喜欢用钱勾人就是用“发展”勾人。林若蓝除了说“好”还能说别的吗？从招聘场出来，林若蓝游荡在深圳的街头，一路游荡一路思量：进还是不进呢？思绪像风中的树梢摇摆不定。

下午，林若蓝拨通了明镇分部的电话。几个小时后，林若蓝走进了公司明镇分部。分部在一独栋小楼里，四楼是宿舍，三楼是教室，舞蹈房、琴房、厨房、就餐间则都安排在二楼。二楼的入口是大厅，厅前有一张台，台后围了几个人，正中坐着一个大肚的男人，肚子自然突出与身体浑然一体，这就是关内女人口中的涂主任吧。林若蓝和涂聊了几句，觉得尚可，定下了上班日期。

乔惠有一女房管，老大不小，但保留有几分年轻时的姿色，平日无往来但认识，看上去是面善的人。林若蓝离开岗镇前，把乔惠给的被子打包，找到女房管。

“小姐，你好，你看能不能帮我找一个人洗洗被子。”

“被子这么大很难洗的哟！”

“对，我知道，因为我洗不方便，所以想找个人帮忙洗一洗。你在这里认识的人多，价钱好商量，你看洗被套多少钱？”

“这个很难说的，”女房管音拖得很长，“小的一般五块，大的要十块吧。”

“你看我给十块行不行？”

“找人很难找的哟！”

林若蓝听女房管说话，不像一个善角：“你看要多少钱？”

“你被子多久没洗了？”女房管俯身轻拉被袋即做后退状，“很难洗的，要花很多洗衣粉的！”

女房管张口一个“难”，闭口两个“难”，没完没了似的。洗一件被套很难吗？女房管还想说“难”，林若蓝打断了她的话：“二十块钱够不够？”

“二十块就二十块啦，实在找不到人我就辛苦一点啦。”

林若蓝掏出二十块钱，女房管伸手要接，林若蓝拿着钱的手略作回缩：“洗好晾干给乔惠小姐，我会问她的。”

“放心，没问题的！”

女房管应得很好，但林若蓝还是跟她要了一个电话，并又交代了一遍。交代完，林若蓝带上行李踏上了他的第N段旅程。旅程不长，目的地是因治安混乱而名闻全城的明镇。林若蓝坐在一辆顺路去拉货的平板车上，望着雨后天晴的天空和泥泞难行的前路，有一种无力排遣的茫然与惆怅。

开往明镇的汽车“轰轰轰”要开动了，林若蓝先行踏上巴士踏板，转身正要从车夫手中提过最后一件行李箱，车夫却在车下紧紧抓着箱子提手不放，干瘪苍老的身板使劲往后倾，深凹的眼神充满着对纷繁流动世界的焦虑：“唉唉唉，先给钱，十块！”

失序年轮里的人都在急着以己为先，不同方向的人在同一个交集的时间里擦碰出种种人生。在明镇安顿下来的第二晚，林若蓝拨通了乔惠的电话，问起女房管有没有把被子洗干净给她。乔惠只答：“给了我，但好像没洗吧。我没怎么看，算了啦。”

林若蓝很过意不去，连赔不是。乔惠柔声细语，反宽解起人来：“不要紧，反正我有阿姨洗，这件事你不用放在心上。你在明镇还好吧？”

乔惠说不要紧，但林若蓝还是很生气。放下乔惠电话，林若蓝打通了女房管的手机。

“你是不是没洗被子？”

“你谁呀？”

“给你钱让你洗被子的人。”

“洗了！”

"我刚才问过乔惠小姐了，没洗！"

"你被子很难洗的，又脏。"

"不是给了你洗衣粉钱吗，你是不是想钱想疯了？"

"你那点钱能做什么？很多人不愿干的。"

"不愿干你干吗答应？我发现你很奇怪，又想要钱，又不想干事。"林若蓝还想骂，女房管把电话挂了。

社会上稀奇怪异的事不可计数，多了，就成了一种自然生态了。

明镇分部。上班，前台是办公的地方；下班，前台是打牌的主场。主任挂帅，副主任等三五同事轮替参打。有女本分，不玩钱时即陪玩。林若蓝不会，旁观。

主任说打拖拉机，拖拉机平日能打到晚11点，周末到晚12点。主任说打牌下棋没意思，马上有一后生男和清酷女响应打麻将，玩钱的副主任陪打。这几人都是从总部调来的。

至于副主任，其实就是分部财务、后勤总管，随时喜好指指点点，一会儿叫本分女做"东"，一会儿叫本分女做"西"，被叫得多了，本分女当面也抱怨："什么都是我做的，为什么不叫其他人？"一会儿看林若蓝老实，改叫林若蓝。林若蓝看一下总管，只做不说。清酷女见此，偶做冷眼冷态，和总管斗嘴："你为什么不去做？"

"我是副主任。"说是副主任，却对清酷女一脸笑。

"副主任更应该带头！"清酷女话不多，常常一两句就能说得副主任不知所对连带赔笑。俩人都是擅耍嘴皮子的主儿。

而林若蓝什么都不会玩，又不爱说话，在分部就孤单了。电视不好看就翻翻书，翻书翻累了就练练琴，因专业的关系，林若蓝读书时不仅学过书法，还选修过钢琴。当所有人都玩无可玩做无可做时，就有人带头谈谈身边的生活。

涂主任善谈奇人异事。大家前台围在一起，看他慢慢地点上一根烟，听他饶有兴致地谈他在老家的见闻：

话说湘县书艺比试。县首兴起，书几字送往参评，喜获头奖。众闻，皆往求字。县首诚曰："余本字拙，独善两字，皆由常签文，每签即书'同意'，终熟能生巧，得之。"众心明，笑归。

再说湘县某局，诸事多年都由局座把持，想其在位，常为手下谋福利。但话最阔绰一回，为局里人手配得一部新手机。羡慕妒忌恨者众。县首虽有意袒护，但终因揭发者不绝，勉为难责其递辞呈，批曰：同意。自此流落江湖。你道涂主任说的此人是谁？涂主任本人也。

副主任乐此不疲地愿跟人说本土旧闻。

闲时站在窗边，他会指着窗外隔街小楼告诉林若蓝：对面住了很多白粉仔，白粉仔常过街到我们一楼超市买东西。

外出途经一条大马路，他会跟林若蓝描述：这里曾发生过一起追杀。一个前面跑，一个后面边追边砍，鲜血流了一地，几十米，没人敢拦。

透过午间二楼就餐的学生群，有一位穿着朴素的女生笑得开朗惹人眼。副主任给林若蓝介绍：她曾经被人绑架过，后来乘绑匪出门，逃出来了。父母很有钱，现在家里都看得很紧，怕再出事，平时都不敢让她穿好衣服。

涂主任说的听上去像天下奇闻，副主任说出来的是骇人听闻。后生男提起他在关外做销售的经历是随包藏刀防身。凡此种种，非亲历者都不敢不疑。有一次林若蓝私下试探性地求证过“被绑”小女生。

“你是不是被人绑架过？”

“对呀！”小女孩的坦白让人看不出一点心理阴影，反衬得林若蓝小家子气了。

“你怎么逃出来的？”

“那个绑匪胖胖的，很笨，肯定是第一次做。他把我关在房里，绑在椅子上，吓我。我装作很乖，他以为我真的乖，等他出门下楼，我挣掉绳子就溜出来了。”小女生言语中充满了人生赢家的骄傲与荣耀。

这是一个混乱的盛世，这是一个繁荣的“乱”世。有江湖的地方每一个人都不可小觑。林若蓝卑微地只期望一切平平静静，并能为下半年的工作做些准备。

在此期间，林若蓝去了大湾区几所小学，投送了几份简历；去了一趟巴城，参加了一场某外国语学校的面试。试感告诉林若蓝面试不错：一定会过。

深圳有一座大梅沙，大梅沙有一座愿望塔。还记得要去海边许愿吧。挑一个风和日暖的休息日，林若蓝去了一趟海边。看潮退潮涨，听海潮拍浪，林若蓝在愿望塔面朝大海双手合十向未来虔诚地许下：平安体面回家。

许愿归来，林若蓝就数起了回家的归程。一个人的归程越近，一个人的心思就越纷杂。看着学生午休望学生安分点，辅导学生晚习盼学生认真些。面对分内的事，风风雨雨都过来的林若蓝就剩下了这点念想了。想了就做，林若蓝搞个即时考核，学生就乖了，不再一玩二闹三拖拉，直到晚上九点都完不成作业。林若蓝能在八点半左右下班歇息了。

而整个分部还在沿袭对学生一吓二吼三哄的套路，涂主任不管，林若蓝也不好作干涉。

又是学生走后的一个闲适夜。林若蓝从宿舍冲凉下来，一群人围坐在前台涂主任跟前，正聊林若蓝，林若蓝听得出是在聊谁，但仍若无其事地走过大厅，走向琴房。方才八卦得很积极的清酷女闭上了嘴。涂主任吸着烟，以一种舒服的姿态坐在椅子上，一言不发。林若蓝坐在琴凳上练琴。说是练琴，不如说是打发难以消解的暑气和学生走后的空当。林若蓝很多年没用双手弹过琴了，自从参加工作就把琴荒废了，随手翻开一页曲谱，单手随意弹来。琴声时断，外面大厅清酷女的声音又起。

“没到九点，他就催学生走，有的学生没做完作业，他也催学生走。”

前半句基本是对的，确切地说是让学生走，公司没规定学生必须九点走。后半句就是无中生有了。嚼舌根就是一个由“是”向“非”一步步演义的过程。一件再好的事在嚼舌根的过程中都会被嚼出个歪鼻子斜眼来。

清酷女还在嚼舌根，嚼的都是林若蓝最近让学生提前半小时回家的事。从头至尾没听到她说她自个儿打骂学生、后生男改错作业的事，也没听到涂主任发声。林若蓝无意争辩什么：我终究是一个过客，随她去吧。琴音续。

有一天，涂主任想起做点正事：大扫除。林若蓝很不般配地和清酷女分在一组：打扫舞蹈房。林若蓝拿起扫把刚要扫，清酷女就手指玻璃幕墙一扇小窗对林若蓝说：“你扫墙外平台！”

林若蓝借着狭小的窗口往下看，一小方块平台悬在一楼二楼间的墙上，落满了垃圾，可扫把怎么往外伸都够不着。

“开玩笑，这怎么清理？”

“这是主任说的。”

“你跟主任解释吧。”

“主任刚才已经说了。”

“你有能耐你去扫吧。”

扫地都扫兴！林若蓝拿起扫把扫本分女的地盘去了。清酷女拉来主任，一边扮得无限委屈的样子，一边表述她多么忠心耿耿。涂主任没说谁是谁非，只作确认：窗外平台确实难扫，可以不扫。

有时林若蓝也想，自己对清酷女的态度是不是太生硬了。生硬不生硬没细想，但每当看到涂主任、副主任、清酷女、后生男玩牌的执着劲，林若蓝就会瞎操心起分部会不可救药地在亏损的边上持续消耗。

公司亏损谁都得不到好处，因为所有亏损的公司到头来都会黔驴技穷地祭出一招：拿人开刀。有人从一开始注定就会成为替罪羊。在白日梦的光阴里，林若蓝预想过很多种离开的方式，但没想到打骂学生的、赌牌的没走，一位懂陪玩的本分女要走，林若蓝也要不明不白地走。事关回家前的体面，林若蓝觉得必须搞清楚些什么。打了个电话联系到关内女人，要求见个面，却被拒绝了，林若蓝干脆在电话里把涂痛批了一通。批完，关内女人倒坦陈：“分部是有问题，我一直想去明镇分部解决，但一直没机会。”

“有问题你还叫我来？你们分部都是些什么人？”林若蓝被气得犯高烧，情急之下就一问。关内女人竟然笑了，笑得恣肆。在关内女人肆意的笑声中，林若蓝恍然悟出什么：“你是不是故意把一些有问题的从总部调到分部来了？”

关内女人没有出声。

“难怪分部这么烂！你不是说分部很好的吗？”

关内女人依然没声音。

“你骗我！”

关内女人回应了，声音轻轻然：“我们都是双向选择，都是自愿的，没有谁强迫谁。至于你反映的情况我可以了解。”

说是了解，电话挂了就了无音信。当林若蓝再次拨通关内女人手机时，关内女人冷淡了很多：“事情我了解过了，决定是大家一起做的。他们都做主了，我不好再推翻。毕竟明镇分部是我跟人合伙的。我们是生意人，生意人总要考虑成本与收益的，你再找其他单位看看吧，我们可以让你再住几天。”

林若蓝不需要这些，内心烧得像一团火似的要得到一样他也搞不清究竟是什么的东西：“他们乱来的，你也不管，你还想不想明镇分部好？”

关内女人沉默。

“我一定要告，一定要通过法院讨一个公道！”林若蓝没意识到他什么时候关注起钱以外的东西来了。

“你要告就告！我奉陪到底！”

关内女人打破沉默，突然强硬发声，震得林若蓝忙把话转软：“我不针对你，不针对公司。我就是要弄清事情到底是怎么一回事，弄清那一帮人到底是什么人？”

关内女人声音亦转缓，安排涂主任找林若蓝把话说清楚。话没说多少，涂没有笑容，但面上的态度尚好。林若蓝要到的不过就是——仅此。

平安体面回家，买一张机票，故事的主人带着可怜的所有，时间静止在明镇分部二楼的楼口。几个人照旧围坐在前台，不变地守着属于他们的时间门口，冷落得如楼梯般阴凉与悠长，唯见那是谁的背影一步一台阶走下时间的楼道，轻回响。

林若蓝倚靠着机窗黯然神伤。云一朵朵在窗口飘逝，往事一幕幕在眼前掠过，泪水在时空交错中凄然渐落。到家了，就到家了，地面灯火流光，游子心口荡漾。哪一盏是家里等待游子的灯啊？阔别一千多个日日夜夜的家啊，我来了，寒酸地回来了，你还会要我吗？

林若蓝走下飞机，随车行驶在陌生又熟悉的夜路中。家近了，车在进村的路口停下了。到下车，林若蓝才发现，记忆里回家的乡村公路早已布满了野草荆棘，如时间遗落在人间的荒野，没有人烟。家，近在咫尺，林若蓝在时间的夜里却找不到入口。等到夜深，通过电话，林若蓝才近得老家新屋的门。

门吱——吱——地开了，母亲扶门框而倚。于千万年之中，于千万人之间，在时间的无垠的故土，总有一个声音在心灵深处某一个地方深深地呼唤你：

“儿，你来了？”

这是时间对孩子的最高礼遇！林若蓝回家了。老家的山像过去的一样翠，门前的井水像旧宅的一样清。

林若蓝在休养中等待巴城某外国语学校的录用电话。录用电话没等来，在家没几天，深圳的电话却不期而至。

“我是大湾小学，您前一段时间给我们投了一份简历，我们看了之后觉得不错，现在正式邀请你到我们学校面试。”电话的男音轻悠悠——在故作低头打电话！

“什么时候面试？”

“明天。”

“我现在在老家。”林若蓝并不想去。

“你能不能今天下午上火车，明天早上到深圳。”

在家身心才好了些，林若蓝很不愿意为一个没有多大意义和把握的面试千里来回跑：“我家离火车站很远，买票不方便，估计来不及。”

“你看后天行不行？”

“后天？”林若蓝略作迟疑。

“过两天我们校长要去一趟欧洲，他希望出去之前能把人定下来。”

林若蓝听得有点心动：“你们学校在什么位置？”

“大湾区，深圳学院附近。”

“你怎么称呼？”

“免贵姓尤。”

林若蓝口头应诺过去看一看，但没真决定。深圳大湾区另一所学校的一个面试电话紧随而来，却适时地坚定了林若蓝临时去趟深圳的决心。能在深圳就不去巴城了，林若蓝想。

“我明天要去一趟深圳。”

“这么快就回去？”

“刚接到两个电话，要我过去面试。”

“什么时候回来？”

“如果顺，两天就回来，如果不顺可能就要三天。”

林若蓝买好车票打点行囊又启程了。才归来，又归去。

归去来。八月的深圳，清晨八九点就像火一般的热。深圳市一级公立学校——大湾小学绿树成荫。进校门，校门两侧是车场，停着两辆私家车，往里走几步就是教学楼了，教学楼西侧是个大操场。

林若蓝走上教学楼三楼，在副校长办公室见到了四十差一岁的尤，富态，说话一如电话里轻声和语。林若蓝在校长室见到了要出国的人，高大，面相有几分峻色，差一年就五十。

“这是袁校长。”

“袁校，你好！”

袁校只点了点头。

面试就站在两位校长面前进行。尤一会儿一脸严肃地看看面试者，一会儿面带笑容看着袁校长。袁校长巍然而坐，隔一阵与尤对视一次，不言。尤低语细问：“怎么样？”

袁校长没有回答尤，只看着林若蓝，问：“你为什么选我们学校？”

“我本来就是从公校出来的，想重回公校。私校太累，没公校规范。”

袁校长点之以头表示认同。

“我们代课工资很低的。”

“我原来单位待遇也一般。”

袁校长颔之以首表示满意。

“我们包住包两餐，早上中午各一餐，福利待遇在深圳学校不高也不低。”

袁说到人心坎了。教学楼后面就是宿舍楼，宿舍楼第一层就是学校的食堂。林若蓝当即表态：“我相信我可以很快适应贵校生活，对得起大湾小学这块金字招牌。”

袁、尤相视一笑，当场把林若蓝定了下来。深圳的先定了，巴城的录用通知才姗姗来迟。林若蓝没有变数地选择了深圳，选择了大湾。不为钱，只为在一家公立单位静静做些时间。静静地，做些时间，然后，等待时来运转。

贺新郎

冬随春去远。
寂寥圳湾始翻腾，
星星点点。
只几个石头摸过，
旧貌换了新颜。
遍地繁华流光转。
青春由来多壮志。
待尝尽、满城冷与暖。
心头血，
已流遍。

历经一遭犹霜染，
但留几行泪共痕，
无语似言。
深南道与拓荒牛，
骗得过客无限。
多少风流云漫卷?
当年蛇口依旧在。
又汪洋、吹皱水一片。
树欲静，
风不管。

“嗨，你这里很漂亮！”林若蓝像发现新大陆一样在赞叹一间宿舍。

宿舍主人听得很高兴：“你是新来的？”

“对呀。你整理东西干吗？”

“要走咯！”

“去哪里？”

“大港小学。”

林若蓝对该校略知一二：“这所学校还可以哦。”

“到哪里都一样，人待久了就不想挪地方了。看看这么多东西，都不知道怎么搬？”

“你在这边做代课多久了？”

“在这所学校做了四年，以前在其他学校做了五年。”

“都是代课？”

“像我不做代课还能做什么？我都不知道。”

“九年？”一个人出门在外做一种工作可以做九年之久，太了不起了，“我好佩服你！我可做不到。”林若蓝有一种缺什么想什么的崇敬。

“这有什么？我不是没有出去转过，转来转去还是转回来了。这边工资不高，有时会发些东西，加起来不会很差，又不会像私立学校那么辛苦，但跟在编的就没办法比。像你这么年轻，你可以参加教育局的公招嘛！”

“公招？”

“对呀，深圳各区有时会举行面向代课老师的公开招调考试，考上了就不用代课了。”

说到人心窝里去了，林若蓝频频点头，颇有期许：“这需要机会。”

“一定有的，好好干，这个校长你跟他接触久了，你会发现他很好玩的。”

林若蓝是察觉不出来，他还是对主人宿舍布置好奇：“宿舍干吗搞得这么漂亮？”

“不漂亮，也就是随便搞了几下。”

“我房间里就是一张床，看你这里：厨具、蚊帐、挂衣橱、壁纸……什么都有，你很会生活。”

“最初我跟你一样，但是我老婆经常说：‘人在一个地方要多留下一点好，将来就可以有一个好的回忆。’你说对不对？”

“你好幸福哦！”

“你没有结婚吧？”

“对呀。”

“有没有女朋友？”

“没有。”

“这里有几个年轻女老师，你可以追一追。”

林若蓝与宿舍主人同笑：“没有钱啦！”

“钱可以慢慢来，我跟我老婆也是这样走过来的。”

房间里充满了欢声笑语。

林若蓝的新学期就在欢声笑语中开始。

“你们班上个学期谁是班长？”

“凌心茗——”有几个男生声音很大，把女生声音都淹了。

坐在后排一位女生看着同学纷纷用手指她，脸红扑扑地，看看旁边，看看前面，慢腾腾才站直身。她不知道新来的班主任想干吗。

“你等下到我办公室来。”新来的班主任说话颇酷。

女孩来了，两个男生跟在后面，一个巴着办公室门框往里看，另一个巴在前面男生身上向里探。

“出去！”

后面的一溜烟跑了，前面的还巴在门上。

“出去！”新班主任生气地加大了分贝。

女孩像是被吓到了，新班主任调低了声调，让声音柔和些：“上个学期你是班长？”

“是。”女孩略点头，声音比点头动作还轻。

“这个学期你继续做班长。”新班主任想在全年级最差的班里尽可能多地保持一点好的连续性。

“我不做。”女孩脸上写满了不愿意。

“为什么？”新班主任很纳闷，多少人争着想当班长呢。

“我从一年级就做班长，一直都做，好累，我不想做了。”女孩说话嘟嘟地，像谁给她受了委屈似的。多像曾经的自己啊——曾几何时也这样。林若蓝认真打量起女孩，女孩矜持挺秀，脸色温润饱满。

“再做一年好不好？”

“我不。”女孩倔倔地回了两个字。

“再做半年，半年后我们再说，行不行？”

“这样啊？”女孩沉思片刻，“那好吧，就半年！”女孩红润的脸上绽开了花蕾般的笑。新班主任林若蓝初次见识了他别有一番气质的班长凌心茗。

他交给了她一份班级管理制度、一套行为和语文量化考核表，是他从私校带过来新修订过的。

“我可不可以找一个人帮我？”

“好啊，你定。”

林若蓝笑着说完，凌心茗转身就跑了出去，不一会儿工夫又跑了进来，身边多了两个人：一个眼神骨碌碌四下乱看，然后才落在林若蓝脸上；一个保持着紧张的笑脸专注地看着林若蓝，等林若蓝问话。

“你叫什么名字？”

“陈亦双。”声音清朗。

“你呢？”

“曹珺，王字旁加一个君子的君。”边说边快速比画。

林若蓝笑了。

“老师，你为什么笑啊？”

“你的名字很好听。”

叫曹珺的女孩含羞带笑，脸上闪红光。

“她是班长，你们两个要听她的。”

“是！”二人昂首挺立，声音齐整响亮。

林若蓝坐在椅子上另有所思：带好班长，带好整个班，好好弥补清城之憾。

下班铃响，在深圳有家的都回家了。林若蓝一个人坐在夜晚的二楼办公室，沉浸在班管和教材的钻研中，只是在钻研到累时，鹿城寒假自习新教法的情形不觉就会袭上心头。

在深圳有家的老师一早又来了，林若蓝总能看见尤正装革履、春风满面地走在校园进食堂的林荫小径上。老师给他一个问候，他向老师回一个清晨阳光般的笑。

日子恬静而美，麻雀在枝头欢叫，师生都乐融融，教师节也来捧场：鲜花衬托着男老师的笑颜，相机记录着女老师甜美的瞬间。庆祝宴会已定在大鹏山庄，等待客人一到就盛情开场。

“这是国家领导人住的地方，国家领导人到深圳就住这里。”袁向老师介绍，说得老师庄重又兴奋，充满期待和想象。

进入山庄，树木掩映，与一般园林并无甚差异，众人不免失望。三五成群，闲散上得二楼。走到宴厅门口，眼前豁然一亮，只听一女级长赞叹：“好大啊！”

学校有位西北大汉和一位叫沈汉的走在一起议论：“挪开桌子可以打篮球了。”

“可以打全场。”

众人说笑着入厅。厅前立一话筒，话筒下面错落有序地摆了几张台。老师按年级落座，服务员依序上碟碗、毛巾、酒水和菜肴。

前桌有总务主任向后高声招呼："可以吃了！"

宴会开始，各桌有吃有说还有笑，笑容映着灯光闪烁，如湖光交错。突然，门口喧笑，前场热闹起来。一桌传一桌，一个传几个，知是区教育局领导来慰问老师了。只见总务主任走出位子，说："教育局颜局长来看我们了！大家掌声欢迎！"

全场掌声响起。

"下面有请局长为我们讲话！"

颜局在人群中半推半就走到话筒跟前："大家——好！"

局长一口酒腔，口里挥发着一股晕晕乎乎的酒气，酒在口里没化。众笑。

"今天，是大家的节日：教师节。我谨代表，教育局，向大港小学……"

"学"字还没完全发出来，台下一片唏嘘，总务带头呛声："说错了说错了，罚酒罚酒……"

台上忙向台下作解："不好意思不好意思，我刚从大港过来。我喝不了，大港几个人拉拉扯扯硬要我喝。我今天晚上已经跑了几所学校，还有几家没走，理解一下，下次再喝。"

"不行不行，一定要罚酒。"台下一干人等不干，"连名字都说错，说明领导心中没有我们，要连罚三杯。"

尤提议："一个老师罚一杯！"

尤有一语文代课科组长跟着附和："一个老师罚一杯！"

颜局面朝话筒修正完讲话，马上有袁校长率总务等人提酒上前围拢"交涉"，尤和他的科组长不断向后挥手唤老师上来"敬罚酒"。男的、女的、年轻的、年长的都聚拢来了。

尤坐在位子上打趣："一个一个上去，前面一个敬完了，下一个敬，不要一起敬。"

林若蓝哪见过此阵势，跟在众人身后围着颜局。颜局是久经考验，见此场面并无怯场："下次我跟大家一个一个喝，这次实在不行，来，大家一起来。"话毕，举杯朝众隔空示敬；敬毕，率先一饮而尽；饮毕，展杯底："谢谢，谢谢大家！"

众人不好勉强，一起跟饮回敬。敬完局领导，敬校领导，老师互敬。

音乐响起来，桌台摆开。足之蹈之，竹竿舞跳起来，手之舞之，歌儿唱起来，大家一起来。沈汉带头最积极，振臂一呼众人应。笑声、歌声、欢叫声、竹竿碰撞敲击声，声声入耳，每一种声音都畅快尽情，每一个音符都传递着夜的幸福。宴会完美谢幕。

林若蓝从没想过深圳还有这一面，他陶醉在对未来的预想中，一心一意想着做好手头上的事，弥补前城旧憾。

预想多美好！林若蓝带着美好的愿景展开了节后的工作。

"这个是不是这样的？"凌心茗指着教室墙上的两张量化表看着她的新班主任，眼神里饱含着对新班主任肯定的渴望，又掩饰不住丝丝缕缕怯意长。

"很好，不错，就这样做！"新班主任话音才起，女孩的脸霎时就像出水芙蓉在水面抒情绽放，涟漪一层层荡漾。

周末新教师培训，地点在大湾区教育局大楼的多功能会议室。

教育局颜局长光临。在一座没有历史的城市里，他把演讲主旨定为深圳市和大湾区的教育发展史，号召台下代课老师奉献青春，为全国教育强区大湾区的教育更上一层楼谱写新的篇章。没一个字不是务虚的，计两学分。

第二讲是教研室一位女主任。老师关心的，她都自动讲了，话挑得很明：“我可以告诉你们我工资多少：一个月一万多。现在都不看工资条。你们不要跟我比，不要想着一步就到一个很高的位置。我九十年代初来深圳，遍地都是土，到处都是灰，工资就三百，打拼十几年才走到今天。以后深圳会更好，大家埋头踏实做，把教学研究透，将来参加公招，有一天你们当中也会有人做到我这个份上。”没一个字不是务实的，计一学分。

林若蓝注意到了她说话的后半句，与林若蓝同行的徐陆被她说话的前半部分气得难过。

“凭什么不能跟她比？”走在回校的路上，徐陆骂骂咧咧，“一个一万多，一个一千多，一个天上，一个地下，公平吗？相差太大了，是吧？”

徐陆说得有理。林若蓝职称比徐陆高一级，工资比徐陆高一点，刚能上两千，可林若蓝老家的工资也上一千六了。接着，徐陆把教研室女主任的话惟妙惟肖学了一遍，逗得林若蓝直笑，徐陆转怒与林若蓝齐笑。

林若蓝和徐陆同住一宿舍。宿舍不大，里外两间，外间摆了两张床。里间一厨一卫，刚好容得下一人自由转身。回到宿舍，徐陆就会打开他的笔记本放几段音乐，然后进厨房做饭做菜，自己动手，丰餐足食。兴起，邀得周末没安排无去处的两位教音乐、一位教体育的新老师进屋品尝其厨艺，吃客皆称徐陆厨艺好。有的人在畅享生活，林若蓝却延续着过去在外面就餐的习惯。

班上学生在延续着过去的习气。

“老师，今天有好几个人带吃的和玩具到班上来，你说过不允许的。”凌心茗很有心。

“我下午处理。”不是突发事件，林若蓝就在自习课安排出一段时间进行常规性的集中处理。

“老师，还有一件事……”凌心茗吞吞吐吐。

“什么事？”

“龚卫不听我的，还在背后骂我。”凌心茗是真的受委屈了。

林若蓝现场处理：“你叫龚卫过来。”

人被带来了，就是开学初巴门往里看的人。

“你是不是骂她？”

“她也骂了我！”学生自觉有理。

“是不是你先骂她？”林若蓝用高声盖过他的气势。

“嗯。”学生不说是，也不说不是，声音模棱两可。

“抬头看着我！”

林若蓝直视学生的眼睛，再问：“是不是？”

“是。”学生从嘴缝里挤出一个字。

“骂人对不对？”林若蓝声音转低。

“不对。”学生闷声闷气。

“不对怎么办？”

“道歉。”

“开始吧。”林若蓝示意龚卫面朝凌心茗。

学生囫囵说完“对不起”，扭身拔腿就走，走出两步，突然回头对着凌心茗从鼻腔又喷出一个字：“哼！”喷完转身就要走。

“站住！回来！”

龚卫重新站在林若蓝跟前。林若蓝没有发脾气：“我再问你一遍，你想好了再回答。你觉得你做对了还是做错了？”

“做错了。”

“哪里错了？”

“不该骂她。”

“还有呢？”

“不该不听她的。”

“还有？”

“刚才不该‘哼’她。”学生用食指擦了擦鼻子人中。

“我跟你说，好好认识错误，改正错误，什么事都没有，你依然是个好学生，老师依然喜欢你。如果你一而再，再而三犯错，有错不改，我跟你没完，听到没有？”

“听到。”

“现在怎么做？”

学生听完有诚意多了：“凌心茗，对不起！”道歉完又温顺地站在老师面前，等老师发话。

“她是班长，你要听她的。”

“知道。”

龚卫走了，凌心茗眉间表情轻舒展。

“以后这种事你不要跟他计较，有谁不听你的跟我反映，我替你做主。”

凌心茗“嗯”了声回教室了。林若蓝继续看交上来好几天都没来得及看的学生小练笔，同时也看看有没有值得挖掘发表的学生习文：

如果你独自驾车环绕世界旅行，如果你只能带一样东西，你会选择什么？一本有趣的书，一件自己喜爱的玩具，还是一把小提琴……

似乎很难做出选择。

如果你问我，我会毫不犹豫地回答：“我会选择钱。”

钱！我听到有人感叹了：如果你驾车周游世界，这一趟下来，你可要带很多钱。

我的回答是：是的，我愿意带上足够的钱，这有什么关系呢？没有钱我们哪里都去不了，有了钱我们可以去想去的地方，买想买的东西，包括书，很多故事书，还有爱吃的零食。你不会因为有一点钱就不爱钱吧？

钱就像一位朋友，就像你的家。你已经见过朋友一百次了，可第一百零一次见面时，你还会说：“没有你我什么都做不了。”

所以，我愿意好好带着钱。首先我会思考，这些钱用来做什么，然后我会在脑子里想怎样花这些钱。

钱就是一位伙伴，也是一个最忠实的知己，它是属于你的东西，没有钱你寸步难行，因此我愿与钱同行。

“这是曹珺的仿写作文：与钱同行！”林若蓝很惊奇，学生谈钱如此不含蓄，一看完就立身喊起来了。办公室方老师、向老师及被同事习惯称之为“老板”的伍老师看着林若蓝手上的作文本只笑不语。女级长是见怪不怪，一语点道：“这个学生心理很成熟的。”

成熟的不只她一个。班上有学生打架了，常明和秦义打起来了。

“拖都拖不开，我都被他们打了，我也被他们打了，打到这里，男孩子都不拖的，还有人起哄。”凌心茗和曹珺气呼呼在林若蓝跟前争诉，两人声音搅在一起，分不清谁是谁。

林若蓝走进教室：“是谁先打？”

“是他。”常明指着对面的秦义。

“是我！”不等老师盘问，秦义仰脖作答，做出一副敢作敢当的架势。

“你为什么要打他？”

“他欺负我兄弟！”秦义伸臂用食指指着常明，再屈肘用大拇指指指身后“兄弟”，动作流畅。

“兄弟？”林若蓝都不敢相信，一个江湖词汇轻易就出自一个十来岁的学生之口。

“对！他就是我兄弟。”

秦义“兄弟”正愣愣地站在一边。

“常明欺负你？”

小“兄弟”紧绷着一张脸，不张嘴。

“你欺负他？”林若蓝转而问常明。

“没有，我跟他玩的，不信你问他。”

“他是不是跟你闹着玩的？”林若蓝再问小“兄弟”。

“是。”小“兄弟”终于憋出一个字，林若蓝俯下身才听得清。

秦义用手指着他“兄弟”，想说什么又没说出什么，咕哝着嘴向座位走去，一脸的自取羞辱。

“回来！”轮到林若蓝生气了，“知不知道打架是不对的？”

“对不起！”不需林若蓝往下提醒，学生向常明道完歉扭头回座位，撇过脸去不看老师。

“全体坐好！怎么坐？”

学生双手平放桌面，背自然挺直。

“听好，不准打架！无论什么原因，谁先动手我就处理谁！男生要拖架，不准起哄！同学之间不准称兄道弟！原来老师没说，我不怪你们，今天我说了，必须按要求去做！听到没有？”

“听到！”全班齐答。常明喊得认真，秦义喊得勉强，小“兄弟”微张了张口，龚卫扯着嗓子叫得卖力。

林若蓝回到办公室提及此，女级长一言以蔽之：“这个班很江湖的。”

少年即江湖，女生爱钱也直白。林若蓝直感心未老，人已经落伍了。

夜。林若蓝在班务便条上划去处理完了的事情，检查没做好的事项，罗列来日安排。

上面开始查学生户口。不查不知道，一查吓一跳：林若蓝带的班还是全校最草根的班。住铁皮房的、做摊贩的、做工厂的都有，都是流动人家的子弟，只有一个蓝印户口：凌心茗。

“我们班上只有一个户籍人口，怎么办？”

“一个好啊，直接报上去啊。”女级长笑言。

办公室伍老师不多话，撞上有话说的话题，就说两句：“这户口也是扯蛋的，派出所有熟人就够了。”

向老师话一说开就是一通气愤：“深圳户口有什么用，想当初我还花了两万，现在还不是做代课，也没一个照顾！”

这个年头谁还愿照顾谁？从上到下都奉行甩手哲学。班上的学生也没几位家长是好好照管的。站在操场，一眼望去，男生衣服破的、旧的、脏的排成一列，在全校大队伍中很是刺眼。龚卫裤脚都吊到脚踝上了。

“你裤子怎么这么短？”学生不吭声，“家里有没有好一点的校裤？”

“有，妈妈不让穿。”

“明天穿好一点的过来，不要再穿这一条了，就说老师说的。”

“好。”

林若蓝由前向后巡视队伍。

“你红领巾多久没洗了？”

常明不说话。

“今天回去洗一洗，有没有问题？”

“好。”学生发音不响但微有力。

秦义衣领破了，校服后背有个洞，一身破旧。林若蓝停下脚步为他整理衣领，学生撇过脸不看新班主任。女生校服多较整洁。林若蓝在凌心茗面前停住，特意为她正了正红领巾，女孩两颊双飞红。

做操完毕。新班主任队伍前头一声喝：“全班留下！”

班上学生个个紧张地看着新班主任。新班主任几步一命令："你出列，出列！你出列！还有你！开学初，我说过做操必须规范！这一段时间大家做操有进步，今天普遍做得不错，但是还有几个人不认真。不认真就重做，直到认真规范为止，谁先认真谁先走！听到没有？"

"听到！"

"全体立正！"新班主任整队。

"一二！"学生齐声呼。

"向后转！"体育委员早已对新班主任的套路了然于心，喊完口令敏捷跑到队头，一声嘹亮"齐步走"，代新班主任先行把主队伍带回班。

"林若蓝是既当爸又当妈。"林若蓝从操场回到办公室，向老师就拿林若蓝说逗。林若蓝不敢当，和同事一起笑。办公室经常是有说有笑的。

要准备公开课了。上什么好呢，同室老师又说开了。林班数学方老师兼邻班班主任心直口快："爱怎么上就怎么上！"

"哎，年年教，年年上，随便上吧。"女级长对公开课早没感觉了。

林若蓝却轻松不起来。下班一个人一静下来，一个声音就会从心底浮上脑海："你这节课上得很陈旧，不符合新课改的要求。"鹿城昔日重来。

林若蓝把语文书从头翻到尾，从尾翻到头，课文都被人家上烂了，上什么好呢？唉，这篇课文"新"：新式机器人。林若蓝的兴致上来了，可怎么上呢，上来上去都是老式的几招。来点新的，补一补鹿城的憾，何如？

公开课怎么开头还没头绪，班下一步怎么带，林若蓝是胸有成竹了。

学生碰到一点事就沉不住气。

“老师，曹珺乱来的，给女生多加分，给我们男生乱扣分。”龚卫说的是曹珺负责的语文量化考核表。

林若蓝叫来班长：“你把曹珺统计的分数重新核实一遍，看看对不对。”

“哦。”

凌心茗应了一声就去了。女孩踏实能干得动人，一核实完，即回：“老师，曹珺是弄错了，而且错了好多，我都改过来了。”

“你叫曹珺过来。”

曹珺站在凌心茗旁边，看新班主任的眼神比第一次在办公室安分多了。

“你算错了，知不知道？”

“知道。”

“知道还算错？”

“刚才凌心茗告诉我的。”曹珺轻指凌心茗。

“是不是故意给女生多加分？”

“不是！”曹珺音大气足。

“那是什么原因？”

“粗心吧。”学生声小气弱。

“如果我发现你故意乱加分、乱扣分，就撤掉你，记住没有？”

“记住了。”学生表情老实。

“好好表现，以后仔细一点，不要犯同样的错误。”

“哦。”

曹珺带着一副涉险过关的侥幸走了。林若蓝向凌心茗交代了一遍日常多注意提醒曹珺的话，也让她走了。但林若蓝还有一件事放心不下，需他抽时间亲自巡检。也不是什么大事，就是想看看学生一早到校的情况。林若蓝赶了个早，吃完早餐走在教学楼里，各班早来的学生在玩，有几个在赶作业。林若蓝没进办公室，直接进了他的教室，景象与别班一般无二。林若蓝的早读负责人陈亦双也在玩。

“怎么还不早读？”新班主任质问陈亦双。

“好多同学没来。”

“我不是跟你说过吗，你一来就带他们早读，不管有多少人。”

“原来不早读的。”

“原来是原来，现在是现在。”

“我叫他们不听。”陈亦双保持着紧张的脸，三度辩解，显然学生没适应新班主任想要的状态。

“你现在叫一叫。”

陈亦双不再当面辩解：“早读！大家拿出书来。”

学生懒懒散散在拿书，林若蓝插了一句：“以后大家一到校就早读，养成早读的习惯，好不好？”

“好。”学生应和得松松垮垮，像没睡醒。

林若蓝没再插话，站在学生后面听着学生读。陈亦双读得尚可，但其他学生的朗读并不好，一听便知没接受过扎实的阅读训练和测评。陆续有学生进来，男生诧异张望，边张望边放书包；女生反应过来，交完作业即翻书齐声汇入早读的声流，书声朗朗。带的人渐次投入，读的人渐次专注，早读渐入佳境。林若蓝很享受清清静静得没人搅扰的早间读书好时光。

好时光会赶场。中秋夜，学校总务处搞赏月活动。徐陆意兴勃勃，整衣照镜去了。想到在编老师都回家过节了，林若蓝不免倒生几分清冷孤寂之感，晚八点许钻进被窝就睡了。清晨醒来，空气新鲜，进食堂吃早餐。

“昨天晚上怎么没看见你来赏月吃月饼？”

袁校长站在林若蓝前边转头突击一问，问得林若蓝不知所措，机动性地回了一句：“身体不太好，很早就睡了。”方才面色和蔼的袁校长听完又严肃起来了。

国庆一过，林班迎来它的第一面流动红旗。曹珺不断举手争着想要去领旗，凌心茗笑看着林若蓝一副想去又不敢说的样子。

林若蓝叫道：“班长去。”

凌心茗兴奋地跑着去了，曹珺甩手站在位置上生闷气。凌心茗跑着回来了，一脸通红，动作体力明显不及体育委员灵敏能持续。林若蓝看着既争气又可爱的班长，无限欣喜。他心里比谁都清楚：自此，全校最草根之江湖班的班管大局告定！这是一个专业老师的基本专业感。

公开课的时间日近，林若蓝没整理出清晰的公开课头绪，班上任课老师的事来插队。

“你这个班很调皮，上课根本不听，你说他一句，他还跟你顶嘴。”徐陆在林若蓝面前投诉，“其他班学生哪敢这样？”

林若蓝解释："这个班是这样的，全校都知道的。"

"这一帮学生！"

"副课没有必要上得那么满，前一半时间你该怎么上就怎么上，剩下时间让他们看书、写作业，哪里都一样。你好，学生好，大家都好。"

"教育局新把科学课列为主科的！"

"它是主科，但不是主课。教育局就是说说，因为近年流行说这个。"

"科学课要考核的！"

"考核又不是考试，如果上面真正重视这门课，就一定会做出正规的安排，比如考试、专职老师，问题是教育局、学校现在都没有这样做，家长、学生也根本没把科学当正课，而且你主教的并不是科学，是电脑嘛，对不对？"

徐陆把林若蓝的话听进去了，得了个轻松太平，什么事都没有。在编任课老师多不听，林若蓝亦不理。方老师在林班的数学课她能摆平，不用林若蓝操心。

而林若蓝还拿不出公开课的完整方案，思路在旧教路与新教法之间摇摆。学校跟老师签的合同延迟不下来，听说跟来年新劳动合同法的实行有关，在编老师也要签。老师头上都笼罩着一片阴云。

"不知道接下来怎么改？"女级长说出了方老师、伍老师等所有在编老师的担心。

"现在老百姓都不喜欢改，改来改去的，又改不出什么东西来，不知道他们想干吗？"伍老板说出了很多人的心声，但办公室没人能回答他的问题。

吃完晚饭徐陆找林若蓝对工资条："怎么就这点！在深圳能干什么？"

"该干吗就干吗。"林若蓝头枕办公室的摇摇椅，望着明亮晃眼的天花板，一心只想着怎样过公开课的关。一个声音从脑海沉到心底："这是你在这里第一次亮相，大家很期待。"鹿城的影又来。

赶在回宿舍睡觉之前，林若蓝确定了一个以本土科技新闻为引，以激发学生创新思维兴趣的导入，敲定了一个贴合课题之"新"，结合科技之"新"，符合新课标之"新"，迎合教育局新推出科学课之"新"的公开课框架。

教案修修改改，一天复一天，天色阴晴映照着人的心情。

"老师，英语老师让你去。"凌心茗看着林若蓝，脸色忧郁。

惹事的又是秦义。女级长兼英语老师被秦义气得不轻："这个学生，你让他上来板书，他还扔粉笔，你说他几句，他一脸不屑的样子跟你顶嘴。"

说学生一脸不屑，学生正一脸不屑从讲台拧着一股劲大踏步往座位走。

"站住！"林若蓝火往上冲。

学生不听，迈步只管向前行。林若蓝亦无多言，打正面朝学生肩头伸手就挡。人是被挡回去了，不料学生身体反撞在黑板上"嘭"的一声响。不好！林若蓝心一抽，倒吸了一口冷气。就在一眨眼工夫，学生一股狠劲上来再次往下冲，随之"哐啦——"一阵巨响在教室上空响起："凭什么要听你们的！"

待林若蓝转身回头，一张桌子已轰然倒地，书本、笔散了一地，近处学生纷纷往后退，全班惊悸地望着班主任，班主任凝重地看着全班：“全部坐好！”

女级长面带愠色回办公室去了，把林若蓝留在教室面朝全班训人。

是夜，林若蓝坐在灯下修改完公开课草稿，想起白天一幕，左手揉握着右手腕，在新的一页便条上写下：明天好好检查学生状态。

阳光透过树枝打在地上的影总是格外迷人。龚卫已经穿上新校裤了，常明红领巾洗了，秦义还穿着一件带破洞的衣服。

“家里有没有新一点的校服？”林若蓝一边为学生整理红领巾一边问，秦义不屑地扭过脖子，坚决不正眼看老师。

走过曹珺处，林若蓝停下为她理了理没翻好的衣领。她倒乐天，看不出心里有多少疙瘩，脸上红光跳跃。

上公开课的前一晚，林若蓝还在为公开课的亮点犯愁，连同内容起承启合、课堂应变预案等在头脑中像过电影。

林若蓝千想万想，公开课亮点有了，可百想千想也没想到，尤坐在教室后面，眼神里半点光亮都没有，丝毫没有平日见人问好的神采，一脸阴沉，宛若一片影投在林若蓝眼里、落在林若蓝心底，一种感觉噌地直冲脑海：公开课要出问题。想着要出问题，问题就真来了：一句用心设计的过渡语想不起来了。现场临时对付了一句，心里却总不是课前预设的味，林若蓝正味同嚼蜡，又心神慌乱得记不清下一个内容了。急切翻书生硬地带学生往下读与转，老师枯燥地讲。才想着互动互动就好，林若蓝就势抛出一个问题。问得急了，学生没反应过来，不懂问题所指，都愣愣地看着老师，老师慌乱地提醒学生。尤坐在后面直定定地看着，眼神更加深沉。难得有曹珺站起来救场，却答非所问，和平日活跃表现形成一种让人揪心的反差。一种深深的失落升起，掉下，重重压在林若蓝心头一动不动。林若蓝接过话头自话自说，脑袋里泛不出新的浪花。课文一段一段无趣又无奈地往后讲。

早上的课堂没有一点生气，课前的安排如垮堤。公开课彻底失败！连日多少心血付之东流。林若蓝送听课老师出教室，不尽惭愧：“不好意思！浪费大家时间了。”

尤和他的科组长一前一后，一语不发地走了。一位有多年代课史的女语文老师会说话，言语有分寸：“开头很有新意，真的。”

老师都各忙各的去了，不多时尤的科组长来了，专门转达尤的一句话：重新准备一节课。预料中事，没有谁会不答应。林若蓝不敢试新了，在办公室又熬了不知多少个夜，准备了一节平实的人文课。

操场西侧，学生早操集队。林若蓝向尤的科组长通报：“我准备好了，明天下午第一节。”

“你跟他去说。”尤的科组长背着手有几分领导的派头。

什么传达逻辑？他让你来通知我，你应该再通知他嘛：“这件事应该是你跟他去说。”

“他让你直接跟他说。”尤的科组长一副事不关己高高挂起的样子。

林若蓝看了看操场一侧的尤，尤一个人站在操场的南侧，黑沉着脸也在看着林若蓝，气色如北国之秋般的肃杀，看不出一点友善。林若蓝心里很是堵得慌：“凭什么我跟他说？”

“他让你去说——”尤的科组长是派头更足了，腔调拖得老长，外带手势配合，就是不解释理由。

说来说去反反复复就一句，林若蓝生气了："要说你跟他去说，这是你的事情，我只管上课。"

尤的科组长不说话了，甩着头走到尤跟前，跟尤嘀咕着什么。尤向林若蓝注视着，眼神脸色更加阴沉。

管不了许多，通知完毕，要重听就重听。林若蓝只等着尤带着他的科组长到点来听课。可左等尤不来，右等尤的科组长不来。林若蓝在讲台讲着，不时看看门外走廊，龚卫等几个学生发现老师心不在课堂的样子，也往外瞅。外面什么都没有，走廊静，没有谁要来的动响。学生疑惑地看着老师。

晚上，林若蓝背靠椅背，望着天花板疑惑地琢磨着白天的事情：课重上是你们说的，说了又不来，什么意思？愤而不听？不屑一听？以后再听？林若蓝想着尤在操场上的眼神，逐一分析个中可能。

日子照过不误，尤依旧悠悠地走在早晨校园进食堂的小径上。林若蓝给他一个礼节性的问候，他向林若蓝象征性地点个头，没有往日和悦，目光异样。尤的科组长悠哉悠哉来与去，与平日无两样。麻雀在枝头乱叫，蹊跷在林若蓝头上挥之不掉。

林若蓝坐在椅子上，单手撑着头斜倚在办公室的夜里，看着灯光打在前方的墙上，又想起了尤阴晦的眼神：估计是在操场生气了，故愤而不听；估计是认为此人上不出什么东西，故不屑一听。

学校合同发下来了，学校二十几位代课老师都签到十二月底。来年一月份怎么办？学校没解释。代课老师都笑谈："这是我签过的时间最短的一份合同。"

对，应该是：愤而不听外加不屑一听。即使要听，一定是等到年底合同期满前几天当作面试课来听，然后决定来年合同与去留。林若蓝越想越觉得有理。想至此，林若蓝就等着那一天来。

时间一点一滴，日月星辰。

他一直在等着他。

常明又带东西来吃了，在课上吃。任课老师、班长都在反映，反映得烦了，林若蓝走进教室，在翻开书本上课之前，想快刀斩乱麻。

“把东西拿出来，什么事情都没有。”

“他也带了。”常明手指的，正是开学初巴在龚卫身上往办公室里面瞧的人。

“你先拿出来！”

常明交上来了。

“你的呢？”

学生扭扭捏捏，不拿。

“拿出来！”

学生手伸进抽屉要拿不拿的样子。

哪有工夫跟你磨磨唧唧？林若蓝想着，侧腰在学生抽屉拿了，学生用身体拼力挡。

林若蓝把东西往讲桌上一扔。学生在下面还使劲地扭着身体，扭得林若蓝心里特别扭：“扭什么扭，你家卖油条的吗？”

男生哈哈乐，女生扑哧笑。学生脸上挂不住了，用手猛捶了一下桌子，咬着牙眼泪就流出来了。林若蓝没想到学生的反应如此大，马上用语言做修正：“哭什么哭，我只是问你家是不是卖油条的，又没说你家是卖油条的，如果不是就回答不是。”

“不是。”叫周平的学生用袖子一边抹眼泪一边说，“你家才是卖油条的呢。”

秦义笑了出来。林若蓝用眼睛狠狠地瞪着他，秦义立刻撇过脸去收声。林若蓝没跟学生计较，只作重申：“以后不准带东西来吃，见一个处理一个，不管是谁？听到没有？”

“听到！”

放学，常明扫地，林若蓝想跟学生谈一谈。

“常明，你扫完地来我办公室一趟。”

常明走进了林若蓝的办公室。

“你怎么老是带东西来吃？”

常明不作声。

“是不是早上没吃东西？”

“嗯。”学生低着头，声音微弱。

“以后能不能在进校之前把早餐吃完？”

“可以。”学生声音稍大了点。

“男子汉说话要算话的。”

“哦。”学生的头微抬起了些。

“老师这里有一堆书，你看一看有没有你喜欢的？”

林若蓝说的是从学校图书室借来的一批书。学生从上百本书中挑了一本，回去了。而林若蓝在办公室盘算着建立班级图书借阅机制，以及学生私人藏书如何在班内换读的事。不为像在清城时和谁争，只为好好带好一个班，因为袁、尤并没提倡，其他班也没搞。

袁校长要筹备一届“家长代表座谈会”，让各班报两个家长名上去。林若蓝对家长不熟，征求女级长意见。

“我们班哪几个家长比较好说话？”

“唉！你班家长都差不多，没什么好不好的。”

女级长很认真地介绍了几个相对“好”的，重点推荐了两位，林若蓝顺理成章地把女级长重点推介的“好”家长报了上去，其中一个正好是周平的爸爸，一个是陈亦双的妈妈。

开全校家长代表大会，该来的都来了；开完代表大会，该走的都走了。林班的两个代表却到林若蓝办公室来了，怀着和校长座谈后的神圣使命感来了。一位年轻的女家长带着容光来了，一位年长的男家长带着气派来了。双双站在林若蓝的格子间前，男左女右。没有铺垫，女家长带着她不知从哪儿听到的消息，笑意盈盈张口就来：“林老师，我觉得你带班应该以松为主……”

越是一知半解不知其二的人，越倾向胡说八道，略知一点皮毛就以为知道了一切。林若蓝难掩对此等家长代表的不满，背往后靠，旋转椅向后滑，手往前伸，一支改作业的笔想放非放，却在手力惯性下从手指间飞出，打落在桌台上，发出“啪啦啦”的声响，在寂静的办公室里显得异常响亮。林若蓝正往前回身，准备跟家长解释，两个代表心有灵犀，对了对眼神，没有听到林若蓝的体育委员喊“向后转——”，胜似听到体育委员喊“齐步走——”，协同划一地出去了，一个代表带着一副怒颜出去了，一个代表带着一肚闷气出去了。女级长来了，带着一脸清笑来了，外带来了一份口讯，声音轻风细雨：“校长叫你去。”

“刚才怎么回事？”袁校长板着脸问。

林若蓝陪着笑答：“误会误会，纯粹是误会。”

“误会？什么误会？”袁校长一词一句地问。

林若蓝一句一句地答：“我本来想跟他们解释的，他们不听，没想到他们跑到你这里来了。这个跟我没关系。”

“怎么跟你没关系？下去的时候我还看到他们开开心心的，下去没两分钟又上来，两个人跟什么似的，到我这里说你对他们态度不好，怎么搞的？”袁打机关枪似的问。

林若蓝慌不迭地含混答：“不是，是他们不了解情况，又没听我把话说完，我是很想跟他们解释的，当然我态度也不够好，要不事情也不会搞成这样。”

“家长还说你说‘他家是卖油条的’，是怎么回事？”

“没怎么回事，真的是误会。”林若蓝一五一十地答。

问来答去，两人都说不出新东西了，袁校长耐不住烦扔下一句话：“算了算了，下次注意，出去吧。”

林若蓝此时始觉袁校长骨子里好像有一丁点可爱的因子。

徐陆在学校有一同乡成祥，通过公招新入编没几年，没事周末喜欢返校找徐陆玩。徐陆爱拿相亲的事跟成祥开玩笑：

“成老板。”

“我是什么老板？”

“找到了没有？”

“找什么？”

“你还装糊涂？”

“你不说我怎么知道？”

“女朋友哇！”

“这个年头女的现实得很，张口没几句就跟你谈钱、谈车、谈房子，每一个都是这样的，这种女的怎么敢要？”

“是不是你要求太高？”

“我有什么要求？”

“你是不是想找富家女？”徐陆打趣成祥。

“想归想，我看得上人家，人家还看不上我呢。”

“还要漂亮一点的，对不对？”

“起码不能丑吧。”

“还是要求高，我没说错嘛。”

“哎，无非就是想找个过日子的。在深圳比我好的多得去了，你总不希望一个人跟你结婚还这山看着那山高吧。”

“只要你想，马上就可以找到一个，不像我们。”

“都一样的。”

“怎么一样？你是在编的，一个月七八千，我一个代课的，谁会看上我？”

“像你这么英俊，到哪里找不到一个漂亮的？”

“我哪里英俊？”

“看你要身高有身高，人又长得好，一表人才，我跟你站在一起，人家首先会看上你！”

“身高有什么用？钱才有用！”

“都有用，慢慢来。”

徐陆一会儿拿车的事跟成祥说乐：

“成老板，什么时候买一辆宝马，可别忘了兄弟我。”

“我哪里买得起宝马？买辆自行车还差不多。”

“是不是不想买？”

“有钱谁不想买车？”

“今天可能买不起，我看你过一年两年，买一辆宝马奔驰还是没有问题的。”

“你送给我还差不多。”

“我还等着别人送呢。”

“可以找一个富姐呀。”成祥打趣徐陆。

“富姐怎么看得上我？”

“所以要找。”

“找得到还在这里吗？”

“可以继续找，说不定哪天在马路上就碰到了。”

“我就怕有一天我在马路上，你开着一辆宝马正好路过，你看都不看我一眼。”

“不会的。”

“不会？”

“说不定你哪一天中了五百万，我还要等着坐你的宝马呢。”

二人说说笑笑，日子好不快活。

林若蓝的班级常规与日常教学、图书布置、早读与阅读测评、培优与辅差等工作有条不紊，一切都上了正轨，看得见的佳音实绩频频，让其在公开课的失败后一次次找到了气势上的支撑。新任省委书记“宽容失败”的讲话在传媒上传来传去，徒给传说中的先锋之城一层麻醉人的美。林若蓝腾出更多心思放在凌心茗的写作上了，凌心茗作文总比曹珺的差一点点灵气。曹珺已有习作发表。

秦义换新校服了，人精神多了。周平天天都保持着整洁的面貌，放学常留在操场打乒乓球。一日得闲，林若蓝走近球台。

“我可不可以参加？”

周平扭捏说答：“可以，但是要按顺序来。”

林若蓝微笑说好。看着几个学生轮流打，手法都很灵活，林若蓝反倒紧张了。

“现在轮到你打了。”周平主持球局。

“谢谢。”

周平递过球拍，林若蓝接过手，打了起来。咦，手感不错，林若蓝很兴奋。

“林老师好厉害！”输了球的周平站在球台一侧不胜佩服。

林若蓝直笑，笑学生不知道老师已多年不玩球了：“你们比我厉害，你们玩，注意别玩得太晚。”

林若蓝行走在校园的小径，落日黄昏多优美。在黄昏日落前，学校例会总会如期而来。尤终于不点名地对林若蓝的公开课提出了批评。

林若蓝不愠不怒，认了，只是想：自己没分析错，他不来就是因为愤而不听，不屑一听。

尤提出了意见：语文要向本真回归。

在鹿城是要求：语文要多学科延伸。

什么都是这一帮人说的，怎么说都是对的！

为了诠释其理念，尤携副校长之威，主动在全校上了一堂阅读一堂作文示范课；受袁校长之托，尤手把手指导他的科组长上了一节全区研讨课；为了证明其理念，得教育局之令，尤代表全区副校长，面对全区各大校长上了一节展示课，徐陆代做课件，颜局长亲临。正是在全区各大教育头头面前，林若蓝听到了教育局教研室称誉尤：大湾区小学语文界的领军人物！

好不风光！袁校长亦无限荣光！林若蓝又能看见尤西装革履、春风拂面地走在校园进食堂的小径上，目光喜悦柔和，麻雀也为他歌唱。

到了可以越界开讲座的层次了！

尤的兴趣广泛，在阶梯会议室开大讲座，跟全体老师讲心灵鸡汤。坐在上面的讲得津津有味，林若蓝等坐在后面听得昏昏欲睡，有的在软椅靠背上睡着了，在编的西北大汉打着轻呼噜，袁以校长之尊陪坐。开完大讲座，在个人办公室开小讲座，尤没见过几个职场，却将主题定为：年轻人求职策略与路径。在编老师没谁去，代课的都去了，林若蓝找不到理由讨好尤，没去，他自己的奋斗宝典《青春蝶变录》还摆在书店里销售呢。清城之后，林若蓝就不与应聘学校提此书了，提了的都白提。开完讲座，尤继而宣布开放课堂，欢迎全校老师随时入班听课。尤教方老师班语文。其他老师都没去，林若蓝却去了。

林若蓝从本班提着凳子，轻轻走到邻班后门，向尤打一个招呼，尤回一个儒雅的致意。林若蓝入座，观摩学习。尤的随堂课更亲切可学。正赏析着，前排一男生和女同桌为三八线争吵开了，进而把她的鼻子打出血了。尤反应倒妥帖平稳，低声批评完男生，安排好女生去医务室，接续往下上，前后衔接处理得自自然然。

隔天林若蓝继续听。林若蓝边听边做笔记，听课本上密密匝匝。等抬头，坐在中排有一男生已趴在桌上昏然睡着，不像身体有恙。尤表面镇定，轻敲学生桌面以示提醒，林若蓝看着都不好意思了，忙佯装看笔记，心里后悔不该冒昧到人家课堂上学艺，接连两次听课都听出事故。下课铃响，林若蓝起身向尤示意先退，尤颔首做个儒雅的微笑，“睡醒”了的男生很不懂事地夹在两人中间生龙活虎。

林若蓝才意识到看了些不该看的，又说了些不该说的。

工会例行活动，分年级聚餐。就算是为了联谊而吃吧，也可以说是为了吃而吃，过期不吃，下放到各年级的工会活动费学校就要收回了。

不吃白不吃。入席，举筷动菜，敬酒，从新老师开始。林若蓝看着办公室伍老师坐在对面满面笑容，不假思索举杯就敬。

“伍老师，我敬你！”就是轻轻一说，林若蓝并没有意识到城市的商业浸染与资本崇尚所带来的影响，影响又在以什么方式发酵。

“你应该先敬领导。”伍老师不仅会做生意，还远比林若蓝懂规矩。

“尤校，不好意思，我不懂这些，我敬你！”

林若蓝起立就要敬，尤止住林若蓝，诙谐曰：“屁股一抬，喝酒重来！”

这下可把林若蓝难倒了，林若蓝坐不是，站又不是。尤解说了：“我们老家是这样的。”

林若蓝更局促不安了，尤马上笑作改口道：“不过，我们就随便，你坐下我们喝一杯。”场面峰回路转，同事推杯换盏。

散席。伍老师主动提出开车送住校老师回校。有车送，住校老师当然很开心，可开车的竟然比坐车的还开心。

“我的车好久没坐过这么多人，很沉呢！”伍语言里散发着一种单纯的骄傲。开车，车穿行在夜的繁华里。

“林若蓝，你是哪一年的？”

林若蓝不懂别人在开始一场谈话前为什么总是喜欢问他的年龄。他不记得已经多少次回答过年龄的问题了。伍一路开，一路问。

“参加工作几年了？”

“好多年了。”

“结婚了没有？”

“没有。”

“原来有没有来过深圳。”

“来过。”

“怎么想到来大湾？”

“大湾好吧。”

伍一路问，一路开。在把车开到校门口，在林若蓝下车前，伍又对林若蓝留下了一句跟年龄有关的话：“一个人二十二岁就应该懂得这个社会。”

回到宿舍细想起伍的话，再遥想离开老家以来的点点滴滴，林若蓝深感自己是愈来愈落后了。站在奔三的门口，凭栏而依，林若蓝望着深圳朦胧的夜色无限感慨：自己拿什么而立？

徐陆参加完他与袁校长所在年级的活动醉醺醺地回来了，一股酒气，人难受得话都说不清。

“喝这么多干吗？”

“我也不想喝嘛，不喝不行，没办法，这个社会就这个样子。”

徐陆躺在学校宿舍的床上倒头睡了。和徐陆年纪相仿的一位女导游，在学校全体老师一年一度的旅游中，喝得醉晕晕地瘫在一座海鲜酒楼的酒桌上不省人事。

“这怎么办？”西北大汉肥而不壮看情形不知如何处置。

“赶快送医院！”总务有经验。

“怎么送？”

“让人背上旅游大巴，直接进医院！”

大家都看着壮而结实的沈汉，沈汉还发蒙呢：“这怎么背呀？”

“背在身上！”总务提议。

“不太好吧。”

“这要什么紧？来来来，背背背。”说着，总务、西北大汉就帮着把女导游的手搭在沈汉的肩上。沈汉背着醉得一摊泥样的女导游去医院解酒了。袁校长摊着双手向零散站在酒楼前吹风的老师解释：“我让她别喝，她偏要喝，说‘喝喝喝’，你叫我怎么办？”一副此事只因别人起的样子，“我以为她能喝，我就陪她喝咯，没想到她不能喝，搞成这个样子，我也不想嘛！”

等沈汉坐着大巴回来，老师早都吃完了，总务招呼大家：“上车上车，去酒店。”

酒店离大梅沙的海不远，富丽洋派。老师自由结对拿到钥匙后，就去房间了。徐陆和成祥住一间，林若蓝和沈汉两人落单搭在一起。老师三三两两又下来了，有几个在大堂闲坐。伍老师自驾车来得迟，兴致却很高：“我一个人一间呢，刚才我看了，好大！我准备在大堂过一夜，房间两百块钱我转让，谁要？”说完和众人齐笑。

大梅沙，烧烤。同事围炉夜话。

沈汉站在海边。遥远的风从海的尽头吹来，吹起了海浪，声声拍打在沙滩，来与去，远又近。

每一个孤独站在海边的人都有一段随风往事。几个年轻代课老师站在沈汉周围跟小弟弟小妹妹似的，一个出落得有几分大家闺秀的风范，一位水灵得仿若小家碧玉，都是天生教音乐的胚子，还有位搞体育的帅气运动男，一同听沈汉口述他的历史：

八十年代往返深圳老家倒生意；

九十年代末洗脚上岸做老师；

二〇〇七年六千点进股市，几十万如泥牛入海不见底；

…………

“现在做什么都很难啊！”

林若蓝像个小孩子似的在一旁用脚挖沙沟。一阵大浪打来，冲上了沙沟，冲散了沿岸的人群，冲走了他们一段段的过去。

大梅沙的清晨清爽怡人。林若蓝坐在酒店花园的藤椅上，望着海的方向，远方云气重。沈汉天没亮就去大梅沙的海了。

沈汉从海边回来了。

“这么早干吗去了？”

“看日出去了。”

“看到没？”

“只看到雾。”沈汉自话自笑，“女导游起来了没？”

“没看到。”

说没看到，女导游一脸倦容从酒店大堂走出来了。

“怎么样啊？”沈汉问。

“还好吧。”

“喝不了就别喝那么多。”

“不要紧的。”

女导游带着游客又上路了。目的地是深圳生态地标，中国旅游地产的杰作，东部华侨城。

“真的是大手笔！一定要带父母来看！”成祥一边观赏一边赞不绝口。

成祥的话还处在想的阶段，旅游回来，袁校长就筹划起带队去他老家做两日支教。尤为袁校长组建了一支得意的嫡派队伍，浩浩荡荡地出发了。林若蓝不属任何一派，省亲的事轮不到他。队伍满载手信而归带笑回。

笑声总有落的一天。学校在新的一年来临之前把新劳动合同法的文本传下来了。

晚上，宿舍。

“新合同法你看了没有？”

“没有，怎么呢？”

“用人单位可以与劳动者解除劳动合同的理由有十四条，劳动者可以与用人单位解除劳动合同的条款十三条，他妈的！”

“这说明了什么？”林若蓝没反应过来，问道。

“这还不清楚吗，新合同法是明显保护用人单位的，用人单位想炒人就可以随随便便炒人。你看完就知道了。”徐陆声音激动，可并没激起林若蓝对枯燥法律条文的兴趣。林若蓝对新合同法的认识还停留在报纸网络对该法实施后效果的猜议上。

不管舆论怎么议论，林若蓝就认定一条：公立单位跟劳动者解除劳动合同一定会按照法律提前一个月知会。

离放假一个月不到了，而林若蓝并没有收到学校的解聘通知。林若蓝预期的“面试课”也没有按预期而来。早上，大湾小学的老师照样走在校园进食堂的小径上，尤便装革履轻松自在怡然自得，袁却皱头蹙额，一副心事忡忡之相。林若蓝看着两个主要行政如此反差的表情，丈二和尚摸不着头脑。麻雀不知躲到哪儿噤声。

年末迎新嘉年华。旋转灯光明暗交错闪起来。沈汉暖场，连吆带喝唤着老师进舞池，踩着摇滚兔子舞动起来；总务串场，会跳交谊舞的袁校长和大家闺秀迎着旋律跳起来，不会跳交谊舞的拿着麦克风和着音乐唱起来；袁校长致新年祝词，善跳双人舞的尤与小家碧玉伴着轻歌舞起来，全体老师下场劲歌热舞，自由随心扭动腰肢High起来；尤主持抽奖仪式，抽到小奖小乐起来，抓到大奖大力举起来。旋转灯光忽明忽暗慢慢停下来。光影在每一张脸上移动，谁也看不清谁的真面目。深夜的人们在音乐的休止符里散场，城市的旧年在散场的声音中画上休止符。

元旦。林若蓝在房间门口以一种舒服的姿势而坐，轻轻合眼。太阳的光懒懒地洒在宿舍的走廊上，风有一阵没一阵地：

我坐在冬日的阳光里，
微微吹来的是南国的风，
新的一年。

阳光一绺一绺从脚下漫上来，记忆一点一点从时间深处浮上来：

我走在通幽的曲径里，
轻轻飘来的是北国的雪，
又是一年。

还有纵横来回的街与路啊，
风里雨里的三轮车，
岁岁年年。

冬天，
遂想起，
一城又一年。

阳光一缕一缕从身上退下去，林若蓝睁眼看着新年的第一天，阳光已是清凉如水，风一阵接一阵，起。

新年起头，全城都在密切关注着“Huawei打响反对新劳动合同法的第一枪”。尤不示弱，向搭班方老师要了一节数学课上语文。方老师要强，在林若蓝的班要了一节林若蓝的语文课上数学。林若蓝按部就班！方老师在尤的要求下，还操心着尤的语文课堂秩序，从林若蓝没听尤的随堂课算起，有好长一段时日了，操心得烦了，又见不到成效，就常能听到方老师在办公室发牢骚。伍老师会心地笑，向老师性子直，对同类事情曾亮出过意见：“自己的课堂怎么要让班主任管呢，不好管嘛！”

此时也不发表新意见，只打听。

“怎么呢？”

“还能怎么呢？”方老师望望门外，没人，但还是压低声音说，“他搞不定班上学生，学生上课不听，还怪我，说我没管，弄得我这一段时间天天利用我的数学课和下午自习课跟学生讲语文课的纪律。”

“你班学生不是挺听话的吗？”

“对呀，我也觉得挺好的，比林若蓝班的学生好多了，我在我班上数学没问题，她在我班上英语也没问题呀，”方老师指指女级长，女级长笑而不语，“可学生就是不喜欢上他的课，我有什么办法？”

有的人在课堂上没办法，有的人在课堂外有障眼法。

期末考试，闭卷，巡考监考齐全。各校陈年旧例。

考后阅卷，不密封，交叉改。这是尤给教导处的一个创新型指示，美其名曰：相信老师。老师受宠若惊，像看星星看月亮一样说道着新鲜：闭卷考，开卷改，既相信，又交叉？林若蓝老家农村一个年级一个班的学校是：敞开阅卷，各改各班。深圳和老家农村何其像也，深圳和老家农村又何其不像。路过林若蓝面前的老师都向林若蓝投来异样的目光，以批改林班和尤班语文试卷的科组长为甚。

放榜。不密封阅卷，各班分数、名次照排不误。尤班语文总分：3572分。林班语文总分：3569分。林若蓝看着两个班的分数，一样的人数，久久凝目，笑了。

袁校长整天还是一副愁眉苦脸，最终憋不住了，在学期最后一次全体教师会议上坦承：“我跟各位代课老师说，怎样签合同困扰了我很久，这半年我一直在想这个问题。不管接下来学校跟你是签半年、一年、几年，我希望大家都把合同履行完，不想做了要提前打招呼，否则要赔钱。”袁校长站在学校的立场把事谈完了，还特向全体代课老师留下一句话：“大家最近有什么事可以直接来找我。”

话说得很平淡但意蕴颇长。班务教务胜利收官，林若蓝想不出有什么事要找袁，只是公开课的阴云挥之不散，无从得解。如果袁要解聘自己，按理早就该说了，没早说，不是续签是什么？签不了一年两年，签半年总没问题吧。去年签到十二月份的合同已经过期了，新年一月份都做了大半个月了，不至少签个半年还能怎么签？林若蓝想当然的一根筋就惦记着一条：公校跟老师解除劳动合同一定会提早通知，没提前通知就是续签。林若蓝相信公校，相信作为学校一把手的袁。

可林若蓝只信对了这个世界的一半。

该签的都签了，尤的科组长第一个签。林若蓝最后一个。还是同一间校长室，还是尤把林若蓝带进去，运动男从里面出来，和林若蓝正迎面：“你这么厉害的也来了？我是无所谓！”运动男一脸潇洒状，却刺激得林若蓝心里很难受。

还是同一个袁校长。故事却在短短一百多天悄然翻版。

袁看了一眼林若蓝，整理桌面资料去了。尤坐上位，林若蓝坐下位。时间在此刻正式摊牌。尤庄重地撕开了他那修炼了多少年才得来的儒雅画皮。

“开始对你充满希望，结果对你非常失望。”

非常对称，像预设了多少年的台词。他目露凶光地盯着林若蓝，林若蓝惶恐地看着他。尤继续撕着他那精致的画皮：“公开课不会上，教书这么多年还像没入门，班级带不好，考试也不好。”

林若蓝万万没想到，兢兢业业的辛劳、有目共睹的成绩换来的是没有人之所以为人的基本责任的信口雌黄。他心紧抽着，抽着，紧张地挤出了他想要表达而且必须说明的话。

“班级考核全校是一流的，你可以去大队部查，这还是全校数一数二的差班，考试跟你带的班一样，这个你比我更清楚！”

尤像对待敌人一般恶狠狠地盯视着林若蓝，不将面前的人置之于死地而不罢休，林若蓝发力回视着。牌才掀开一半。尤像在背积攒了多少年的台词一样往下背，不背完绝不停口。他不敬天不畏神地完全撕下了他那一层如画的人皮，露出了他掩藏在人世背后与“聊斋”里的狰狞：“让你重上一节课也不上，表现平庸！”

平庸？林若蓝惊愣地看着坐在对面表面和善内心歹毒的人——藏在“人”后的人面尤，心里一滴滴在流血。他本能地想着要说清楚一些该说的：“上了，我跟科组长说了，你可以去问他，是你没来！”

牌彻底翻开了！“聊斋”里的尤看着林若蓝，愣了一愣，恢复了一下人面，没再说话。袁抬起了头，看了一看，但只说：“林老师，下年我们就不再签了。”

“是不是签去年合同的终止书？”林若蓝只是无意识地问问，没有任何意识。

袁没应。

“是不是签去年合同的终止书？”

没人应。

林若蓝问得都不好意思了，不是签去年的还能签哪一年的呢。林若蓝无话可说，算了，认了，就到今天，可以。林若蓝满脑想着运动男和人面尤前后的话，话在头脑中淤积，淤积；手随袁一一指着，签字，签字，签字。人面尤在一旁翻签字页，作导引，并对袁指点着什么。

结束了，一切都结束了。林若蓝心冰冰意冷冷地回到办公室，仰头闭目陷在座椅里，想着“聊斋”里的一幕又一幕，想着人面尤和运动男截然相反的话，有一种被世界辞退的痛感，心还一阵阵地痉挛紧抽，呼吸也疼。他觉得自己可以走，但走之前必须还原恢复些什么，必须！绝对不能一声不吭地就走。他努力试着调整好姿势，信手翻着桌面的留底合同，一页，两页，行行都沉闷无实质内容。三页，跟旧版合同略有不同。徐陆曾让看，自己没看，乘现在什么事也没了，就看看吧，看看，随便看看。才看着，一行手写字醒目地跃入林若蓝眼帘，逼近再看：

自2008年1月1日起，至2008年2月28日止。

2月28日？2月28日各学校都开学一星期多了。

林若蓝再翻尾页合同签订日期：2008年1月1日。

解聘通知书也是他们指写的日期，林若蓝回想起来了：尤刚才“指”导过袁写一个什么数，袁随着他的指引改了下什么。对，是签订日期。尤让自己签完名，袁再拿着合同填的期限。

林若蓝猛然意识到了什么：解聘通知不是终止去年合同的，而是关于新聘用的合同。两份材料同一时间签！

见所未见，闻所未闻。林若蓝幡然醒悟过来了，感觉仿佛一下子触到了深水里的一根绳头：阴谋！诡计！蓄谋已久……所有原以为只在电视里有的阴暗一时全汇入林若蓝脑海：这一帮人不是搞教育的！

林若蓝后悔不该相信他们。心加剧滴血！临时找来新劳动合同法，一页一页翻，一行一行找，从头到尾、从尾到头却找不到一条能获得支持的条款。林若蓝此时想起了徐陆说过的一句话："新合同法是明显保护用人单位的，用人单位想炒人就可以随随便便炒人。"

打开电脑找，找到一款法律条目：合同欺诈。合同欺诈？林若蓝把袁、尤二人配合签改日期和袁后填合同期限的情形，与"合同欺诈"的条文仔细比对着。

就是合同欺诈！

合同欺诈可以直接到公安局报案！

合同欺诈？报案？林若蓝独坐在座椅上。老师都放假了，办公室冷冷清清、空空荡荡。林若蓝想着报案与立案不立案的后果，人面尤的话又在耳际重新响起。平庸？假如我平庸，你和你续签的、在编的还有谁不平庸？你有什么资格说我平庸，一个好班跟差班都争不出水平，光有一套上公开课的虚把式，一群好学生都教不好，到底谁平庸！这个年头就是被一帮华而不实的人统治着，且作威作福、信口开河。我一定要让所有人知道是怎么回事，让所有人来看看这一帮人是什么人？

命运在深城二〇〇八年的冬天留给林若蓝翻盘的日子，只有春节前后两个十几天。林若蓝躺在床上一遍一遍想着事情背后的逻辑链条，想着合同终止日期昭示的隐义，想着怎样击碎尤的污蔑，洗净尤肆无忌惮泼的脏水，辗转反侧，一夜无眠。整件事情袁应该是执行者，林若蓝决意先探一探袁的口风。袁还没放假，一个人在办公室整理资料，看到林若蓝敲门有一些意外。

"你还有什么事？"

"我想跟你谈一谈。"

"坐吧。事情都过去了还有什么好谈的？"

“我看过你们的劳动合同了，很诡异，不规范。我希望你能收回合同，重签。”

“合同是大家当面签的，签了的合同怎么能收回呢？”袁摊开双手问林若蓝。

“如果学校不收回，我一定会做出反应。”

袁背着两只手，侧目看着林若蓝，好一会儿才问了一句：“你在深圳有什么亲戚朋友？”

问私人问题做什么？林若蓝一时没想通，回了两字：“没有。”

“林老师，这个决定不是我可以说改就改的，这是所有行政集体讨论出来的。”袁改打官腔。

“就是你们两个校长做的决定，与其他人无关。”

“怎么是我们两个人做的决定呢？”

“我做过行政，里面的事情我清楚。”

“林老师，我们校长是要讲民主的，上面是要考评的，不是我一个人说了算的。”袁说得“官冕”堂皇。

林若蓝不想跟袁扯花里胡哨的东西：“我希望你认真考虑。”

“林老师，即使我们要考虑也要所有行政凑在一起集体研究，现在都放假了，要开会也要等大年初八行政都过来上班后。”

林若蓝无法判断袁会拿出几成诚意研究他的关切，他只知道他跟他们耗不起。他觉得有必要步步为营：“如果学校不考虑，我可不可以去教育局？”

袁瞅了一瞅林若蓝，大手一摊，摊得洒脱：“随你咯！”

袁随林若蓝去了。教育局有一组织科，组织科有一科长办公室和一办公大厅，办公大厅一年轻干事接待了林若蓝。

林若蓝陈毕情况，问：“如果大湾小学春节之后开会研究没有拿出让我满意的结果，我可不可以到组织科告？”

“可以，我们会受理，但需要准备一份书面说明材料。”

书面材料？没写过。林若蓝头枕大湾小学办公室的椅背合目冥思，想着尤诡谲多变的眼神，想着袁日常说话的神情。窗外的风呼呼地叫着，林若蓝看着外面阴沉的天，没有任何迹象显示事情会向好的方向发展，必须从最坏的结果来打算。当务之急是把真相展示清楚并把袁和尤区别开来，主要谈尤的问题，让世人好好瞧一瞧一个教育强区的“领军人物”的真实课堂到底是怎样的，让教育局好好看一看一位被污损为“平庸”的老师“平庸”到胜过“领军人物”的硬成绩。这个世界有一种业绩叫不可磨灭。

林若蓝叙写着事实的过程，罗列着一条条凡是人为人都看得见的实绩：大队部有底可查的一系列第一，辅导学生发表习作的一期期报纸，考试和“领军人物”同一水平的统计数据。林若蓝边写，心里边有一种淌血的疼。当他聚精会神带着班，全神贯注带着学生的时候，绝没想到有一天还要自证清白——用他们的地盘和电脑。世事怎一个荒唐？

冬季的大湾闷得没有任何生气。林若蓝很想出去走一走，就是想换个地方，散散心。去哪里呢？林若蓝一个个地想，一个个地否定，最后想到在广州打工的兄长。好久没见过了，有几年吧，林若蓝拨通了兄长电话。

“过年我想去你那边玩一玩，方不方便？”

“过来吧。”

林若蓝记不清他是第几次临停广州了。离开鹿城，借道流花车站初到宝安时到过广州，离开北京重返深圳乘火车路过广州，离开清城败走岗镇坐长途大巴经过广州，而广州的流花车站还像他刚参加工作来广州踩点探路时，没有多少秩序，高架桥两侧的建筑还像过去没有多少整饬。广州的冬天比深圳的冷。林若蓝着凉了。大年初一又回了深圳。

“这么快就回来了？”尤的科组长看到林若蓝没多寒暄一句，但仍然像个没事人似的。

“对。”林若蓝没多说一个字。

大年初六，大湾小学车场就停满了车，都是行政的。袁在家没有多休息一天，提前召集全体行政到校开会。大过年，全城都沉浸在春节喜庆吉祥的气氛中，一拨人却在商讨怎样对付一个人。林若蓝闻到了一股节日不应有的硝烟味，近。

“袁校，怎么样？”发现会一开完，林若蓝就拨通了袁的电话，彼此都没有起码的新年问候。

“不行啊，很难！你另外想办法吧。”这就是袁跨年研究出来的回复。

“没办法可想！”林若蓝没有退路。

按年前所说，林若蓝准备好若干份材料，并把其中一份递给了组织科干事。年轻干事轻轻地翻着材料，林若蓝看干事漫不经心翻材料的随意动作，再看看干事没经过什么事的脸，心里不踏实：“如果教育局不处理，我可不可以向其他地方反映？”

“你去告，想要去哪里就去哪里告！”干事如同被触到了某根敏感神经一样飙性突发。

这种干事能干得了什么事，林若蓝转身走出组织科的门，上楼坐在了某层廊厅的一排沙发椅上，等待见教育局颜局。颜局长正见客。一位小保安走过来。

“下面是不是你的？”

“什么东西？”林若蓝不解。

“车，下面门口车位停着一辆陌生的车，那是颜局的专用停车位。是不是你的？”

“我没车。”

“什么人停的车？还不开走，颜局要生气的。”小保安自言自语，目光四下搜寻不懂规矩的车主，一会儿下去了。

林若蓝抬头注视着颜局的办公室，想着小保安的话，凝思。颜局长笑送客人出来了，送走客人向林若蓝望了一眼，又进去了。林若蓝提气起身，敲门。

“你好，打扰一下！”

“你是谁？”颜局高度警戒的姿态让林若蓝始料未及。

“不好意思，我是大湾小学一名代课老师。”

“你知不知道见我是要预约的？”

“实在不好意思，我不懂，但我不会占用你太多时间。我放完材料，马上就走，你有空就看看。”林若蓝抓紧说完，一边注视着颜局，一边极轻极轻地把材料放在他桌沿，然后慢慢、慢慢地退身出来。颜局不看材料，只一直看着林若蓝——到出门，目不转睛。

不能对大湾教育局有指望，必须跳出大湾区来处理大湾小学的事情！林若蓝一走出教育局局长办公室的门，就直奔位于深南中路的市劳动局。劳动局的仲裁庭一间挨一间，就是没个人影。倒是一楼法律咨询岗亭不少人在排队，出来了一个，进去了一个，进去了一个，又出来了一个。轮到林若蓝了。林若蓝急切地想得到律师的帮助，但律师始终一脸平静："像你这种事情在深圳很多，算不了什么。我这里有个从农村来的，不识字，在关外，听了老板的话，按了手印，最后一分钱都没拿到。"

"但我的情况不一样嘛。"

"根据你刚才说的，如果你找不到证据，只能进行道德谴责。"

"怎么谴责？"林若蓝就是随便问问。

"你可以去媒体试试。"

"媒体？"

律师一眼就洞穿了林若蓝的心思："如果你不想去媒体，就只能继续找他们的主管单位。"

"我就怕闹到媒体，到头来我要离开深圳。我还要在深圳工作。"

"离开深圳有什么不好？"没想律师反问一句，问得林若蓝呆坐在位子上不知如何作答，"像你这种专业技术人员，又有业绩，到哪里找不到一份好工作？"

走出岗亭，律师的话还在耳边。穿过马路，一头黑不溜秋的公牛在低头低脑拖着树桩。不远处，一间门卫室仨妇女挤在一块儿，一个说，一个笑，一个在嗑瓜子，唯有门口士兵昂头挺胸，提示人们这里还是深圳市委机关要地。

深南大道，市政府所在地，市民中心云端舞绢，飘逸灵动。

信访办坐满了人，在门外看着就没底，林若蓝绕过几个弯进了市教育局。市教育局的头头都不在，一位女职员叫住了林若蓝。

“你找谁？”

“我找教育局长。”

“教育局长开会去了。”

“我等他。”

“教育局领导都出去开会了，今天不会回来。你有什么事，跟我说也一样，你坐。”

女职员谈话善解人意：“你别急，慢慢说，先喝口水。”

沟通技巧有几分历练，会倾听，听完之后却对林若蓝打太极了：“这件事你说你好不算，要方方面面说你好才算。”

林若蓝听懂了女职员的弦外音，看着女职员，没说话。女职员说话了：“你先回去再反映反映，如果他们不处理你再到市教育局来，你看怎么样？”

话都被人封住了，林若蓝还能说什么吗？没什么好说的了，林若蓝说了一个“好”，起身告辞。还没走出市民中心的门，林若蓝就告诫自己：市教育局靠不住，必须跳出整个行政系统来处理这件事！

林若蓝躺在深夜的床上，想着事情会朝哪个方向发展，焦灼全身蔓延。报案，不报案？媒体，离开深圳？律师的话又在耳边响起。合同，2月28日——时间，留给林若蓝的时间越来越少了。必须做好两手准备，一手准备退，退守长谋划；一手准备进，力求短平快。如果不能在“2月28日”合同截止前把事情处理出个眉目，以后可能想都别想了。

学校开学了，年前投出的简历一份都没回音。林若蓝上人家的门找工作了，还有找房子。房子没找到，工作没门，找媒体也一波三折。找第一家媒体，材料进报料中心就像石子进大海；找第二家报纸，绕过了报料中心见到了记者，记者收收材料就像收摊；找第三家媒体，跟记者能坐下来谈了，记者翻翻合同后的爱莫能助让林若蓝燃起希望的心重新掉进了地窖。林若蓝走在去第四家报社的路上。天微热，太阳晒得林若蓝很不适应，焦虑，烦躁，头痛，不舒服。深圳日报的玻璃门紧闭着，看不到门铃安在哪里。林若蓝站在门外隔着玻璃，看着里面走廊静悄悄，却看不到门里面的人，心里同门里的廊道一样幽冷。林若蓝退回电梯口，看着想着，想着看着，是等等看还是叫门呢？等了没人出来，就白等了；叫了门里面听不到，就尴尬了，旁边还有一个等人搬货的在看着呢。等在货物旁的男子脚踩一只箱子，嘴叼着一根烟，好像看出了什么，粗声粗气地问："你有什么事啊？"

"我是来反映问题的。"

"反映问题去其他报社。"

"我去过了，他们叫我来深圳日报。"

"这里是党报，有些话他们不好说，你去找其他报纸吧。"等人搬货的说得诚恳。

"这样啊？"

"对呀。"

等人搬货的脚踩着箱子，仰头继续叼着他的烟。林若蓝犯难了：还没叫门呢，被一个等搬货的先给挡着了，还要不要近前叫门呢？叫吧，里面不开，就有的被等搬货的鄙视了；不叫门吧，大老远的来一趟报社的人都见不到一个，接下来怎么办？

一个在时间里犹疑，一个在时光里等人，谁也不知道下一秒会出现谁。

“进来吧。”

一袭黑色衣裙女子走出时间的梯口，拐过一条时间的弯道，打开了那一扇命运的玻璃门。

“黄欣，黄欣！”

“你先到里面坐一坐。”

“叫黄欣过来！”

“这里有读者报料，你采访吧。”

极具职业流畅度。女子在林若蓝的生命里划下一道美妙的弧线便不见了，林若蓝没有看到她的样子，也再没见过她的职业风姿。一位刚毕业大学生模样的女孩拿着笔记本快步走进了读者接待室。

从深圳日报出来，林若蓝疲倦地靠坐在夜色巴士的椅子上，电话响了。女记者黄欣说话直截了当，亦如她走路风格麻利：“林老师，我想再确认一次，新合同和解聘通知书是不是同一天签的？”

“是！”林若蓝提振起精神大声应。全车厢的人看着说话的人，永远无法想象他当时是怎样一种难以平抑的激愤。

新闻出笼了，《深圳日报》以“聘用合同与解聘通知同日签订”为正标题，以“当事教师称学校有意欺诈，涉事学校称事先讲明，律师称合同形式没问题但内容逻辑不正常”为副标题做了一则总体平衡性的报道，但事情毕竟抖落出来了。

林若蓝静待袁出牌。

半个上午过去了，袁没找林若蓝。新闻都出来了，竟然没反应？林若蓝想。一个上午过去了，袁还没反应。林若蓝在等待中寻思，在寻思中等待。一个上午连带一个中午过去了，袁依然没任何动静。林若蓝在床上坐不住了：踢不动？上了报纸都踢不动？脸皮厚，对吧？上一回报纸踢不动，是吗？我就继续踢，直到踢动为止！林若蓝做好了再踢一次的准备。

翌晨，林若蓝站在了深快报大厦，等记者。

“不好意思，不好意思，让你久等了，刚才有事耽误了，让你久等了。”深快报记者谦谦有礼。

“不要紧，反正我没事。”

林若蓝随记者走进办公室，正和记者交谈着，袁的电话来了。原以为踢不动的柱子有反应了。

“林老师，报纸我们看到了，你过来吧，我们聊一聊。”

“我现在在外面。”

“你别在外面转来转去了，我们所有行政跟你一起把话说清楚。”

“我现在过不去。”

“你什么时候能过来？”

林若蓝略想了想，说：“下午。”

“好，下午我们等你。”

等归等，绝对不能让中层行政掺和进来！林若蓝打完电话，取得记者理解，中断采访，赶车回校。紧赶慢赶，林若蓝赶在十二点许到达袁的办公室，袁正在整理桌面的东西，还没下楼。林若蓝心里微紧张，怕袁大发雷霆：“不好意思，我下午还要找房子，所以现在来了。”

“房子的事是小事，你可以在学校先住。坐吧。”事情出来后，袁倒比事情出来前亲和可爱了许多，“报纸都登了，看了没有？我们都出名了。”

事件的两位主角，一位临知天命之岁，一位近而立之年，就在谈笑风生的气氛中演绎着一场心理拉锯。

“报纸好像没说什么。”袁笑得很开心，“我们问过律师了，律师说官司可以打，即使你全赢，全赢！赢官司的钱还不够打官司的钱，律师好像是这么说的，不是我说的。”

“对，我也问过律师，所以我不会跟你打官司。律师说合同签得确实很奇怪，如果找不到证据只能进行道德谴责，道德谴责！这是律师说的，不是我说的。”林若蓝笑看袁的反应。

袁收起笑，耷拉着个头，似是无奈还洒脱，似是洒脱还无奈：“道德谴责就道德谴责吧。”

还有这样的人！这个人还是兼教某班思想品德的！林若蓝很不高兴：“律师说，你们还可能涉嫌合同欺诈。”袁听到“合同欺诈”，抬起头看林若蓝，看得林若蓝连补充：“这不是我说的，这是律师说的，律师只是说涉嫌合同欺诈，需举证。”

袁回应：“合同是大家当面签的，我估计你当时没听懂，你没听懂我们就没办法。”

“我当时接连问你两遍是不是签旧合同的终止书，你们没一个回答的。”袁看着林若蓝不出声，“而且是你们让我先签的名和日期，你再填的合同期限，对不对？”

袁想了想，笑：“对，好像是这样。林老师，我这个人是这样的，有什么就说什么，女记者打电话给我，问两个合同是不是同时签的，我当时都说‘是’”。

“哪有你们这样签合同的？”

“林老师，签合同也要你情我愿，我中意你你中意我才行嘛，这就跟人谈恋爱一样的。”

“那也没你们这样签合同的。我在前面做事，你们在后面摆我一道。你们学校一点让人做成事的氛围都没有。”

袁沉默，待抬首，似乎无所忌了，但又不失严谨：“林老师，我跟你说实话，学校跟老师签合同，确实有那么一点优势，一点点。政府说是人人要平等，理念很好，但政府就是说说，停留在口头上，落实不下来，实践操作起来就有些难。”

“你们也是天不怕地不怕！”

袁听得几近要跳起来了：“怎么说天不怕地不怕呢！我们上面有教育局管着，下面有那么多老师看着，中间还有……还有法律嘛！”

“但你们还是做了！我希望学校重新考虑续签合同的事。”

话一说到事件的敏感点，袁即表现出不陪林若蓝拉锯的情绪了。

“林老师，大家毕竟同事半年，”袁此时想起“同事”一词来了，“我现在的意思就是大家好合好散，如果你有什么生活困难可以提。学校工作早就排好了，该排的岗位都排满了，这件事就算了，你去找工作吧。”

“你叫我现在怎么找工作？”

“比如去找点家教、销售之类的……什么事。”袁也回答不好。

林若蓝估计自己又要失业半年了。林若蓝找到大湾教育局，摸查大湾教育局的最新反应。组织科的干事站在一边，比看材料发飙的时候乖多了。组织科科长受理了热锅里的山芋。

“我想问，颜局长知不知道大湾小学上报纸的事？”

“他不会管这件事的。”科长一头答话，一头和干事交代手头上的文件资料，“你有什么要求？”

林若蓝想了片刻，说：“一是恢复工作，二是他们道歉。”

“你明天再来。”

第二次林若蓝再来，探询组织科私下和袁沟通的结果，科长话更干脆：“没办法，你们自己解决。”

“怎么解决？”林若蓝看着科长。

科长反看了看林若蓝，说：“你先回去。”

科长用不到三句话又把林若蓝打发掉了，打发得林若蓝回宿舍坐在床上正看书呢，沈汉来了。

“你怎么来了，你找谁？”

“我找你呀。”

“找我？找我做什么？”

“袁校要找个人跟你沟通，我说‘我跟他在大梅沙正好一个房间呀’，我跟袁校本身比较熟，所以就过来了。”

哦！特使来斡旋。

特使有一说一辞恳切：“这一页早晚要翻过去的。”

“我不想针对他。”

“可字是他签的。”

“谁让他签的？”

“他就是听了尤的，他本身不了解整件事情的过程。”

特使直言不讳话也白：“这个年头就是关系，什么他妈能力纯属扯蛋！深圳也一样，甚至比内地还内地！”

林若蓝早就感觉到了，但没想到特区之城的扯蛋超乎人想象，比北京澡堂搓澡扯蛋还明目张胆，无羞无耻！无耻之尤！

“事情都搞成这样了，现在他们也没办法，开会商量就一个字：顶。”

你顶我就踢，你顶顶顶，我就踢踢踢！林若蓝心里说，面上沉默，看特使能说出什么。

特使旁敲侧击意幽微：“成祥原来也是被他不要的，后来通过考试又进来了。”

“被袁？”

“没想到，对不？谁都没想到，你说人说得清楚吗？”

林若蓝并不想搞事，他只想还原恢复些东西。由沈汉居中牵线，林若蓝又踏进了教学楼三楼，在廊道正好遇到尤和他的科组长，彼此相向而走，一个铁青着脸看着对方，一个目光躲闪如鼠，沿墙而过。尤和林若蓝眼光交会，低头打林若蓝身边走过。

低头算什么意思，当初泼脏水的蠢劲哪里去了？林若蓝受伤的心坚持要尤的当面道歉。这可为难袁了，弄得袁不知以何语言挡，挡无可挡，大叫了一声：“林若蓝！他在大湾区是很有影响力的。”

袁一叫奏效，叫得林若蓝清醒了些什么：“这样的？”

“对啊！”

“什么影响力？”

“他是大湾区人才库的人才。”

“人才库的人才就这水平，一个好班都教不好，一个差班都考不过？”

“教研室都要让他三分。”

“他还是要道歉。”

“这……这个怎么弄？”袁习惯性地摊手，“林老师，事情都这样了，你去找工作吧，学校……为你……开表现证明，你看怎么样？”

“我不需要这些。”

“你要什么？”

林若蓝和袁谈了谈恢复工作以参加代课老师招调考试的想法，好想法才说出口，却被袁硬硬地顶了一句：“你以为考……考试这么简单？”

“怎么呢？”林若蓝等着袁能解释得透彻些。

袁看着林若蓝想说什么，却把想说的话咽了回去。

和袁什么都谈不出来，林若蓝再找到教育局组织科。组织科科长正在办公室和袁通电话，见到林若蓝过来，忙捂住话筒：“你在外面先等一等。”

门关上了。

门又开了。

“怎么样？”林若蓝心情急切。

“只能赔钱。”

“那工作呢，还有你们尤副校长的道歉呢？”

“这个我不管，你们自己去谈。”说完科长又忙他的事去了。

二月结束后的第一天，周末。袁一人开车回校。两个不同年代的人在同一方天空下，开始了一场久远得似曾相识的心理拔河。一位站在石板路的此端，一位站在石板路的彼端，谁都希望对方往对面多走一点。

“你先过来。”

“不，你先过来。”

“你先过来，我就拿这个给你。”

“不，你先过来，是你先打坏了我的东西。”

“好，我先过去，你也要走过来的。”

“好。”

“我已经走了，你一步都没走。”

“好，我走。”

“我又走了一步。”

“不行，你再走几步，我就直接跨过去。”

两人终于走到同一个时间的点，放下各自抓在手上的绳头，言和：“不好意思，我只能给你这个。”

“这个就这个吧。”

“我已经拿东西给你了，你不准再去到处告。”

“好。”

“这是我从家里拿出来的，你也不准跟别人说。拉钩。”

林若蓝答应了袁的条件，袁也答应了林若蓝出于自身安全考虑借住在学校到暑假的要求。

事情解决了。走在深圳的街头，林若蓝回顾旷日持久的博弈，一种时间的失重感打落在身上无所措手脚。林若蓝丝毫没有一种赢的感觉。

“双输！两败俱伤！”晚，沈汉叫林若蓝一起吃他的家乡菜，与沈汉同来的西北大汉给合同门事件做了一个结论。“如果他敢这样说我，我当场揍死他，他妈的！”

林若蓝认同，对人面兽心的东西最直接的武器就是拳头。可林若蓝太瘦了。

事情结束了。谁也没想到结局，谁都没想到时间的蝴蝶栖在岸的一头，扇动了一下翅膀，岸的另一头却要承受一股龙卷风。不该卷进来的都卷进来了。几人隔岸观望风景，几只麻雀不识人间正道多沧桑，在树上叽叽歪歪。

林若蓝预想接下来会够呛。在网吧打开好久没有打开的电邮，邮箱里多了一条信息。

林老师：

你好！你去年上半年曾经来过我校，现在我们想邀请你成为我们当中的一员，欢迎来电面谈。

看到大港小学李副校长的网上面试通知，林若蓝可乐坏了：还有公校要我？

见得李副校长，李副校长开门见山就问："你那个是怎么回事？"

"说不清楚，应该是误会吧。"林若蓝并不想多提。

"现在怎么样？"

"解决了。"

"我们学校正好要一位会写的老师，你写作怎么样？"

"还可以吧。"

"你的代表作是什么？"

代表作？林若蓝从没想过。发表过的、出版过的、写过的……在林若蓝头脑中快速闪过，一篇稿子蹦出来了："在鹿城我帮搭班老师写过一份工作总结，五千字，我觉得不错。”

那是他在一天多一点的时间里，利用上班间歇、熬夜、凌晨五点起早一个字一个字手写出来的。

李副校长对林若蓝的回答不以为然：“代表作不在字数多少，而在于能不能代表你最好最高的水平。”

最好最高水平？“那就没有。”

李副校长让林若蓝现场写一篇试一试，命题作文，林若蓝现写现交。

“写得还不错，你先回去，我跟我们校长研究研究，有结果就通知你。”

林若蓝下楼了，走过操场，走到校门口，感觉身后有人，林若蓝下意识地往回看了看，大港小学的校长反背着手侧身站在操场中间正看着他。林若蓝走几步，再回头，大港小学的校长站在操场还在看，目光久视不移。林若蓝知道合同门事件的后续反应发酵了。

大港小学不能进，困在时间里的林若蓝闲得没事做，就在故纸堆里寻找失败的正解，看一看前人的心情字句，品一品《贺新郎·读史》，再对照对照所经所历。正所谓读罢一遍头飞雪，但记得斑斑点点。

林若蓝一日三餐已定点在学校附近的深圳学院食堂吃饭了。闷得无以排解就写写日记，以寄语未来在那一段灰蒙蒙的日子一个人曾如此走过——

一天，他像往常去外面的食堂就餐，不小心忘了带钱。

“小姐，可不可以赊账？”

她笑着示意让他去问负责人。哪位是负责人，问负责人就会同意吗？他茫然不知美女所示。要不要回去取钱？他转身是欲走还留。美女看出了他的心思，微笑招手叫他至前，告诉他可以先打饭打菜，第二天再给钱。

几天后，他又去那家食堂就餐。

“多少钱？”

“五块六。”

“还有昨天欠的一毛钱。”

他先掏出五块钱，然后左掏掏，右掏掏，掏出他事先准备好的一角硬币，一个一个地数，数到七个，放在她手心。

“怎么称呼你？”

她没听见。

“怎么称呼你？”

“什么？”

他想大点声再重复一遍，可话到嘴边又咽了下去。他朝她笑了笑，她朝他报以微笑。

生活很平常，故事很简单。简单平常中散发着人生的隽永。

校园围墙上的簕杜鹃开了。很美，一朵红似一朵，春风熏得行人醉：

我愿是一朵簕杜鹃，
开在灿烂的春风里；

多美啊，一簇胜似一簇，娇娆迷人：

我愿是一簇簕杜鹃，
随风展露红润的脸；

一朵朵，一簇簇，一片片，在风中动情摇曳：

我愿是一墙簕杜鹃，
惹来行人心花争鲜艳。

有女语文代课老师不但会说话，爱花也赏花，和一位一岁来大的孩子在墙下花畔小径玩，与斜阳共生辉。

花径的尽头，夕阳照车场。在醉人的季节，外出吃饭的林若蓝还遇见过下班取车的尤打面前经过。两个相识的人在同一个时间的交叉口却视同陌路。人何以为人？林若蓝有时想起尤低头路过的那一刻，总会没有多少缘由地联想起人到不惑之龄的尤和他的前科组长，会不会有一天也愿像沈汉一样站在海边，面朝大海和晚辈说说他们时间里的事，含丑陋。

融金大厦，万象城旁，黄昏。某所有风投背景的高端课外辅导机构，大厅。

“我希望贵公司今天能安排我试讲。”

“公司复试会统一安排，到时我们会通知你。”

“跟你们主管说一声，你们主管会同意的。”

“不行，每一位应聘老师都一样。”

“今天跟我安排试讲，你们不会失望！”

“林老师——”

“我在这里等你们。”

从里间出来一个男子。年轻女面试官迎了上去：“程主任，这里有一位老师硬要今天面试，你看——”

男子走过来，笑问：“你教小学？”

“对。”

“主要教几年级？”

“中高段。”

“我们有个二年级的小女孩，七岁，很淘，很难教，你行不行？”

“我可以试一试。”

林若蓝走进了女孩的课室，程主任率人现场观摩。上完两节课，林若蓝从课室出来了，泰然自若地站在公司大厅门口。程主任走过来，双手一把握住了林若蓝的手：

“专家，真专家！我们公司这么多老师找不到一个可以搞掂女孩的，被你搞掂了。向你学习！我们正好需要一位像你这样的老师。”

这些年林若蓝对专家的印象坏透了，林若蓝从没想过有一天有一个人会开口称自己是“专家”。别说，被人称作是“专家”的味道还真美极了。不过林若蓝更关心钱：“今天我连上了两个小时，应该不是一般的试讲吧，你们是不是要计课时费？”

主任的笑凝固了一秒，但第二秒笑着反应过来了：“这个我们会认真考虑，你尽管放心，放心！今天你辛苦了，也晚了，你先回去，明天你正式上班，下午班，你看怎么样？”

“行。”

回到学校，夜已经深了。为迎接区教育局教学评估，袁办公室的窗户还透着亮灯。林若蓝站在宿舍走廊，临风凭栏望着咫尺之隔的教学楼袁忙碌的身影，想到：这个人能走到今天有他的道理；若干年后，自己又会在哪里，站在哪一座城市的哪一个层次？

身后音乐响起，歌曲来回重复着：“命里有时终须有，命里无时莫强求。”徐陆和着曲子唱得很深情，林若蓝听得心里却有一种别样的难受。

“接下来有什么打算？”

“先临时找点事做，以后的事暑假以后再说吧。”

“是不是还做老师？”

“对。”

“做有编制老师就不错，做代课老师有什么用？还不如到外面随便找一份工作！”

“市场越来越坚硬，没什么好做的。”

“如果要我再选择，我肯定不做代课老师。”

“如果有可能，我还会做代课老师。”

两个人谁也没有细解谁的话，一个还在凭栏远望，一个还在一遍遍唱着他喜欢的歌。两个年轻人的心事随着歌声一起在风之彩里，飘散。

林若蓝上班了。还没出校，遇到伍老师的车缓缓出门，车在门口停了。待林若蓝走至车尾，伍摇下车窗对着林若蓝说了两个什么字，好像是说“上车”，又好像没叫“上车”，接着就静止地看着，用眼神说话。可时空心理多变幻，合同门事件后的林若蓝见到旧日同事，再找不到坐他车的勇气和理由了。他向他僵硬地点了个头，漠然而过。

公司答应了林若蓝试讲课计课时费的要求，可课时费与林若蓝的心理预期太有距离了。水平与钱数如此不称，唯有万象城汽车生活体验店，店面通透落地玻璃幕墙上的品牌形象标示语“You are worth more! ”刺人眼目。

林若蓝提出了兼职的要求，公司没同意。好在小女孩比他们听话。在林若蓝面前，小女孩并没公司传言的闹，也没想象中的差。小女孩挺乖巧、挺上进的，林若蓝挺喜欢她的，喜欢手把手教她写字，喜欢中场休息时，她逗他捉迷藏，喜欢在她需要鼓励时奖她一颗“小星星”，喜欢带她上地铁，下站台，让她妈妈来接，喜欢教她辨识地铁里的单数与双数。

说起来像童话，可人间最是童话不易留。如果世事可以不无奈，林若蓝可以在女孩妈妈信托下，带小女孩一直欢欢喜喜学下去。十天后，林若蓝离开了不值得为之效力的知名机构。如果不是出于内心的不安，他可以一走了之。当他提起电话把他离职的消息告知通情达理的女孩妈妈时，他从她不平静的声音中听出了她的意外，因为在他和她通话前，公司给她的口径是他被外调了。他无意以任何形式伤害任何一方，因为他深知被人伤害是一种怎样的滋味。他也无意给人留下进入人家公司带走人家客户的口实，因此当女孩妈妈提出让他到她家辅导时，他委婉而坚持地推辞了。可事情有时并不会因为一个人的拒绝而变得高尚。在确认课外辅导机构教不好女孩、女孩原公校也不肯让女孩留级的情形下，女孩妈妈决意送女孩进私校复读了。复读，可惜了；不复读，又没办法。林若蓝至今无法想象女孩在私校复读的状况。

汶川地震来了，林若蓝同样什么也做不了。头七，林若蓝光着膀子，穿着大头裤，坐在床上读词谱。全城哀鸣声起，他倏地站下床，面朝宿舍门口垂立，没有笑。

林若蓝找到事情做了：买笔记本电脑，拉网线。线是从女语文代课老师的宿舍拉过来的。

“钱怎么算？”

“不用了。”

“不给钱多不好意思。”

“也没多少。”

“还是不好意思。”

“不要紧的。”

“真的不要紧？”

“真的不要紧的。”

这是合同门事件后，林若蓝难得的一次欣慰，不是因为钱。后来在全省着力全面解决代课老师问题的大背景下，该老师第一批次通过了深圳的招调考试。

深圳CBD，车公庙，福田居。瑞妮文化设计有限公司。

“我看你的简历，你没有做过文案。”

“对，但我做过编辑。”

坐在林若蓝面前的面试美女语言平而不淡，句句含锋带芒：“编辑和文案是有区别的。”

“所有的文字工作都是相通的。”

“文案需要深刻的企业认知。”

“做编辑也是面向市场。”

“我们主要是做房地产广告，为房地产公司做文宣，你对房地产广告语有什么认识？”

“在车上经常看到一句广告词，我印象比较深：别处再无幽兰谷。”

“说说看。”

“这句广告语很独特，写出了幽兰谷舍我其谁的商业气质和市场品味。”

“继续说。”

“幽兰谷名字取得也不错，”林若蓝边想边说，“迎合了现代人渴望宁静生活的心理。”面试美女斜靠老板椅专注地看着林若蓝，林若蓝继续搜肠刮肚，“这句广告语有一种打动人心的力量，不像其他广告语那么浮华。嗯，还有……”

“还有呢？”

“还有表述简洁凝练，辞短意长，让人回味无穷。”林若蓝词穷了，“大概就这些，没有了。”

“你今年多大了？”

又一位问年龄的，林若蓝一答完，面试美女笑了：“不是很大嘛。”

面试美女的话让人中听。

林若蓝又上班了。上班刚坐下来，一位女孩就问：“你有没有英文名字？”

“有哇。”

“叫什么？”

“Francis。”林若蓝才念完，公司几个人都笑了。林若蓝估计是自己发音不好吧，跟着笑了。

“有没有好记的？”

“我还有一个，你们可以叫我Francy。”

“这个短，容易记。”

“什么意思？”面试美女对林若蓝的英文名字有兴趣。

“坦然。”

“这个名字好！”

林若蓝听到有人肯定，还是一位美女，喜形于色。

“我们公司人人都有一个英文名字，她是我们老板，兼设计总监，你以后就直接叫她Rainy，我们都这样叫她。”

“好。”林若蓝说得一点响度都没有。林若蓝是真的out了，还带些土。

“我叫Sunny。”

在Sunny开朗的笑声中，林若蓝开始了在公司一天的工作。

“你这几天的工作主要是看书。”Rainy抱着一堆专业书放在林若蓝跟前，“公司刚刚接手一单项目：为中天地产做一本杂志。第一期，很重要。你把中天地产熟悉一遍。公司书架有一些大型公司的内部杂志，你可以看一看，看看他们怎么做的。”说着Rainy从书架抽了几本为林若蓝一一做介绍，翻一页，说一页，头头是道，专业稔熟，熟到在林若蓝的青春里没有谁像她一样言简意赅，语语直奔事务的靶心，几日后Rainy对林若蓝阅读的考查亦如此。

“看得怎么样？”

“还可以。”

“中天主要是做什么的？”

“生活综合体。”

“这说明你看懂了。”

Rainy说反了，应该是她懂。这是一个专业得可以将自身忘记的人。当随行在喝咖啡，Sunny在和Francy谈卡布奇诺的时候，她拿着相机在拍星巴克的壁画。壁画值得品鉴，Rainy的专业美值得一座城市在一个年份留念。林若蓝有幸看她的设计，但注定无缘一次次感受她在美学上的天赋与才气。当杂志文稿都编辑得差不多时，林若蓝也要走了，因为他这一段旅程到站了。每一个人只不过是另一个人人生别册中的一页，像只蝴蝶滑过湖岸熹微朦胧的夜，留下一抹淡淡的绿痕。谁也进入不了谁的主册。主册不是红得庄重就是黑得沉痛，红与黑。舀一杯梭罗心灵之湖的水，出发，带着轻松的心情，让时间留白，家的感觉明黄泛暖。

江南的雨踩着节点而来，林若蓝听着雨，填下了在家唯一的一首词：

忆江南·雨

多少雨，

漏夜落疏柔。

还似旧时情与语，

轻如幽思细如愁。

七夕又立秋。

雨走了，奥运踏着时间而来，林若蓝心里一点普天同庆的喜感都没有。看看《著作权法》，再看合同门的伤口基本愈合，林若蓝打点行装。

“还要去？”

“对。”

“留在家里不好吗，现在学校建得多好，二十万，重新砌过的，人家等你去做校长你都不做，你还想要做什么？”

“以后再说吧。”

“以后就没有了，人家不等的。”

“不等就算了。”

到深圳，以标准市价住乔惠处，再免费住就说不过去了。林若蓝循着《青春蝶变录》的两个责编名，去了一趟麒麟出版社。

编辑室门口。

“请问赵先生在不在？”

“我就是，你是谁？”一男走上前。另有一男坐在后面位子上抬首看，正是到过剪影谈事的“幕后领导”，麒麟出版社某编辑室主任。

“我是《青春蝶变录》的作者，我想跟你们谈一谈。”

“你叫什么？”

“我姓林。”

赵还在迟疑，坐在后面位子上的领导说话了：“让他进来吧。”

编辑室有两张办公桌，按前后次序而设，临门摆着两张沙发。两人都在软绵的沙发坐下来了，赵还保持着戒备状态。

“你想怎样？”

“我想要回我的版权。”

“你怎样证明这本书是你的？”

什么世道？自己的东西走到哪里都要自证一遍：“不是我的那是谁的，你告诉我。”

整个“奋斗”书系兼剪影其他书系的署名人不是尹，不是丁，而是一个陌生的“陈××”，赵并不答是“陈××”写的，而说：“这是职务作品。”

“不管这本书是什么书，你们至少都侵犯了我的署名权，这些法律你们比我更懂！”

“你要告，你就别在深圳出版圈子混了！”林若蓝没想告，赵就很紧张。赵还想说，坐在后面位子上的领导挥挥手止住了他，核实了一番林若蓝的身份及在剪影的工作经历，接过了话，气息闲定。

“你敢说这本书全部是你写的吗？”

“怎么不敢？”

“编和著是有区别的。”

“除了里面的案例是编的，名人故事是引用的，其他都是一个字一个字敲出来的。”

“这本书你是拿了钱的。”

“什么钱？你去问问他们，我一分提成都没拿到。”林若蓝把尹克扣工资的事做了个简单的回顾。

“工资的事我们不清楚，我们需要了解一下。”

“了解到什么时候？”

“明天你再过来吧。”

“可以。”

看你们明天说什么？林若蓝出门，坐在后面位子上的领导让赵送一送，一直送到电梯口，送得林若蓝颇不敢承受。如果没有被逼，林若蓝并不想告谁，真的，告人很辛苦。他从尹的手里要不到该得的钱，就想着一定要要回他的书，他花了心思写的书，他的第一本书。

林若蓝转到大湾取暑假放在学校宿舍的行李。学校保安都在传："徐陆应聘上经理了，找的女朋友好漂亮哦，我看到过！"言语中充满了无限的尊崇。林若蓝无光无彩地拖着行李走了，一路只有烤得地面发烧的太阳跟随，直到岗镇。

巴城私校来电话了，让林若蓝过去面试。赶在面试之前，林若蓝又去了趟出版社，找到坐在后面位子上的领导。

"了解得怎么样了？"

"不管钱多少，你毕竟拿了。"

"这些钱我都不好意思提，我还给你们。"

"这是你跟他们之间的事，跟我们没关系。"

"钱的事我可以暂时不管，但是我希望这本书能再版，以我的名字。"

"这本书不会再版了。"

"为什么？"

"卖得不好。"

"我上次在深圳书城精品书柜看到过这一本书。"

"这是我们想再推一推。"

"为什么其他书没推？"

"反正这本书我们不会再出版了。"坐在后面位子上的领导气不定神不闲了。

“为什么？”问题又回到了原点。

“现在图书市场很难，什么书都不好做，我们好久没有做新书了。”

“那我的书怎么办？”

“你要你自己去出版，这本书签了五年的合约，也差不多快满了。”

“我想看一看合约。”林若蓝想知道有关“陈××”的更多信息。

“不可能！”领导一口回绝。

“我还是希望你们能出版。”话又转回来了。

“出不了，没办法出。上次巴城有位女作家想出版两本书，我们不想出。她找到市长，我们帮她出了一本，结果根本卖不动，第二本她也不好意思来找我们了。”领导口中的“市长”正是麒麟出版社前社长。出版社的话真假难辨，但态度听得出有几分诚恳，听得林若蓝再没什么好说的了，说了也白说。《青春蝶变录》林若蓝就此在心里搁着，带着出版社一句口头上的话“你要出自己去出版”，和一个林若蓝很多年都没解开的“陈××”之谜。

搞定工作先。巴城有一座帝景南苑，一座帝景北苑。林若蓝应聘的是南苑的南帝景公学，一座董事会治理下的股份制学校。

“去哪里？”

“帝景南苑。”

“去帝景南苑做什么？”林若蓝坐上出租车被司机问。

一个开出租车的开车就开车好了，问人做什么干吗？林若蓝对外界充满负面传言的巴城很没安全感，又不想让人知道没工作，胡诌了一句："我老乡在里面做事，我去看看他。"

车进帝景南苑。

"往哪开？"

"里面有一所南帝景公学，往学校方向开。"

"是不是往右边这条路开？"司机面前有两条路。

"你没来过吗？"

"你来过，你说怎么走吧。"

"嗯……前面应该有一所学校……对，前面有一所学校，就往右边开，开慢点。"

车一边开，林若蓝一边看车外，这是一座融现代气质与皇家气派为一体的园林。车行至园林后山，山脚下有一间学校，林若蓝让车停下了："多少钱？"

"二十一。"

"给。"

司机拿着钱却摇头兴叹："现在连老师都骗人，难怪社会这样！"

"谢谢！"林若蓝帮司机关好车门，笑着小跑，吹着风进南帝景公学了。

几个面试的试讲完，在校长办公室外等着结果。听林若蓝试讲的就一位女老师，教导处负责人，南下的东北名师，姓高，说话绵柔。

"你们在外面等一等，我们要讨论讨论。"

里面在讨论，学校围墙内外的树枝在随风乱摇摆。讨论结果出来了。

"你留下。"

"我？"

“对。明天上班。”

“明天上班？明天有台风，我担心拿行李不方便，可不可以后天过来？”

“不行。明天你把东西搬过来，安顿休息一天，后天学校统一上班。”说话者是学校负责人南铁，面带微笑，笑得有几分南方人少有的硬朗。

上班的时间比普通学校早，林若蓝不愿意，但还是按时而来。帝景南苑按十二星座分列着十二座高层建筑，花草树木泳池喷泉点缀其间，有湖若新月环绕一旁，映着岸上一排别墅。老师的宿舍散落地安排在后山山脚下的几栋高楼里，都是学校董事会买下的，北帝景公学校长是老师仅知的董事会成员之一。林若蓝住白羊座A栋407。几个老师一套房，房间有一台洗衣机。已婚的住里间，未婚的住外厅。透过外厅的阳台可以俯瞰学校中小学部、国际部三排教学楼及楼间的植物园，各排教学楼每层都有走廊相连。林若蓝走出房门，学校勤杂工正打开邻间一套房的门。

“这是谁的房间？”

“申主任的，进去看一看吧。”

“申主任是谁？”

“后勤部主任。”

“不要紧吧？”

“不要紧！”

林若蓝随勤杂工在里面转了半圈：“怎么房间什么都没有？”

“新买的。口渴了，喝杯水，不要紧的。”学校勤杂工随便得像他家似的，从饮水机装了一杯水，也招呼林若蓝自拿纸杯盛水。

晚上开会，南铁宣布分班情况并布置开学准备工作："明天上午大扫除，要求各班教室干干净净，我戴着白手套检查得一尘不染。"

说完，南铁嘴角现出一道弧形的笑，试图冲淡些什么。林若蓝坐在下面听得心里很不舒坦：这是什么学校？

大扫除，跟林若蓝分在一起搞卫生的是个东北大男人，在学校干了些年头了，只管埋头做事，玻璃用抹布擦完了，还哈着气上下来回正反两面擦。林若蓝替他累："已经很干净了，还擦得这么用劲干吗？"

"要做就做好，别问那么多。"

好一个"别问那么多"，不关心也罢。各班都在用洗衣粉冲洗地板，林若蓝有样跟样学着做，一遍遍冲洗。为迎接家长带学生来报到，老师都在如牛似马地忙碌着。

"就这样吧，差不多了。"

"不行，还要把拖把拧干，从前到后再拖一遍。"

"地面都这么干净了，可以照见人了，已经拖了好几遍，还拖什么拖，剩下的让风扇去吹吧。"

"让你做就做，你问那么多干吗？"

林若蓝想说：是你是班主任还是我是班主任？林若蓝没说出口，按他的意见做了。做归做，林若蓝打骨子里可架不住任何一种精致的苦力活，比在老家种田还遭罪。学校把老师招进来就是当劳力使的吗，在最现代的教学楼里？

吃午饭，全部是北方菜。林若蓝拖着疲弱的身体走出食堂，穿过操场，走在第一排教学楼一楼一条幽静的廊道。学校后勤部的人、财、物各室都安于此，没有课室。经过保安亭，有俩保安。

林若蓝出校门，回屋，好好休息，哪怕几分钟也好啊！林若蓝摸着酸痛的肩胛躺下，稍感好了些。午醒，回办公室，一楼过道一个人都没有，路过二楼一间低年级办公室，却见一堆黑黑的头。中午不休息，够卖命的。卖命就能成功吗？林若蓝不敢苟同。三楼，高年级级长骆恒一晌午没睡觉，但精神很好，有种旁人难学的说话总是带笑的能力。

“下午家长要来，班主任都在加班，就你没来。”

“加什么班？”

“怕有家长来。”

“中午有谁来？”

“这是南校统一安排，南校中午都在加班，但发现你没来。”

“发现又怎样？”

“就是给南校印象不好。”

“我不知道加班。”

“跟你打电话，打不通。”

“休息时间我都关机。”

“手机不能关机的。”

“这是我工作手机。”

“工作手机也不能关。”

“好。”林若蓝无话可说了。

“这是今天下午学校要发给家长的材料，其他班中午都装完了，这是袋子，你装一下。”

林若蓝三下五除二把东西装完，走进了他的F1班。还没一位家长来。

两点半，家长带着孩子陆陆续续来了。开学。

F1班是个新混搭而成的班，各个班都被打乱重新编过。这也是南铁统一安排的，操作手法鲜见。林若蓝在班上找不齐原有的班委。F3班班主任兼英语老师段铃在南帝景公学待了两年，熟悉学生，为林若蓝推荐了一位班长候选人，一位不错的男生，就是性格有点拧。林若蓝不敢要，想选个贴心的女生做班长。班上有一位台湾美眉，长得很有宝岛风情，很清新可爱。

“你有没有做过班长？”

“做过。”

“什么时候做过？”

“去年。”

太好了！林若蓝当场拍板：“就选你了！”

班上有个香港男孩，古灵精怪得很，对林若蓝面向全班提的要求充耳不闻不执行，林若蓝单独找他谈话了。

“下课的时候要把桌面东西收拾好，知不知道？”

“我不知道。”

“你不知道，我现在告诉你，如果你今天表现好，我就把文具盒还给你。”

“还有这样的哦？”

“大家都这样，按照要求做，听到没有？”

“哦——”香港男孩一副鬼得很的样子。

台湾美眉不是香港男孩，听话，可台湾美眉毕竟不是凌心茗，林若蓝连扶了几天，台湾美眉总进不了林若蓝想要的角色，忽有一日林若蓝意识到了问题所在。

“你会不会管人？”

“不会。”台湾美眉一副“不会”的样子也楚楚动人。

这下悲催了，开局开成半拉子了。林若蓝一边物色新的班长人选，班级管理一边搁着无多空暇料理。骆恒在办公室里就是个广播站，隔一段时间就传达南铁一项最高指示：学生资料卡发下去马上填，教育局催着交；没给学生办意外保险的赶快办了，南校赶着要；学生想改兴趣班的抓紧让学生改，改完就上报……高老师亦不闲，布置老师写书上教案，检查作业，安排低年级汉语拼音和中高年级生字测评，件件要求精细入微，落实起来绝不马虎。大队部策划学生干部竞选活动，后勤部申主任调整学生坐校车和就餐事宜，事事都关班主任。国际部不甘寂寞，给韩国学生拼床的事也要中小学部男老师帮忙。班务教务杂务跟杂草一样缠在一起，缠得人没有半点喘息之机。

不知道是天气热还是身体累，在洗手间不停流鼻血，回寝室才止住的事林若蓝都无从跟外人说起。很多年没流过了，如此下去怎么得了！

林若蓝不知道还有一件东西他忘了，香港男孩的爸爸以一种怒气冲冲的方式告诉了他：“你干吗没收我孩子的文具！孩子没文具怎么写作业？”

电话里一口香港普通话。林若蓝听得半清不楚，拟确认家长意思后再做解答，谁料确认不成反成火浇油，家长完全改用香港话叽里呱啦得更响了，林若蓝是愈发听不懂了。家长连珠炮似的说个没完，林若蓝如坠云雾，解释连带赔不是。在同一条通话管道里，林若蓝始终搭不上家长的话。家长一副暴脾气，把林若蓝直接告到学校去了。

段铃熟知家长在巴城是投资做工厂的，平日很忙，不好惹，提醒林若蓝：“有事跟男孩妈妈谈，妈妈是内地人，好沟通。”

香港男孩违反学校课间纪律，在走廊上乱跑，被骆恒抓住了。林若蓝想带学生到办公室处理，香港男孩死活不去，林若蓝欲强行带他进办公室，香港男孩敏感到以为林若蓝要拿他怎么着似的，索性赖地不起了："我告诉我爸爸，就说你打我！"

没想过打，就被学生说成"打"。林若蓝抱着把工作做在前头的想法，没顾得段铃叮嘱，拨通了男孩爸爸电话，可事情一解释完，家长就上火了，雷厉风行又把林若蓝告了，告林若蓝小题大做。

才两周，被一位家长投诉了两次，投诉得南铁干脆把林若蓝的班主任职务撤掉了，撤得林若蓝很下不了台。南铁的愿望很好，可林若蓝比南铁先知先觉地看到了F1班会更烂。没谁会听林若蓝的，老师都如齿轮随着学校大机器拼命转。谁跟不上了，就要挨修了。老师不好使就修理老师，学生不听使就修理学生。

教学楼东侧操场，学校集队操练讲英语。骆恒在以级长身份踢队伍后排一男生，正是段铃推荐给林若蓝的班长候选人。

"站直！"

学生不听，骆恒再踢："站不站直？"

学生还不听，骆恒加劲踢："还不站直？"

骆恒持续踢，学生就是不站直。踢了好几个回合，骆恒踢累了，男生还跟一根斜插在地上的门柱似的一动不动，只是无声隐忍泪流。老师都视而不见，没有人表扬学生有骨气，在场行政高老师等对此亦沉默，南铁不在操场，在办公室忙着别的事。

"大家上班时间都别上网，学校真的装了监控软件，南校正在办公室看呢，已经发现了几个，大家小心一点好。"骆恒在播报南铁最新公务活动。

“可不可以看巴城教育网？”有女老师甲与林若蓝都新来，问道。

“最好不要看。”

“学校网站呢？”

骆恒笑着想了想，说：“如果学校让你上你就上，没让你上就不要上了。”

“学校网我也不上了！”

骆恒只笑不说话。

自新任省委书记对代课老师问题作出第一次批示，代课老师问题就在网上闹得沸沸扬扬。

新任省委书记对代课老师问题做出最新批示了，深圳宣布停止招聘代课老师。凡曾身处其中的人都能敏锐意识到这是一次重大变局：以此为标志，深圳正式拉开了全面解决代课老师问题的序幕。可惜有人已经不是深圳的在册代课老师了。林若蓝徒见心上伤口愈又裂，无处述伤怀。午餐时间，操场东，陪学生例行“英语通关”后进食堂，徐陆电话来了。

“林若蓝，你好，我是徐陆啊！”

“徐经理，你好你好！在哪里发财？什么时候我跟你去打工。”

“哪里。林若蓝，我问你一件事，你现在还在不在深圳公立学校代课？”

“没有，他们不要我。”林若蓝笑。

“你现在在哪里？”

“重回私立学校了，在巴城。”

“工资四五千吧。”

“混口饭吃，跟你比不了，人都累死了。如果要我选择，我情愿回公校代课。”

“你知不知道深圳在解决代课老师问题？”

“知道一点，怎么了？”

“我就是了解一下，看你知不知道。”

林若蓝清楚徐陆想了解什么，可知道又奈之若何？之后林若蓝没再接到过徐陆的电话，只是想起徐陆，林若蓝就会想起他喜欢唱的那首《浪子心声》：命里有时终须有，命里无时莫强求。

每一个人都行走在各自的认识旅程上，每一种认识路径都连着一种现实彼岸。林若蓝无从知晓徐陆有没有登上那一班很多人争相坐乘靠岸的船，但南铁三十五岁之前在帝景南苑已确确实实是成功赢取了五子登科，且以一种高高在上的姿态，在全校教师大会上阐释北帝景公学校长用手机发给他的处世箴言：

正直是一种缺点。比尔·盖茨有十句心言：

1．社会充满着不公平现象，你先不要想去改造它，只能先去适应它。（因为你管不了它）

2．社会不会在意你的自尊，人们看的只是你的成就，在你没有成就以前，切勿过分强调自尊心。（因为你越强调自尊，越对你不利）

…………

引述此话的人教初三的政治。二〇〇二年教育部为了推动素质教育，启动了国家三级培训计划，林若蓝和此人在各自的老家分别参加了当地的市级和省级骨干教师封闭性培训。与其说此人是在用比尔·盖茨的话训诫老师，倒不如说比尔·盖茨的话恰是此人多年来心路历程的写照。林若蓝曾在百度贴吧里搜得学生建的南铁吧，满满几页全是关于他的负评。有一段时日，南铁吧人气兴旺，未被封删。难以想象参加完省级骨干教师培训的南铁，是怎么走到巴城一流私校校长之位的，但老师能切身感受到的就是他的做派。

签合同。一份一年期的合同模板，一摞空格合同和一盒印泥散放在茶几上，一群新老师在南铁办公室，行政一个都不在。有几个老师很自觉，在传抄学校的模板。

女老师甲惊诧：“这个合同好像不符合新合同法。”

女老师乙凑过来瞧：“哪里？”

“这里，试用期，我记得新合同法一年聘用期试用是一个月，它这里是三个月，还有这里。”

男老师丙答：“签吧，私立学校有什么法不法，进都进来了，还能不签吗？”

老师乙：“签吧。”

签？不！抄，都抄，相互抄，抄完再签字按手印，按得林若蓝心里很不是味儿。按完手印把一式两份合同在南铁办公桌上放好等盖章，然后转身便走。老师甲愤愤不平，苦笑：“这哪是合同？这是卖身契嘛！”

中学部男老师丙签完合同没几日即请假回家了，再回校即辞职不干了。林若蓝无路可退，唯祈正规的合同法与不正规的合同能庇护他走完一程。

学校有英语女实习生从东北来，段铃分得了一个。于没有分得的林若蓝等人而言，南帝景的事，套用农村一句俗语：比鬼还多。备课备不及，作业改不完，再碰上几个常不写作业又磨蹭的，如香港男孩，辅差问题就是一团麻。能在夜10点打卡下班就了不起了，比清城、鹿城累多了。

“反正做不完，明天再做吧。”接手林若蓝班主任之职的女老师乙在带F1班后累多了。班上的事故时有发生，班级状态如林若蓝预测，持续下滑。在学生眼里不再是班主任的林若蓝的语文课堂最受冲击。林若蓝强扭住了不利形势，挺过了第一次月考，他教的F1、F3两个班语文考得都不错，可谓很好。

可以休整几天了。国庆前夜，该出去玩的都玩去了，没哪去的就待在办公室玩电脑。一位教琴乐的小美女站在办公室一角捣鼓她手上一部满是斑痕的破手机，与她光鲜的形象很不配。

“有没有谁陪我去买手机？”

林若蓝坐在位子上注意到了她，她还在折腾那部让她情绪低落的手机。该回宿舍的都回宿舍了，林若蓝想再待一待，小美女没走，给宽敞的办公室平添了些许暖色和人气。

“你怎么还不回去？”

“我手机坏了。”

“换一部吧。”

“我想啊，没人陪我去。”

“你自己去啊。”

“我一个人不想去嘛。”

“哦。”

“明天你有没有时间？”小美女问得小心翼翼。

“有啊。”

“你陪我去好不好？”小美女在看还等。

“好啊。”林若蓝是个愿逛街的人，答应得喜不露形色。

十一与小美女一起去买一部名为“Nokia 6120C”的手机。两人从巴城西区的一个路口逛到一条步行街，从一间手机专卖店逛到一家通讯专营店，从磨破嘴皮也不肯降五十八元的中域逛到标榜是“多走几步路就可以便宜好几百”的协亨，逛来逛去逛到国美，标价：1488。耶，1500元以下！正是小美女想要的，就是这一款，总算找到了！

她请我喝黄振龙凉茶，跟我讲凉茶的知识，我当时都记住了。她一边喝凉茶，一边玩手机，兴奋了一阵。上网试试吧，咦？怎么不能上网呢，QQ也下载不了？郁闷！看说明书，从新月湖畔一路看到办公室，不行。打13800138000询问吧，直问到中移动也答不出来了。晕！

怀念下午的广东凉茶，怀念新月湖畔的轻风。Nokia 6120C不解风情。

二人约好再去国美。本以为坐车一去，问题就可迎刃而解，但是国美促销员说了：你要么回去拿保卡来换一款新机，要么去东区Nokia服务中心进行软件升级。生气！跟促销员吵了一小架。经权衡，还是先吃饭再去东区吧，就当是逛街好了。

从她喜欢的湘菜馆出来，到东区我们真的去逛街了，因为Nokia软件升级要2个钟。为了打发时间，我们无趣地趟过一条冷清的步行街，在一间都是女人和小孩的麦当劳喝了一会儿可乐，像发现新世界一样在百佳转了好几圈。该买的都买了。走吧，去取手机。走吧，肚子还饱着呢，晚饭不吃了，实在饿了，袋子里还有一大堆饼呢！走吧，终于可以边坐车边玩手机QQ了！

怀念中午湖南大碗菜的回渡鱼，她说它长得很丑。

东区归来，林若蓝写下了此篇博客。

国庆一完，家访日程就密集排来。学生是满心期待和欢喜，老师是强打笑颜。上完晚自习，夜访绿景湾，至十余点，女家长会待人，带孩子亲送林若蓝一行至小区门口。

南铁就不客气了，看林若蓝在F1班语文课堂秩序呈塌陷之势，不反躬自省，反气势汹汹入F1班听林若蓝的课，一个人坐在教室后面当罗汉。林若蓝站在台上讲课，一会儿看看学生表现，一会儿看看罗汉表情，心里有一种被人盯住了的感觉。紧接着，南铁令高老师连续几天入班指导。有机会当面聆听名师的教诲，林若蓝谦恭学习。

南铁处处烧火，老师纷纷自危。

“过几分钟南校会过来参加我们的级组会，大家提前做好准备，准备好会议记录本。”

这很不寻常。说来就来，林若蓝正为学生出一周一份的语文作业纸呢，南铁煞气腾腾御驾亲临高年级办公室。林若蓝禁不住有几分怕，忙乱得在堆积如小山的办公资料堆里找会议记录本，记录本没找到，临时找来一支笔、一张白纸平放在腿上，听南铁发表关于级组工作的几点意见。林若蓝庆幸：意见是冲着其他人而来的。

南铁冲着老师来都是一套一套的，软硬兼施套套都冲着老师来。

骆恒又有最新指示传达了：“南校让我告诉大家，九月份的工资各个老师相差很多。南校还说，下个月的教学精英赛将与奖金挂钩，奖金梯度会很大。”

林若蓝对南铁的指示已经麻木了：“手头上的活儿都做不完，学校搞这么多事干吗？”

骆恒就觉得很好：“钱呢！钱你都不要？”

“人都快累死了，还要钱干嘛？”

“你出来不就是为了赚钱吗？”

林若蓝很不喜欢骆恒的说法：“赚钱是赚钱，但学校的事情实在太多了！”

“你还想不想做？”骆恒以问作应，问题绵里藏针。

“怎么不想做？”林若蓝以问代答，话里硬中带柔。

两人谁也不正面回答谁，骆恒结语：“要做的事抓紧时间做，别问那么多。”

又是一个“别问那么多”！越不让问，林若蓝越想问。林若蓝对这个世界充满了无穷无尽的疑问。林若蓝就纳闷了：很多做人做教育的常识，南铁怎么就不懂呢？

段铃有空很愿跟林若蓝聊一聊：“这个学校累是非常累，但钱也很多，你现在可能感觉不到，等你过了试用期你就感觉得到了。”

爱钱还是爱自由，这是一个问题。

闲下来，林若蓝会翻一翻别人的《一生》，室友常是一本《猪昇的念来过倒》不离手。偶问：“晚上要不要去厚街玩一玩？”

“不去了。”

“是酒店，服务挺好的。”

巴城的“酒店业”异常发达，厚街是其中最著名的据点之一，林若蓝在他城就有所耳闻。

林若蓝还是答：“你去吧，我不去了。”

驾“欲”还是纵“欲”，这是另一个问题。

钱能诱人，色能惑人，世界一次次在检测人的人生质地。林若蓝守着自己看世界。

小美女有了新手机就整天跟实习生泡在一起了。在操场，在植物园，在新月湖畔，在帝景南苑每个角落都留下了她们的倩影。难得周末食堂吃饭时间遇见小美女独坐一张台，林若蓝走过去，才在她对面坐下，她却起身，看申主任一人一桌，坐过去了。两人面对面，一位生得是南方的婉约，一位长得是北国的粗犷，坐在一块儿倒有几分投契。剩下林若蓝就只能努力加餐饭了。北方菜一点都不合胃口，林若蓝在北京可没喜欢上吃北方菜。林若蓝想不通一座南方学校食堂的厨师是北方的，实习生为什么也是北方的。学校的北方因素何其多也。吃完饭，林若蓝、小美女各回各宿舍，申主任则回了他位于第一排教学楼一楼的办公室，办公室又偏又小，非常简陋，远不如同栋二楼的南铁办公室光亮，教职人员鲜有进去过。

南铁亲自发布最高指示了：“明天董事会要来校参观、开会，大家务必保证给董事留下良好印象。”

南铁也有怕的事——怕董事！董事轻轻地来了，正如董事悄悄地去，挥一挥手不带走一片云彩。林若蓝连董事的一片袖子都没看到。实习生实习期满，却看得见听得着感觉得到要走了。

时间是一节一节的，经历是一茬一茬的。人生总是多愁易感。或许是受小美女的影响和感染，在实习生真的走了的日子，迟钝到后知后觉的林若蓝坐在操场边的秋千藤椅上，略微有酸酸的感怀，虽然对实习生的不舍不及小美女，虽然她们几个人还认不全。填一首词，代小美女送实习生，也为一路走来和她们一样美丽的人：华蕊、吉……

采桑子·别离

湖光水畔多风情，
微动涟漪。
轻舞柳枝。
翠色依依绕岸堤。

人生几度似青春，
才始相知。
又遇别离。
从此南北待相思。

相思总在水岸。周末在帝景南苑尚品馆有场“追忆似水年华”知青书画展，骆恒传南铁令，所有老师前往捧场。

“明天画展几点钟开始？”林若蓝问。

“10点。”骆恒答。

“怎么走？”

“我没去过，听南校说在新月湖边，跟会走的一起走吧。”

林若蓝预算好时间，有意提前十几分钟到展，绕了几道弯准时找到，其他老师结队早到了。南铁站在入口盯着林若蓝，脸色很不友善，一副表情跟门神似的。拿老师当什么来使还有脸凶？林若蓝没向南铁解释一个字，单看着骆恒，骆恒走过来只小声说：“你怎么现在才来？快点快点，大家都到了，就你才到。”

“10点，你说的嘛。”骆恒不作答。

展会开始。南铁主持，声色晴朗，有样有型，有几分范儿。北帝景公学校长到展致辞，话语简单如水，唯见人生练达后的返朴，与书画展同样无味。

诗情画意从来多点缀。

第二次月考成绩出来了。林若蓝F3班语文延续在全年级胜出的态势，F1班向下滑落了一个名次，喜忧参半。林若蓝隐隐闻到了其中之危，但并没想到与此同时，南铁坐在办公室敏锐嗅到了其中之机。在老师忙得跟打仗似的时候，南铁躲在森严的现代丛林里的一隅，精心算计了一个时间点——月底、周五，学生刚走后的傍晚，对准了闯进了丛林但又不谙其中法则的林若蓝。南铁没亲自来，派钦差来了。钦差带着蒙娜丽莎式的微笑来了，背朝一室灯火，面朝三五点星光，借着几缕晚风，缓缓打开了手上的绝密圣旨。

奉天承运，皇帝诏曰：

现将逆臣林若蓝逐出帝景南宫，永不入用。

钦此！

但乾坤多变幻，故事并没有按照谢主隆恩的方向发展。

“凭什么？”

“我不知道，南校让你现在去他办公室。”

“你跟他说，我不去。”

“我建议你最好去。”

“要去你去。”

“林老师——”

林若蓝没睬骆恒手上的离职表，回了宿舍，冲凉，清醒。正洗着，有人敲洗手间的门。房门明明锁好的，林若蓝警惕地问：“谁？”

“我！你在里面做什么？”是后勤申主任的声音，音如硬石。

“冲凉。”

“快点！”

他怎么来了？林若蓝边洗边想。

“好了没有？”又是一个声音。

“你是谁？”

“保安。”

“催什么催，马上！”

“申主任让你快点。”

林若蓝打开洗手间门，厅里站着一位面色稚嫩的保安。保安护送林若蓝到南铁办公室门口，完成任务转身下楼了。学校的灯基本都关了，老师基本下班了，南铁办公室灯火通亮，骆恒在南铁办公桌上找资料。学校围墙内外的树影在随风乱摇晃。

人世难逢开口笑，上疆场，彼此弯弓月。

茶几前，林若蓝就长椅横坐，南铁就左侧椅坐，后勤申主任随后进来了，就右侧椅坐，还关上了门。他进来干吗？骆恒看形势不妙，在南铁办公室拣好要的资料，轻步快跑轻拉开门又合上，走了。

“骆恒有没有跟你说？”

“说了。”

“签字吧。”南铁把离职表摆上茶几，摆在林若蓝面前。

“凭什么？”

“月考成绩差。”做坏事的人都有几下先扯遮羞布再反咬一口然后倒打一耙的本事，尤是如此，南铁亦如此。

“为什么F1班第一次好，第二次不好？”南铁不答，林若蓝代答，“你应该从你身上找原因！”

“带班也不好，家长意见大。”

“家长意见是误会，已经解释清楚了。这个班换了班主任之后，不是学生搞断手就是丢相机。我带班时一起都没有，这些你比我更清楚。”

“签字，不用啰嗦了。”

“这个字我不能签。”

“试用期我们有权辞退老师。”

“你们的试用期是违法的。”

“你是签了字按了手印的。”

“按照新合同法，我的试用期早就过了。”

“别废话，签字！”

“为什么？”林若蓝一定要问个水落石出。

南铁略作沉吟：“不好用。”

“早说嘛！”林若蓝气不打一处来，什么叫好用与不好用，扯蛋！听你们的被你们累死，不听你们的被你们搞死。

局面胶着。

“现在知道这些有什么用？签字！”林若蓝没有签的意思，南铁放话了：“今天不签不要走。”

林若蓝起身就要走，申一侧瞪眼：“别走！”

申应该是南铁叫来压场的，联系到南铁日常所言所为，林若蓝越想越气。“有没有人告诉你做事很霸道？”南铁看着林若蓝不答话，“你叫我接下来几个月怎么办？”

“你不是觉得你厉害吗，你去找工作啊。”

“你这个人说话很不负责任！你比我厉害，你现在去找份工作给我看看。”

“早知现在，平时为什么不认真？”

“平时怎么不认真？累死累活，你还要怎么样？”

“达不到我们要求。”

“什么要求？”

“要你做的不做。”

“该做的都做了。”

“学校除了教学还有其他很多任务。”

“什么都是你们说的！”林若蓝把一句长久郁结在心里的话说了出

来。南铁未应，林若蓝的气势再长一成，觉得有必要点一点此人的常识观，“你不考虑别人感受，你叫别人怎么考虑你感受？”

“别跟他废话！”申坐不住了，凭空一声吼，打断了林若蓝和南铁的对话，大手一挥把一张十月份工资结账单和用信封装的一叠钱摊在林若蓝面前，“签！签完就走！”

林若蓝不允许大湾合同门事件在身上重演：“这个我不能签。”

“为什么？”

“事情没搞清楚我不能签，我不想中局。”

“事情很清楚，中什么局？”

“我原来碰到过类似的事。”

“这是钱呢，有什么局？签字拿钱走人，快点！”申声势夺人。

“我要考虑，考虑清楚了，明天我一定签。”林若蓝服软，“我先回去，明天我一定会过来找南校签，你看行不行？”林若蓝再次起身要走。

“不行！我是老板！这所学校是我的！他听我的！”后勤申无所避讳地直指南铁，声音连震天花板，一段“链条”哗啦啦从空而落。林若蓝震呆了，南铁是他“链条”上的一环？林若蓝瞬间想通了南帝景公学的很多事。南铁像只孤独的青蛙坐在红木椅上一动不动，没人知道他那一刻有没有想起比尔·盖茨十箴言的第二条。

一间密室，两个对一个。老师回宿舍的回宿舍了，出去逛街的逛街了。这是一个外人进不来的地方。屋里一片明亮，南铁办公室的窗外树影重重，看不到半点星光。林若蓝调动思维如抽打陀螺，拼力转，转。

“快点！”董事申把一支笔塞到林若蓝手里。

林若蓝象征性地起了个笔画头。思维的陀螺转。

“签！”董事申步步紧逼，身子向前倾。

林若蓝沿笔画头继续画名字。

“快点！”声音一次比一次严厉，林若蓝看得董事申已半抬身，做出一副出手打人的架势。

林若蓝挤牙膏似的画了一笔。

“签个名字要想那么久吗？”

“我们还有事。”南铁一旁催。

林若蓝看着画的笔画，突然想到了什么。你们想要签名，对吧，我给你画一个，留待以后做证据。林若蓝一鼓作气歪歪扭扭画完了三个字。

“给，签完了！你们满意了！”

“早点签就完了。”南铁收局。

林若蓝出门一下楼，火冒三丈：“你们太过分了！你们这是威逼！”

“谁看到了？”楼梯间一片黑暗，不见其人，但闻其声。

什么时候谁也用类似的口气说过一句什么话？深圳大厦2012房四十来岁的男人。时间造化多相似，只不过是人物换了一处场景一套行头。四年过去了，转了个轮回，又转回来了。林若蓝脾气一点都没改，依然倔强不屈：“我要告你们，我不管你们在巴城有什么人！”

“尽管去告，我没人！”董事申缓步走进他向外透着光的办公室，合上门。在黑的深处，留在林若蓝眼前就是一道黑洞门。

夜是如此黑，星光见黑也躲人。从老家出来，其间经历过多少个城市多少个夜，也是如此黑。当同一种夜在另一个地方另一个时间重来，命局又在林若蓝面前铺展。这次如何解？

林若蓝在办公室收拣私人物品，一个老成的保安脚踩一张坐椅在旁边催："收东西怎么这么久？"

"马上就好。"

林若蓝不想跟保安起摩擦，心里只想着要带走一点有意义的，属于自己的东西。我钟爱的语文书哪里去了，上面还有我不少笔记呢？

"我一本书落在教室，我要去拿。"

"不行，就在这里。"

林若蓝看着保安，忍声没发。一人先行下得楼，路过保安亭，林若蓝乘值班的保安没注意，直取属于他的考勤卡回宿舍了。一觉醒来，林若蓝还想起一件事。

"南铁，你把我那份合同给我。"

"晚一点行不行？"南铁还躺在他的床上。

美的你！"不行，等下我要去深圳找房子。"

林若蓝没想到南铁脸没洗就下来了，而且乖乖地把合同给了他。老成的保安站在一边，一脸的看不懂是怎么回事，不知道事件的两个主角是怎么想的。

又到深圳。

这是第几次来深圳了？停停转转，来来去去，不细数林若蓝自己都搞不清了。深圳没有一片土地不是似曾相熟，深城没有一张脸孔不是欲望深沉。又是在第一次到深圳的宝安。入夜时分，林若蓝勉强定下一个潮气阴湿的单间，坐上开往巴城的末班车。

林若蓝斜倚车窗头沉沉，身沉沉，随车穿行在黑幕一样的夜里：这些年自己是怎么了，为什么怎么做都是错？黑夜给了人一双黑色的眼，司机用两束车灯光在前头寂寞探路。

林若蓝坐在深圳通往巴城的最后一趟大巴里，头靠玻璃窗心沉沉，意沉沉，随车行驶在时间的夜里：究竟是自己先跟世界逆了，还是社会先跟自己反了，为什么总是踩不对时间的点？

年初心痕还在眼前，年终关口飘飘忽忽又至，坐在从年初到年终的岁月巴士里，林若蓝枕窗昏沉沉，晕沉沉，与车一起前行在人生的夜里：不逆来顺受会输，当牛做马就能成功吗？

每一座城的每一个人，每一种命运的每一种表情一一在脑海掠过。坐着四年前就停泊在深圳的命运大巴，看车无息无声穿行在四年后岁末深处的夜，林若蓝偎依在窗边思沉沉，绪沉沉。谁都不知道谁的命运，没人算得出命运会在哪里刮风下雨，又会在谁的头上电闪雷鸣。当思绪在时间的年轮里绕了一个圈，重新转到上车前匆忙定下的不光不亮的单间，林若蓝自问：不走回头路看不到通路，走回头路就有出路吗？一种记忆深处的动荡、不安、危险、阴暗、深不可测还有窗外黑漆漆吞噬一切的夜齐袭上心头，一种从未有过的想法从时间的无底洞里像电光火石蹿上来：在广州借住几个月，跟兄长同城一次！

“我明天要到你那里住一段时间，我被人侵权了。”

“别提这些，过来吧。”

处理完南帝景公学的事，再做打算，我就要看看这个世界朝哪个方向转，到底有没有人管？即使输也不能让自己养成逆来顺受的习惯。

林若蓝拨通了段铃的电话，想跟她聊聊，听听她的声音。林若蓝告诉她不知道的。

“后勤部申主任是学校董事。”

“这样的？不会吧？我不知道哦，看不出来。”这是段铃的第一反应。

段铃告诉林若蓝不知道的。

“原来有一位老师跟你一样，去告，后来也没听到什么消息。”

“我就想试一试，看一看他们有多深，试不动就算了，过完几个月我就不跟他们玩了。”

“我建议你最好不要去告，他们钱很多的，又有背景，随便疏通一下你就输了。”

段铃说得明白，但林若蓝执意要试。进帝景南苑近校门，遇见南铁，林若蓝想起了他的教学用书。

“我要去教室找我的语文书。”

“语文书是校产。”南铁的物权意识颇强。

“上面写的字是我的。”林若蓝的知识产权意识不弱。

“书是学校的。”

“你把我写的那些字还给我，书我不要。”

“我没功夫跟你闲扯。”

“没功夫闲扯就把我的东西还给我。”

南铁不理。

书不给我，对吗？“我还有一只铁碗在食堂里面，这个属于我的，你应该给我吧。”

南铁无话可驳，居然答应了。林若蓝很不满意，南铁很不情愿，指着面色稚嫩的保安：“你跟他去。”

搞事的人搞多了总会提心吊胆，以己度人怕别人搞事。林若蓝进去了，整个校园是黑乎乎的一片。

“你要一只碗干吗？街上哪里没有？”保安不解，林若蓝不答，“你不要跟他们斗，他们在巴城很有势力的。”

林若蓝还是不答。林若蓝不想与任何人斗，也管不了这个社会，但必须管住自己的一亩三分地，决不允许任何人以任何名义在自己面前耍横使诈。保安老实地跟着林若蓝兜了长长的一圈出来了，南铁心里最内荏的一面通过色厉的方式表现出来了。

“明天早上8点之前必须离开学校！”

“可以！我警告你，明天早上8点之前你别乱来！”林若蓝还是怕南铁，怕南铁三更半夜又会算计出什么新诡计，在一个僻静昏暗的地方，在一个喊“救命”都鲜有人挺身而出的时代和一座被外界传言为东方巴格达的城市。

白羊座407。室友躺在床上还在看《倒过来念的是猪》。

“明天走？”

“对。”

“去哪里？”

“广州。”

长相思

天空濛，
雾空濛，
一碧春水静伴城。
满街凉意浓。

风不休，
雨不休，
似识游人点点愁。
声声到心头。

广州，广州，零零乱乱一堆麻绳几筐箩。

预估到南铁可能采取的后续行动和话术，林若蓝在巴城通往广州的路上跟F1班的家长发了一条预知短信：

因无南帝景公学单方面解释原因，我于今日离开巴城。诚祝诸家长健康幸福，孩子快乐成长。林若蓝敬。

有相熟家长发祝福回敬。绿景湾家长回信："有空回巴城可以来找我。"

南帝景公学如何风起云涌不管。再返巴城时，林若蓝手握铁证，直奔巴城西区劳动局大厅的劳动纠纷办理窗口。

"我要投诉南帝景公学。"

"你应该先去找街道办。"是一位女孩。

"刚才我从街道办过来，他们让我来找你们。"林若蓝直接用话顶回去了。

女孩受理。林若蓝还想探一探劳动局水深。

"原来你们这里是不是有人投诉过南帝景公学？"

"好像有。"

“什么时候？”

“一年前吧。”

“结果怎么样？”

“不记得。”

“能不能帮忙查一查？”

“不能。”劳动局小姐转身办其他事去了。

第一次到劳动局打官司，第一印象：C。

出得劳动局，林若蓝给绿景湾女家长发了一条短信。女家长一如既往会待人。

韩国料理店。

女家长很自然地问：“怎么回事？”

林若蓝都不知道怎么回答：“可能是自己的原因吧，说不清楚。”

纠纷都是一句两句说不清道不楚的。林若蓝并不想在家长面前提南铁，也没提他正跟南帝景公学的官司——扫兴。什么杂就聊什么吧。韩国料理口味不错，吃法跟北方菜相似，但比北方菜更合口味。女家长不免俗，也问林若蓝年龄。

“你今年多大了？”

女家长问得没居高临下之感，林若蓝没抵触地正面回答了。

“我也是同一年的。”

“这么巧？”林若蓝既喜又卑，“惭愧。”

“也没什么，出来得比你早吧。”

“你什么时候出来的？”

“十四岁。”

“十四岁？这么早！”

“当时我爸妈不肯，我一个人拿着我姐姐的一张地址偷着就出来了。”

“向你学习。你应该经历过很多事情。”

“也就这样过来了。”

“你应该把它写出来，或者请写手帮你写。”

“不了，现在我就希望孩子好，自己没读过什么书。”

“孩子很好，很懂事，真的。”孩子是个好帮手，是当班长的料，林若蓝发现得晚。

二人边吃边聊，当注意到天色时，天色已晚。

“这么晚，你怎么回去？”

“去车站。”

“怎么去？”

“打车吧。”

“不要打车，我平时也坐公交，很方便，可以直达，这边。”家长引路，“注意两边的车。”

林若蓝一边随女家长走，一边感叹：这不就是马一婕常说的“替人着想”吗？此同龄女子远比南铁更懂处世之道。

因官司的事，林若蓝与劳动局小姐还有几次联系。有一次她打电话，就为了让林若蓝从广州到巴城在起诉书抬头补一个字“市”，把被诉人名字“巴城南帝景公学”改成“巴城市南帝景公学”。

“不去不行吗？”

“不行。”

“为什么？”

“开不了庭。”

“为什么我当时交材料你们不提？”

“当时没看到。”

没看到？说得轻巧。巴城添完字回来，林若蓝将劳动局评级降至C-。

再见南铁是在开庭日，临近新年。当林若蓝走进劳动局时，南铁已经有了一个新身份：帝景文化艺术有限公司法人代表的代理人。法人代表既不是北帝景公学的校长，也不是南帝景公学的申董，但南、北帝景公学都是该法人代表麾下机构。南铁坐在大厅的椅子上，身体放松地靠着身边的桌台，一副买通了劳动局的样。林若蓝礼貌地跟南铁打招呼：“不好意思，我来晚了。”

南铁保持不客气的作风，不说话。林若蓝依然礼让，让南铁先行。仲裁庭庄重肃穆，南代理在被告席第一个位置坐。时间是一块磨石，磨掉了林若蓝与南铁针尖对麦芒的气力，就原告席第三个位子而坐。座位硬硬直直的，和天一样冷。身后的窗户没关严，风吹得紧。林若蓝起身关窗，回位坐好。仲裁官正襟危坐在高台上，年轻白皙的肤色与一身红与黑的法袍很不协调。高台之下，原告被告席前是记录员的电脑席，劳动局小姐负责录入。

开庭。仲裁官提问：“原告在被告处工作起止时间？”

答案是申诉书上有的。林若蓝以注目礼面朝仲裁官作答，谁知仲裁官瞬即收回眼光垂头看台面。原告再看被告代理，被告代理正看着原告，也在察看什么。记录员从电脑后露出一小半边脸，如贼望风向原告瞟了一眼。没谁注意，仲裁官的提问声又起："被告学校早餐时间？"

仲裁官的第二个问题问得林若蓝很出乎意料。早餐时间？还要原告答！答案是申诉书上没有的。原告再看仲裁官，仲裁官又作低头状。原告暗忖比对着在场几人的眼神说了个大概："嗯……7点半左右吧。"

原告答得并不准确，没谁提醒，被告代理自动自发接过问题："学校早餐时间是7点35分，学校第一节课时间是……"

被告代理把南帝景公学一整天的作息时间都说完了。一说完，仲裁官即宣布："开庭到此结束。"

年轻的仲裁官一宣布完即走下高台，走出仲裁庭，谁也不看。

这是林若蓝第一次与仲裁庭打交道，一开庭就只两个让原告答的问题，至闭庭都不让被告入案子正题。没三分钟就结束一场庭审的仲裁官，从始到终都不敢与原告正视。

相信法律是一种不可挽回的错。

林若蓝关注重心全面转向广州。年前参加了一场失败的公务员考试，放了一所学校的鸽子，也被一所学校放了鸽子。大年初八，林若蓝就忙着留意教师招聘信息了。在离学校开学的前一天，在网上看到东天区一所学校的面试公告。捣过几路大巴，问过几多路人，绕过几个拐角，穿过几条内巷，终于到了。有门卫隔窗坐在椅子上如泰山："招聘老师的是我们的分校，面试地点也在分校。"

"那，那分校在哪里？"林若蓝都走得累到说不动话了。

"岭南大学知不知道？"

"没听过。"

"分校就在岭南大学西门。"

“怎么走？”

答者答得行云流水，听者听得云遮雾绕。林若蓝的路感差，以分解多步应用题的方式问了好几遍才搞懂。到分校，分校早有求职男女进出。林若蓝站在资料审查点前，审查官坐在办公位上逐页翻阅着林若蓝的资料，半晌不说一句话。等到审查官问起，声音就显得突兀了。

“你去过很多地方？”

“不多，没几座。”林若蓝不想多说。

“为什么想到来广州？”

“有亲戚在这边。”

“证书给你，简历学校留下。今天你先回去，后天上午第四节课现场试讲，试讲的课文是《一城山与一城水》。这是语文书，你可以回去准备。”

“不用了，今天上吧。”林若蓝不想来回老远跑，也没见过提前告诉应聘者试讲课题的。

“今天没学生，要等开学学生来了才能上。”审查官凉飕飕的姿态与广州二月的寒意如出一辙。

所有的程序都很格式化，林若蓝早就没感觉了，想不到要准备什么。两天后，林若蓝提前一小时赶到分校门外。在一家清冷的餐饮店，吃了一点面，草写了几条教学过程，在网吧查了几个词语的标准解释。进入校门，在审查官的办公室候考。又翻了翻课文，有个字声调不确定：“能不能借你桌面上的字典用一用？”

审查官没问“你怎么应聘还查字典”，却说：“等下要还给我们的。”

“没问题。”

林若蓝查完字典，走进课堂，评委已一字排开。才讲完，一位女生跑过来：“老师，你讲得真好！你教我们吗？”

林若蓝无权应允，只笑着回应：“谢谢！”

审查官微笑走上前来了：“不错不错！你擅长上哪个年级？”

“中高段……”林若蓝还想补充细说，审查官指着黑板上的字说：“你这个字中间一横没出头，出头就对了，可能你写的时候没注意。不过不要紧，小问题，下次注意就可以了。”

林若蓝的讲课通过了。谁也没放谁鸽子。可喜吗？有一点，确切地说是惊险，在开学的节点找到了临时的依靠。虽说待遇比大湾差些，但先歇一歇吧，有空再找点事填一填，比如家教之类的。想到此，林若蓝知足了。

执掌分校的是一位郑校，审查官负责教导处，人称何主任。开学没特别的事，日子井然有序。劳动局小姐例行公事来电通知林若蓝了。

“仲裁结果出来了，你到巴城来拿吧。”

随着时间推移，林若蓝对巴城的兴味渐渐趋淡了：“你直接告诉我结果吧。”

“你过来拿就知道了。”

“我已经上班了，你叫我怎么去拿？”

“你请假过来好了。”

“开玩笑！你直接告诉我不就得了吗？”

“不行。”

“为什么？”

“这是规定。”

“什么规定？”

“规定就是规定，我也没办法。”

“为什么开学前不跟我打电话？”

“案子结果才出来。”

“一个简单的案子要研究这么久吗？”

“这个我不知道，我只负责通知。”

从跟劳动局小姐打交道起，她态度就没怎么好过，想起专程补一个字的事林若蓝就来气。林若蓝对劳动局一点期望都没有了：“你不说我也知道。”

林若蓝说了什么吗？也没说什么。林若蓝话音才落，劳动局小姐就突然发飙：“我不说，你还没看，你怎么知道？我已经通知了！”紧接着电话“啪”地挂了。贞烈的劳动局小姐作为劳动局立在世人面前的贞节牌坊，再没跟林若蓝打过电话，林若蓝也没机会重回那座充满传言的巴格达之城。在案子时效期过后，林若蓝还打电话确认过案子结果，劳动局小姐不再谈“规定”的回答印证了段铃当年的预判。后来南铁有一句话流传出来，为事情做了一个最好的注解：我们能在巴城办学，说明我们有社会背景，有经济实力，无论你通过什么方法都没有用！

小美女到广州读书了。一天，林若蓝下班在学校办公室研习教学光碟，收到小美女的Q言：“你走后，南铁在全校开会批斗你，批了两个小时。”

南铁还会这一套？谁比谁做得出格谁还不清楚，至于吗？林若蓝回道：“让他批好了，他不会有好结果的。”

小美女在广州城的另一头，用另一种方式表达了对林若蓝命理说的认同："对，他会有报应的。"接着小美女在Q里把南铁批了一番。小美女同样很讨厌南铁，讨厌得入骨，讨厌的理由与林若蓝惊人的一致。

"你告他告得怎么样了？"

"先放一放吧，我现在在广州。"

"什么学校？"

"东天荟园。"

"工资多少？"

"很平啦。看看下半年能不能进一所工资高一点、各方面都好一点的学校。"林若蓝等小美女回Q，等的结果是小美女下线了。

为了工作方便，林若蓝参照北大住宿标准，在岭南大学一栋旧公寓楼里与一位年轻编辑合租了套房中的一小间。房间没接网线，但编辑一到晚上都喜欢拆弄几下他的二手电脑。两人的房东也是二手的。林若蓝入住第一天，住隔壁人间的二房东即要求林若蓝把押金交完，并另交一个月的房租。

"我今天刚搬进来，很累，身上没带多少钱，我晚一天给你吧。反正我们天天在一起的。啊？"林若蓝诚心实意赔笑脸。

二房东一冷脸："今天交，出门走五分钟就有一家银行，住进来就交，我都是这样的，你干吗搞特殊呢？"

林若蓝看着二房东，没说话。二房东识相，亦没多说，但一脸呆板。

"给！"林若蓝在外面走了十几分钟才找到银行，进来掏出一沓崭新的票子亮到二房东眼前。

二房东见到钞票笑得比钞票还闪亮："老师，我也是没办法，原来碰到过拖欠租金的房客，把我搞怕了，我知道老师不是这样的人，希望你理解。"话说完，二房东几根如点钞机灵敏的手指把钱数了一遍，数完了不放心，又慢镜头数了一遍，"对，就这样。"

"你给我写一张收条吧，签上你的全名，注上你的身份证号码。"

"身份证号码就不要写了吧？"

"干吗不写呢？我租房，房东都是要留身份证号码的，你就不要搞例外了。"林若蓝以其人之道还治其人之身。

收条落款：苏原。

二人各住各房间，没事谁都懒得搭理谁。

林若蓝6点半会起床，看一会儿书，到食堂吃个早餐。饭堂的味道很合林若蓝的胃口。走在周末空旷的校园，呼吸清新空气，林若蓝舒展手臂感受冬去春来的气息，时间像一只晚霞中的红蜻蜓，浮在指尖当作风中的芦苇，栖。广州啊，春光美！

春光伴春风。周五，学生基本上走了，林若蓝坐在三楼教室讲桌前的座位上批改作业，顺便看值日生夕扫。一个学生神色惊慌地跑过来，正是夸林若蓝试讲课好的女孩荆文："老师老师，打起来了，流了好多血！"

"谁，在哪里？"

"在……在二楼……老师办公室……门口。"荆文急得说话上气不接下气。

林若蓝撂下红笔，直奔出事点。看着地上一摊紫血，再看看捂着头蹲在墙角痛苦的安满和栏杆边呆若木鸡的康光，江南妹、文老师等在围观。林若蓝抓起放在办公台的手机拨通了家长的电话。

安满的爸爸和康光的妈妈很快到了，一起去到医院。医生慢条斯理地拿剪刀，取纱布，开探照灯，用镊子拨看伤口。学生尖锐的疼叫声凄厉，林若蓝听得心里纠结，安爸康妈却面目平静。

“没事的，休息几天，以后来换药就好了。”医生的声音像手里的纱布，单调没色彩。

没事就好，都担心出现后遗症呢，幸好是皮外伤。事故处理完了，林若蓝坐在晚七点的餐厅如是想。林若蓝还有一桩私事：参加西江区专门面向社会人员的招调考试。

你说紧要吧，也不紧要。林若蓝自身的条件只能报西江一所学校的特教班，特教怎么个特呢？一点概念都没有。林若蓝对考试不报特别的希望，面试过后资格审查需要的户口簿都还没从老家寄来。白天问过邮局了，邮局说：“快件在路上，估计明天会到。”

“明天什么时候到？”林若蓝希望是中午之前。

可邮局答：“不好说。”

不好说归不好说，但邮局记下了林若蓝的手机号，承诺快件一到就通知他。

你说不重要吧，也重要。林若蓝盘算着：即使通不过，了解广州招调考试的程序也不错。明天就要面试了，会面试什么呢？林若蓝快速吃完面条，在网吧选了一处清静的座位，浏览了几条热闹的新闻，查了几条特殊教育的信息。林若蓝试着去看更多关联性的东西，却发现零散无章的信息在头脑中乱云飞度。林若蓝打起精神睁大眼睛集中注意力记着，直到屏幕刺得眼疼泛泪了，林若蓝才安慰自己：算了，我已经看了两个小时了，够了。

周六清晨7点4个字的西江大道，行人寥落晨星。

“南一横街18号，南国酒店后面。”林若蓝手执地址条，看着眼前的路琢磨：南一横，后面？广州的路复杂得离谱，林若蓝的方向感也差透了。南国酒店门前有一保安，林若蓝上前打听，保安只说：“向左。”向左？向左凹处是一片水泥场，停着几辆过夜的车，再往里是些乱七八糟的低矮民房。这哪里是学校，校门都没有。林若蓝想问得再细些，保安背过身去，在门前广场踱步，踱来踱去都有意避着问路的人，其架势分明在说：“我已经回答了，别再问我了，我不是专职的问路指南。”林若蓝左看看，右看看，前探后望，像一只找不着伴的牛犊顺着左手方向的一条人行道踽踽而行。街道两旁的门面还没醒，档口都没开。向左走，走到哪里为止呢？路很长，难见人。正好有一家薄饼店在营业。

“老板……”

女老板探出身来反叫道：“老板，你要多少？”

“请问南一横街……”

“不知道。”女老板把才拿起的切刀重重放在切板上。

林若蓝很没趣，继续往前走。走过几个巷口，又走到一条岔路，遇见一位穿白背心、着深裤衩的散步男。

“先生，请问，你知不知道阿甘学校在哪？”

“没听过哦。”散步男一口广州腔。

“南一横街18号呢？”

“离这里很远哦，你到那边再问问吧。”

林若蓝看着散步男手指着南国酒店的方向，头都晕了，还没往回走呢，腿就发软了。林若蓝头皮发麻地走在刚刚走过的人行道上，焦躁得不想考了。在决意放弃之前，林若蓝站在南国酒店前的广场上，拨通了阿甘学校校长的电话，电话里的声音比保安有耐心。林若蓝顺着电话里的提示，走过南国酒店左边凹处的一片水泥场，转进一条小巷，绕过一排错落无致的低矮民房，拐过几段弯曲的青灰石板路，豁然开朗。一块宽敞的水泥空地立着一道围墙，围墙中间嵌着一道门——就是阿甘学校了。找到了！时间正值八点。

林若蓝用镜子照了照表情，再用纸巾擦了擦皮鞋，走进了阿甘学校大门，走进了学校一楼的候考室。说是候考室，其实就是几张学生凳和桌，一间课室而已。先来者把后面位子坐满了，林若蓝是后来者，就第一排空位而坐。座位前面有一女督察官在巡视。

"人到齐了！下面我把我们的面试程序和纪律说一遍……"督察官讲得严正，林若蓝听得随便，顺着她的安排抽了个面试签，末号——又是最后一个。1号、2号依序出去面试了，林若蓝坐在位子上无所事事，看着身边的两三位女面试客在纸上沙沙写着什么。林若蓝向女督察官要了一张白纸，想着也写点东西。写什么呢？写为什么报考特教吧，主考官一定会问。为什么要考呢？林若蓝边想边务实地列了几条，默记于心。默记完，林若蓝突然意识到要看看手机有没有最新短信或未接来电，不为别的，就是老惦记着快件到了没。邮局还没给电话，女督察官给话了："面试老师不准玩手机，手机都关机或调为震动！"

"不好意思，我不知道。"林若蓝调好手机，乖乖地把手机放回随身带的包里。

只有等了！等上场，等过不知几轮面试，上场没等到，等来了手机一阵长长的震动音颤，林若蓝感受到了，心想估计是邮局来电。接还是不接呢？接吧，人家不同意；不接吧，心里不踏实。万一是户口簿在指定时间到不来呢，那岂不是白面试了？林若蓝闷得想出去走一走。

“老师，不好意思，我上趟洗手间。”

“不行，面试完了再去。”

“我最后一个，还有好久呢。”

“包不准带走，统一放在前面。”女督察官手指着靠墙的位置，地面早已经摆满了面试客的各种包。

林若蓝把包放好，出去了，背后严正声音又起：“下面我再把我们的候考规则重申一遍，各位老师必须严格遵守。一……”

林若蓝上完厕所，在外面溜达了一圈，回到候考室，心情舒畅多了，就等着面试了。

走到二楼面试室入口，面试无数的林若蓝还是被慑住了：一间大教室，一排评委横坐于窗前，正对着门口，中间单摆着一张学生椅。林若蓝把教室从右到左扫视了一遍，又从左到右环视了一遍，抬步走进考场。先作自我介绍，抽题，再接受询问，进行答辩。

一问：你对特殊教育了解多少？

林若蓝把网上能记住的都掏出来了。

二问：你为什么报考我们学校特教班？

林若蓝把在候考室写的背出来了。

正题考得正儿八经，副题聊的是家常：“你在广州有没有亲戚？”

实答：“有一个哥哥在广州。”

当林若蓝走出面试室，拿着面试不久即出的成绩走下楼时，几位面试老师正围在楼下的楼梯口议论什么。林若蓝向校门口走去，边走边把手机调回正常状态，再回拨留在手机上的未接来电。是邮局的！户口簿到了，而林若蓝却高兴不起来，因为他没觉得考得多好。

“哎，你考得怎么样？”一位大龄女老师走上来搭讪，两位面试老师跟在后面。

“一般般。”

“多少？”

林若蓝并不想答，反问对方：“你多少？”

“68.5。”大龄女很坦诚。

68？林若蓝从大龄女的分数上找到一点点成就感：“我也很低，71.5。”

“你有戏！”大龄女老师真有意思，听到林若蓝的分数比林若蓝还兴奋，“我刚才在阿甘楼下问过，我发现最高的就是75，其他都是60、50的。你别关机，他们马上会给你打电话的。”

“这样的？”看着大龄女热情，林若蓝不好意思对人太冷淡，“谢谢，谢谢，我真的没想到。我对特教一窍不通，他们的问题很难。”

“问什么问题，你抽得是A题还是B题？”大龄女老师的问题一个接一个，“他们最后是不是问你会不会说广州话？”

“是啊！我说我不会。就这样结束了，其他的都乱说的。”

大家都笑了。林若蓝的电话铃声响了。

“肯定是他们的！”林若蓝还没接电话呢，大龄女老师先说了。她说对了，是阿甘学校校长的电话：“林若蓝老师，我们正式通知你，你已经顺利通过我们的面试，请你带齐相关资料，下午准时到西江教育局进行资格审查。”

“恭喜你哦！”大龄女老师保持着热情态势，“接下来，你要参加试讲，这里面试成绩不带入下一轮测试的，关键看试讲，估计是给你一篇课文让你现场讲。我认识一位老师，去年参加阿甘学校特教的一次试讲，上的是普校一篇二年级的课文。我们的二年级就相当于他们的六年级。”

“我没想那么多，也管不了那么多，幸运吧。”林若蓝手夹着包，和几位没过面试关的老师走在广州老城区悠闲清凉的小巷里。

“我看你很自信。”这是大龄女老师对林若蓝说的。林若蓝笑笑没接话，大龄女老师转而向身边的女伴说：“我开始看到他，就觉得他一定会过。”

女伴不像大龄女老师好谈，强抬头，气运丹田：“没过更好，搞特教干吗？我听说特教的学生很难教的，下一次报南番、北越区什么的，广州经常有招调考试的。”

第三位女老师很是认真。几个人边走边聊，而她一路都翻着为面试而准备的资料，嘴里叽里咕噜地一会儿说这里漏了，一会儿说那里错了，脸上写满了懊悔和遗憾：“我就是觉得对不起我妈妈。”说完独自笑得起劲，起劲里有一种空洞，空洞里是一种愈掩饰愈显示的失落。

十字路口，四人散了。

林若蓝马不停蹄地赶往邮局，拿到审查要用的户口簿，回到住处，找齐资格审查的证件并复印。一切妥当，就等着试讲了。

资格审查归来，林若蓝给某家教中心打了个电话，接线小姐言辞轻柔婉转：“我们暂时没有你想要的家教服务，如果有，我们及时跟你联系好吗？”

看到接线小姐的来电，林若蓝正斜倚在周日的床上看书。

“林若蓝老师，你好！你要找的语文家教我们帮你找到了，现在你能过来一趟吗？”

“今天很晚了，都7点了，明天下班我去你那里吧。”

“家长说今天就要确定语文老师，你不过来，明天可能就没有了。”

林若蓝依循接线小姐的话术指引，备好包，走在暮光的街道里。街上熙来攘往，几对情侣如迎春花点缀其间。家教中心的厅堂灯如白昼，一群大学生挤挤挨挨地在柜台前扎堆。接线小姐联系上了家长，把话筒递给林若蓝。

“是林老师吗？”

“邓小姐，你好！”

几句寒暄之后，家长首先聊起了孩子，林若蓝边听边应和几句。应和得可以了，林若蓝问：“你看我们什么时候见个面。”

“什么时候我都无所谓，一般我都在家。”

“那下个礼拜六上午10点吧。”林若蓝替家长确定了时间。

10点的夜，广州霓虹闪烁；10点的岭大，小径树影婆娑。林若蓝回到住处，一身湿热。

周一返校，文老师凑上前来，满眼焦虑：“怎么样？”

林若蓝知道她想知道什么。两个学生是她留在办公室外面的走廊做作业的，她是直接责任人。但是出事当天学校没让她去医院。

“学生无大碍，家长看上去都比较好说话。”

“我也不知道怎么搞的，就出这样的事了。”文老师干笑着有意想做些解释，林若蓝并无意听，按例到班上巡视，提示值日班干带读。安满的座椅静静地空着。康光肩背干瘪的大书包，一副犯错的样子站在门口，他一般都来得很晚。

“报到。”康光挤出两个字。

“进来。”林若蓝控制着没生气。

晨会时间还没开始，林若蓝拿起黑板擦，一遍又一遍地在黑板上擦着什么。有学生笑了，笑声轻微，如窗外的风。

“老师，黑板很干净，你擦什么呀——”音故意拖得老长。听得出来，嘴形夸张，说话的正是大头李——李投。

黑板擦停在黑板上：“读书！”

林若蓝回身，没抬头，捻起两支粉笔，在黑板上勾了四个黄底红边的大字：安全第一。第一节课是班会。

周二，安满还没来。孩子要休息多久，家长都不打个招呼。

周三，林若蓝接到西江的试讲通知，时间是周四上午10点30分，电话里特别强调要准时，逾时不候！林若蓝不敢延搁，下午请假。郑校不在，去总校了，林若蓝找到何审查官。何审查官应得高调。

“好啊，好好考！”

“随便玩一玩。”林若蓝尽量往淡里说。

“什么学校？”

“阿甘学校，一个特教班。”

“哦，为什么不报其他学校呢？”

“他们的招考条件很多，有一些条件我够不上。”

“什么条件？”

“比如年龄啊，还有其他些无聊的条件，很烦的！”林若蓝承受不了何审查官的话题审查，改说道，“我明天两节语文课已经和数学老师调好了。”

何审查官还停在她的思路里：“以后有机会你可以报报南番，南番工资高、事情少。东天不要报，待遇没人家好，事情又比人家多。”林若蓝没想得多远，何审查官却想得细，“我有几张小贴纸，说不定你明天用得着，你要不要？”

“好哇。”

当日，林若蓝在小美女的Q里敲下一句话：“我报西江特教了。”林若蓝想在进西江考场之前听到小美女打气的话，小美女却绕着“特教”打转问了几个什么和为什么。问得烦了，林若蓝回：“我也想报普校，年前我去过一次你老家，想参加你老家教育局的公招，但你们那里只招本地人。”

“对，我们老家就是这样的。”

小美女，珠三角某城人。林若蓝看着小美女的Q言Q语，不知道该写些什么好了。小美女没说一句祝福的话，下线了。

莫道谁行早，还有早行人。林若蓝提前到阿甘学校，第一个参加试讲的七点半就到了。林若蓝感到了一些些紧张。

“这个怎么考？”林若蓝和阿甘学校的保安聊天，也就是随便聊聊，顺作打听吧。

“我不知道，”说是不知道，保安却又紧接着说，“但只要你上课把他们的眼睛吸引住了，让他们眼睛死死地盯着你就成功了！我在这里做了好几年，我听他们老师都是这样说的。”保安气息很足，舌头利索，说话不带标点符号的。林若蓝笑了，笑后余留几多晦涩：怎么吸引？林若蓝望着教学楼，一片寂静，同样寂静的是身旁一棵吐绿的树。“可以进去了，那里那里看见没有，一楼楼梯口！”保安指的是可以进备考室了。备考室就是面试时的候考室。

林若蓝把试题和教材比对思考了好几遍，没完全看懂。试题要求教生字。一篇课文，一半是会认字，一半是会写字，怎么教？先写容易的。教学目标笔走龙蛇写完了，导入怎么写呢？林若蓝边写生字卡片边想教学程序，教学程序没想通，林若蓝被一个声母“t”拦住了。“t”在四线格里是占一格还是占两格呢？占一格，不像；占两格，别扭；占1.382格，嗯，好看多了。占几格还不是难的，难的就是怎样教生字了。林若蓝从教以来常听低年级的语文课，可从来没上过专门的识字课，这可让林若蓝头疼死了。林若蓝一头写着，一头愁得就差没咬笔头了。

“时间到！”面试时候考室的女督察官在备考室充当起判令官了。

“这么快？”

“教案没写完不要紧，我们主要看上课，上完课你还可以写。”

女督察官还身兼引导官之责，带林若蓝到二楼试讲室，打开投影仪后就下去了。林若蓝开始上课。

“同学们好！”学生没回声。有几个女生的眼睛忽闪忽亮的，不知何故。

“老师是特别喜欢交朋友的人，你们喜欢和老师做朋友吗？”

“想。”学生中有一两个微弱的回音。

“来，喜欢交朋友的和老师握个手。”林若蓝伸出手走到一位坐在前排的女生跟前，“来！”

女生半戒备半疑虑地打开右手，在欲伸又缩的瞬间，林若蓝一把抓住女生的手握了起来：“你好！你好！”

林若蓝不失时机地撕下一片小贴纸贴在她的手上：“你真棒！”

女生抚弄着彩色贴纸，舒缓地笑了，林若蓝也笑着舒了一口气：“还有谁跟这位女生一样棒！”

老师高举贴纸示意学生大胆举手。这一招不错，有几个学生跟老师握手了，更多学生获得了小贴纸。林若蓝激情高涨：“现在我们就是朋友了。你们知道我从哪里来吗？”

“很远。”投石问水只泛得起一点没有多少生气的涟漪。

“你说的很远是哪里？”

前排女生摇摇头。林若蓝迷茫地看着十几个学生，学生迷茫地看着林若蓝。

“北京！”一个声音突然响起，短促有力，是坐在后排的一位女生。好答案！救场的好答案！学生眼睛闪耀着期待老师赞美的亮光。林若蓝给后排女生高调地贴了一枚大贴纸，继续引导：“你们知不知道去年8月8日北京举办了什么运动会？”

没学生应。没人知道？

林若蓝换一种提问方式：“去年北京举办了一届奥运会，开幕式非常精彩，你们看过吗？”

“看过。”前排女生的声音如平板。

“看过？太好了！今天我们就来上一篇和奥运有关的文章。”

林若蓝由此导入正文，板书课题。按惯用的阅读教学模式让学生自读课文，学生读得七零八落。林若蓝改作带读，班上气氛好转了。才欣喜，又低落，带学生读生字卡片，学生的声音又蔫了。不能这般下去，绝不能让课曲线波动下去，要现场调整既定教学思路。林若蓝定了定情绪，伸出一根手指："刚才同学们表现很棒，老师很高兴，为了奖励大家，老师带你们玩个手指游戏！"

"游戏"声一落，前排女生雀跃起来了，后排女生欢叫起来了，学生脸上洋溢的笑在灯光掩映下扑腾腾直跳。课堂气氛全面打开。

老师带学生练书空，学生带学生书空；老师空中写，学生底下猜，此生前面演示，彼生后面仿写……如此不断变化生成新花式。学生余兴未尽，林若蓝先累了。下课铃声知趣地响起。林若蓝大手一挥："请各位同学回到座位，同学们今天表现非常不错！"林若蓝是发自内心的，"今天你们的学习非常成功，让我们再把课题响亮地读一遍：我们成功了！"学生读完，林若蓝松弛地笑了，后面几个女评委也笑了，笑在似暖还冷的三月里。

林若蓝从阿甘学校出来，天空飘起了丝丝细雨，飘过行人的发丝，飘在小巷的青石路上。冷冷寂寂空与无。持续紧张忙碌消失后的失重感，夹杂着些许试讲遗下的憾。林若蓝下午回到了东天荟园。

"怎么样？"何审查官的问询让林若蓝有一种近身逼人的烧灼感。林若蓝笑着摇头，何审查官却断言："没问题的，等好消息吧！"

好消息还没来，安爸送安满回来了，头上扎着白纱布。林若蓝在教室门口碰到了安爸。

"安先生，怎么样？"林若蓝轻指孩子，想问孩子康复得如何。

安爸误答："她答应赔钱。"

林若蓝顺着接过安爸的话："只要你们家长说好就好，我们学校没意见。"

"如果你们学校以后还疏于管理，我儿子安全得不到保障，我就有意见了。"

林若蓝被家长说得不知如何接话，言归本意："孩子怎么样？"

"能怎么样？天天去医院，在家不说话。今天把他带过来，别再让人搞他。我知道这个班有几个比较调皮的。"

"对对对。安先生，我们很在意你的孩子，上一次，大家都走了，我还带你孩子背书呢。"

安爸气消了些，聊起了孩子的学习和性格："孩子就这样，没办法。老师，帮我多留心。"安爸走时，态度好多了。下楼梯还不忘回头跟林若蓝说："老师，再见！"

人可以见，烦人的事就别再见了。林若蓝不想管太多事，就想安安心心在东天荟园歇一段时间。安爸刚走，文老师踩着点到班上催收英语作业："安满爸爸走了，怎么样？"

"没什么，就是以后注意一下。"

林若蓝也提醒自己多加注意并加快收紧了班管，班级良性舆论不日就形成了，当看到同学做危险动作，李投都会报告；班长、副班长敢劝阻制止不良行为现象了。林若蓝知道班上不会再出大事了，这是林若蓝几年来带班的一点基本心得。

时光衬春光，花气飘花香。林若蓝指引学生扫地。

"这里，对，轻一点。"

“老师，是这样吗？”千千一汪秋水望着老师，老师点了点头。

“李投，你过来，别想溜，你负责什么？”

“我不是溜，我是检查走廊有没有扫干净。”李投跑到走廊又跑到林若蓝跟前，歪着头，像提着蚊子翅膀似的提着一片碎纸屑，一脸诚心，“老师，你看，他们没扫干净。”

“劳动安排表分配你做什么就做什么，管好你分内的事。”

“哦——”李投以企鹅姿拿起扫把在第三组扫了起来。

“班长，今天你是值日组长，谁扫干净谁先走！好好检查，严格把关，把关不严我找你。”班长听到末一句，吐了吐舌头，眼睛都大了。林若蓝嘴笑心怜惜：“去吧，不要紧的，老师相信你！”

班长检查去了，林若蓝整理起了讲桌上的教学用书和学生作业。一到周末林若蓝都习惯亲自做，在整理讲桌的过程中，感觉是在整理一星期的自己和心情，然后等待着，等待着下个星期。林若蓝很享受这一种静静的时光。

没过多久，班长兴冲冲地跑过来：“报告老师，搞定了！”才神气又细语，“我可以走了吗？”

“走吧，路上别贪玩。”看着班长远去的背影，林若蓝心里有一份淡淡的欣慰和浅浅的满足。“还有谁没走？”一道纤瘦的人影从教室门前闪过，“千千，怎么你还没走？”林若蓝走到门口。

“我妈妈在这里。”千千指着站在走廊上的一个女人，女人素淡，微笑望着林若蓝。

“有什么事吗？”林若蓝感觉家长有事。

家长答得风轻云淡：“没什么事，过来接孩子。”

“妈妈，走吧。”

女人浅笑：“我们先走了。”

千千牵着妈妈的手轻快地下楼了。

又是一周末。周六已经安排好了：家教。

林若蓝算好时间到达名花庭的楼下，拿起电话：“邓小姐，你好！我是你孩子的家教老师，上周我们约好的，我现在在你家楼下，我能上来吗？”

“上来吧。”

家长的屋子没开灯，但借着明亮的窗外采光，能清楚看见墙壁上挂的几幅简单的刺绣和字画，色彩暗沉显重。

“来，耀堂，叫老师。你看，孩子不愿说话。这孩子，长大还这样怎么得了！”家长笑着摸孩子的头。

“在学校怎么样？”

“听他老师说也是这样。”

“不说话的人内秀有想法，这不是一件坏事。孩子作业怎么样？”

“他这个礼拜有一篇作文不会写，问我我又不会。所以就请你看看。”家长把林若蓝引进一间小房，里面有一张桌台，外面是一方阳台。

“那我现在开始？10点到12点？”

刚才说话还闲悠悠的邓小姐迅速摆好两张凳子，安排孩子拿语文书坐好后，带上深红色的门就出去了，步子轻快。

翻开学生语文书的作文题，林若蓝心里有数了：“这篇作文你先写一写，老师想看看你真实的作文水平。”

男生沉静地写着，林若蓝沉默地看着。男孩表情专注，字纤细。

看着学生写好但不像样的作文，林若蓝决定操刀从头逐句逐段引导学生改。等林若蓝帮学生改完，指针指向12点，林若蓝并没有按点收包离场：“作文写完要修改，修改好了要读，读也是一种改。下面你读一读改文，看看感觉怎么样？”

学生读完说了三个字：“还可以。”

“是不是比原文要好些？”

“是。”

林若蓝拿包走出小房，邓小姐正在埋头做织绣，深底白花。

“孩子表现不错，有前途，我对他有信心。如果你有需要，下周——”

“那，以后每个礼拜都10点。钱，怎么算？是一次一给，还是月结？”

“现结吧。”林若蓝想落袋为安。

“一月一结吧，一次次给，我也觉得麻烦。”

“好。”林若蓝顺着家长来，“今天就这样。”

“耀堂，出来送老师。”

“不要了，不要了，我都不好意思。”

邓小姐坚持带孩子送林若蓝进电梯。家长挺好的。信步走在春风里，林若蓝不禁想起了天地人马一婕常感叹的：“客户很好的！”

客户各有各的好。乔惠在家相夫教子。金姐已全面放下生意，潜心修佛了，用她的话说叫“醒了”，人生得醒金不换。而林若蓝还在想着他的“worth more”。

下午家教中心接线小姐来电，又有一份家教，男的。男家长问题多，从林若蓝的任教年级、学科、学校、年限，甚至林若蓝的毕业学校、到广州的时间都盘问了个遍，像查户口似的，查得林若蓝很不舒服，连实带虚都挡回去了。林若蓝不想被动应答了。

“你看我们什么时候见个面？”

“我要和我老婆商量商量。”

“多久？”

“十分钟。”

估计是家长托词，林若蓝斜靠在家教中心的沙发长椅上，手支着头，象征性地等着。

十分钟，电话准时响了。林若蓝笑着先问：“彭先生，考虑得怎么样？”

“可以。你明天过来试一试吧。”

“不行，我礼拜天不接家教服务，我不想家教影响周一工作，希望你理解。我们下周六2点吧。”

“嗯……好！”

“家教中心有没有跟你提收费的事？”

“钱没问题。”

走出家教中心，林若蓝回到住处，刚打开锈迹斑斑的第一道铁门，第二道旧木门被一位脚拖一双人字拖的陌生男从里面打开了。走错了？林若蓝退身看门号，没错呀！

“这是下午刚搬进来的。”二房东睡意蒙眬地从大间走出来，指着陌生的身宽体胖男，“他住这里。”一张双人床大小的木板上堆着一床皱巴巴的被子，木板床靠墙放着几本书，书上几个字依稀可辨：……研……考……倚借着两面墙，搭着一顶蜘蛛网状的蚊帐，堵住了厅堂唯一的窗口，也堵住了林若蓝的心窗。林若蓝看了看二房东，回到小间。

小间有一扇窗，手推式的，微张，可锈斑太多了，窗被卡得开不动也收不拢。一面藤蔓般的窗纱缠在窗头两侧锈钉斜钩上，一帘幽蒙，在无风湿闷的日子里，散发着一股浓郁的灰尘味。冲完凉，洗完衣，翻看手机，一个未接来电，安爸的。什么事，上班时间打不行吗？夜深，不好回电话，林若蓝且睡。

醒来，按时到办公室。

“什么好吃的这么香？”

“对呀！你要不要吃？”数学老师江南妹的声音总是亮堂，凡有她说笑的地方就平添一层日光灯的银辉。

“我吃过才来的。”

“那，这个给你！”江南妹递给林若蓝一袋开包的零食。

林若蓝拿了一片，边吃边寻思：江南妹为什么天天都有吃不完的零食。寻思的问题没问出来，林若蓝想起了另外一件事：“上回你帮我上的课，我什么时候还呀？”

“先放着，等我哪天外出你再给我上。这个礼拜你别给我啦！”江南妹的笑声乘着香腾腾的热汤雾飘过办公室的格子间，飘到林若蓝正在擦拭的工位前。

“好啊好啊，以后不还了！”

“你想得美！”

“我就是想得美，这样才帅嘛！”

办公室的人都乐了，江南妹领衔早餐物语，齐笑融融。

笑声渐远，一天又将尽。安爸过来接孩子放学，说话没头没尾：“林老师，康光家长不给……”

“怎么回事？”

“她开始约好礼拜天交钱的，礼拜天我等了她足足有半个小时，她一个电话都不给。”

“她为什么不给？”

“我哪里知道，我打了她四五个电话，她又不接。”

“你别急，我等会儿跟她打电话，看看情况。”

“这件事，老师你一定要管，把我逼急了，我就告她，本来就是她孩子的错嘛，干吗说赔不赔？我不是好欺负的！”

这可好，孩子的冲突上升为家长的争执了。

“你要多少？”

“医疗费除外，营养费五百。”林若蓝不知如何说是好，家长解释了，“这个年头东西越来越贵，五百不算多，孩子流了多少血啊！要是别人就要一千两千了，我算好说话的。”林若蓝劝解了一番，让安爸再跟康妈谈一谈，安爸坚决不屈：“她不理我，我是不会理她的，这件事情我是不会善罢甘休的！”说完安爸拉着孩子，头不回地走了。

跟安爸绝对有的一比的是康妈。当林若蓝把电话打给康妈时，康妈一点都不含糊。

林若蓝让她把事了了算了，她“咬定青山不放松”，两个字：“不给！”

林若蓝问她为什么不给，她“立根原在破岩中”，三个字：“不能给！”

林若蓝问她为什么不能给，她“任尔东西南北风”，四个字：“就是不给！”

林若蓝让她象征性地给安爸一级台阶下，她“要留清白在人间”，五个字：“一分都不给！”

林若蓝朦朦胧胧感觉搞懂了什么。搞懂了什么呢？没细想，但直觉告诉林若蓝，有必要把两位家长约到学校谈一谈，让当事人当面沟通可能更有助于问题的解决。林若蓝和家长约好时间，周三一到校就找到德育钟主任，通报此事。

“今天上午10点？我还有课呢，你怎么现在才跟我说？”

“昨天下午你出去了，想找你没找到。”

钟被噎得一时说不出话来。“打架是怎么回事，怎么搞成这样呢？”当钟要林若蓝介绍整件事情来龙去脉时，林若蓝既说不清又说不全，支支吾吾。

“你怎么这样呢，你自己都没搞清楚就把他们约过来谈？”

“我开始以为这件事情上个礼拜就过去了，就没太在意，我没想到家长突然不通情理。”林若蓝还委屈着呢。

“你赶快找文老师和学生再了解下情况，了解得细一点，我去调当天的监控录像，等下你把家长的电话给我，在他们来之前我要先了解他们的想法。”说着钟就去监控室了。林若蓝亏欠似的照钟的话做了，又向钟反应了些新了解到的细节。

10点，三楼德育室。家长来了，钟上课去了。林若蓝让家长在德育室等一等。德育室正中有一张长条桌，桌两侧有几张凳，安爸顺势在桌左坐了下来，康妈就势在桌右坐下来了。在等的工夫里，为了不让场面显得太尴尬，林若蓝找来些零散的书报放在桌上让家长看。安爸信手拿起一张旧报转身朝左看了起来，康妈从中找不到可看的东西，侧身向右把一本党刊在手里翻来翻去。林若蓝想撮合撮合两位家长，让两人说说话，可安爸不理康妈，康妈不理安爸。很不给人面子！林若蓝抑郁得没法，回办公室对窗吹风去了。当林若蓝再回到德育室，家长正起身走出德育室的门，安爸向左，康妈向右，康妈不看安爸，安爸不看康妈，两人谁也不看谁一眼地走了。钟坐在她德育室的办公台前玩起了电脑。

下午的放学铃声响了，家长来了，学生走了，安爸接安满，跟林若蓝留下一段话："这件事情你们是有责任的！那个家长不赔，学校应该赔一点吧？如果学校不赔，那我只有去东天教育局，"家长略作停顿，吸一口气，憋足发力，"我就去告，我要维权！"说完决然地走了。

"到教育局，维权？让他去。"郑校给林若蓝轻轻地放下一句话，也走了。

该走的都走了，林若蓝坐在办公室，听着舒缓的网络单曲一遍又一遍。

"你管这些干吗，跟你没关系，让她去管好了，事情是她惹起来的。如果不是她没看好学生，让学生在走廊上玩来闹去，也不会出这种事。"江南妹的话还言犹在耳，可自己怎么就卷进来了呢？要不要退出？怎样退出？林若蓝犹豫不决，脑海里一次次浮现着事件各方的样子，越浮现心里越没底。还是自己来吧，早点平息事态，免得再生枝节，扰乱了难得的清静。清静是林若蓝对专业的研习，林若蓝整理起了尤和他的前科组长的公开课语言实录，悉数输入电子文档，读与记。向害自己的人学习，学习每一个人的所长，想着马一婕曾给的忠告：爱上自己不喜欢和不喜欢自己的人。林若蓝如是自勉。办公室一遍遍响着《天若有情》的网络单曲。

人道是：天若无情亦有情，天若有晴亦无晴。

周四，常规早操，喇叭伴着运动员进行曲，吼在多云未雨的三月里，天闷热。林若蓝站在二楼楼梯口，等学生排队下楼。

“快点，老师在楼下看，再不快，就挨批评的。站直！你还想挨骂，昨天骂了一顿还不够？再不听话，我告老师，罚你！”班长在说杜鹏。队伍从三楼教室下来了，班长带队走在前面。才到校，杜鹏的衣服就沾上了泥尘，校服上有几个旧的破洞。

学生做操，一干老师排在队伍后面。林若蓝背手由前向后巡走在自班的队伍里。文老师拘谨地站在郑校旁，郑校在说什么。听不见，但想得到。

做完操，钟拿话筒站在主席台正播发临时通知，天空突然下起雨，筛子筛米粒一样地落了下来。学生骚动起来了，都往教学楼拥。雨越落越急，有几个如豆般的雨点打在人身上，各班挤在一起。钟大声提醒各班学生注意安全。林若蓝站自班队伍前头，带班后行。学生走到走廊，纷纷掸着头上身上的水，回教室。林若蓝简单提了提雨天安全注意事项回到了办公室。

下午第三节，副班江南妹的自习课。林若蓝把两个肇事学生叫到走廊，说：“把事发时的情况老老实实写出来，谁写得细写得好谁先走，写不好，重写，要么今天别想走！你，”林若蓝指着安满，“在自己位置上写。你，”林若蓝叫过康光，“拿好书包，跟我到办公室写。”

楼上教室的磨磨蹭蹭说“写不出”，楼下办公室的磨磨叽叽说“不会写”。

“写不出不会写，就到走廊上去写！”走廊上两三寸宽的栏杆可供学生写字，文老师就是让安满康光在上面补作业惹出了事。

学生被吓，都动笔写了。没多时，楼上的给了林若蓝一份材料。

“太简单，再写，把你当时是怎么做的全部写出来！”

楼下的弄出了一张情况说明。

“怎么全部是别人的问题，你呢？这件事是你先搞起来的，主要是你的问题，重写！”

过了好一段时间，楼上的第二份出来了，只加了两句，还是无关本人和事情要害的两句。

“安满，我跟你说，别以为这件事情全是康光的错，一个巴掌拍不响，你也有问题，千万别想着应付过关！不好好写，你六点都走不了，你爸爸来了都没用。”

楼下的把重写交上来了，字跟沙丁鱼一样挤在一起，比第一份的字要差，好不容易看清了。

“内容跟第一份差不多嘛！康光，你听着，老师对事情的过程一清二楚，今天让你们写就是看看你们认错态度好不好，老实不老实。安满写得比你认真、详细，你再不好好写，你就错过了让老师重新喜欢你的机会。”

“我实在不会写嘛。”康光辩言。

“继续写，一笔一画写清楚。”

磨到放学，学生第三稿还没有交上来。各班学生差不多走了，值日生一走，校园就静谧了。林若蓝心里焦急，学生先扛不住了。康光写完了，纸上写的和林若蓝掌握的正好吻合。林若蓝放康光走了。安满坐在空空的教室里，加快了写的节奏。安爸在门口等着，看着。

“我们什么时候可以走？”

“写好了就可以走。”林若蓝不想再对家长客气。

“写什么？”

林若蓝撇开家长的话没理，跟家长谈起了他几天来的一些想法。

“安先生，我跟你们两个家长这些天接触，发现你们的态度和脾气都很冲！我的意思是说，你们说话如果能温和一点，多考虑一点对方的感受，结果不可能会闹成今天这个样子。如果你不让，她不让，犟到底，谁都得不到好处。你看，”林若蓝用手指指教室里的安满，“最后受影响的还是孩子，这可是你的孩子，这一点你一定要搞清楚！不要让孩子二次受伤害了。头破血流确实不好，如果心理再受伤害，就更麻烦了，谁都救不了。钱是小事，孩子是大事。大家都住在附近，抬头不见低头见。孩子的路才开头，人家都为孩子打基础，你这个做家长的总不能给孩子留个阴影吧？”安爸想作争辩，林若蓝断然打断了家长的话：“我知道你想说什么。学校有责任学校会处理，不用你管，我们搞教育的我们肯定懂。你们这些做家长的，要做的是好好反思家庭教育问题，人家孩子一被欺负就马上报告老师，你的孩子为什么不会？”说到孩子，安满把一张作业纸递到林若蓝跟前，上面写的打架经过跟康光提供的完全一致，“安满，你过来，在这把你的名字和今天的日期签上。”

林若蓝对家长不抱希望了，多说无益。安爸和孩子在整理书包，林若蓝拿好安满的材料先下了楼，回到办公室拿上康光的材料去复印室复印，复印室就在德育室隔壁。林若蓝给了钟一份，自留了一份，压在办公台的抽屉里。以后好些时间，林若蓝都没跟两个家长打过电话，用钟的话说叫“冷却”。

同样冷下来的是天气，天气预报打了招呼，可并没改变林若蓝对天气变化的反应力。林若蓝依旧穿着一件不厚的外衣，是他在鹿城五马街买的，当时看中的就是它的休闲范儿。衣服已旧，不再有昔日的光彩，但林若蓝拿起衣服，心里总会涌起一种日子的暖。

林若蓝很怀念当年逛街的惬意。时间多迷人！走在荟园到岭大西门湿漉漉的人行路，林若蓝心底深水静流般的沉寂。沿街碧树惹清风。

周六下午，穗花苑，广州知名的公务员小区。小区东西南北四方位分别有四座单体楼，不新。彭先生在穗花南座801。主人衣着朴素，客厅亮敞，布艺淡美，玻璃陈列柜、餐台、茶几由外到里依序排列，阳台上是一溜正盛开的花。

“老师，来，我们先聊一聊。”彭先生示意林若蓝与其在沙发上同坐。彭妻就茶几边的小凳陪坐。

“房间很漂亮！”

“过日子，就这样。坐什么车来的？”家长主导谈话。

“上午有个家长，坐地铁从她那儿过来的。听彭先生的口音不像本地人。”林若蓝不想被家长牵着走，“来广州很多年吧？”

“十多年了。”

“向彭先生学习。”

“在哪里都是生活，都一样，只是孩子让我不放心。”家长叫过正在倒水的孩子，“来，郝楠，请老师喝水。”

男孩端过茶水，林若蓝起身接过："谢谢你，希望我们可以做朋友！"

小男孩不说话，只笑。

"叫老师！"

"老师。"没说"好"，音如呢喃，说完男孩转身碎步玩去了。

"我看孩子有灵气，学习应该不差。"

"开始两年还可以，到三年级下学期，学习成绩特别是语文成绩就直线往下掉。去年请过几个家教，效果都不理想。今年再试一试，一定要把孩子的学习搞上去，成绩上不去，再过几年小考都危险。"

"彭先生懂教育。"

"哪里？"彭先生摆摆手，"本身我很忙，现在的教材又看不懂，跟我们原来学习的完全不一样。"

林若蓝上午教了一上午，中午没休息，想入正题："教材我熟，我们这就开始吧。"

"慢慢来，"家长还想说，"孩子的事我很上心，现在啊，广州公招入门线就是本科，我常考虑如果孩子在小学就跟不上，掉队，中考、高考考不好，长大后的工作就非常麻烦。"

想想几年来逆水行舟，自己落多少人后了，林若蓝深有同感："对，现在学生压力很大，社会就跟急速旋转的转盘一样，一不留神没抓紧就被甩出去了。"

"你说的转盘我知道，物体附着摩擦力大，就能不断跟着转，摩擦力小，抓不住，就滑落下来了。"彭先生辅以手势解释转盘原理。

"他原来学物理的，物理很好。"彭妻插话，面带淡笑，与客厅的色彩基调很协调。

“这个社会太急功近利了，对大人是这样，对小孩也是这样，年龄对谁都是一道坎。”家长言语中有一种难以明说的深邃，“我的意思是我们辅导主要以作文为主。”

“作文很重要，但生字、阅读也很重要，如果孩子会认会写会读，他的作文不会差的。”林若蓝不想每做一次家教就教一次作文，便实话实说。

“他老师说，他作文写不长，错字多，我就请人帮他辅导字，结果学完即忘。我后来想，如果我们能把他作文搞上去，字的问题、阅读理解的问题就能迎刃而解。作文是个筐，语文什么都往里面装。我们狠狠搞一个学期作文！”家长声音里有一种逼人的决断力。

林若蓝不好再坚持自己的思路，顺着家长：“好。”

从男孩的房间出来，林若蓝手拿作文递给家长：“孩子不错，头脑很活跃，想象力丰富，但思维比较散，收不拢，要老师帮。你看看。”

“郝楠，是不是你写的？”

“嗯。”

“说‘是’！”林若蓝引导学生说话，“孩子还有一个特点，说话习惯不好，比如回答问题动不动就说语气词，这可能需要我们在平时学习生活中习惯性地提醒孩子注意。”林若蓝面朝家长。

“对，他习惯不好。”

好与不好，家长都在各自的格子间为孩子的将来“worth more”而发力。千千妈妈为了要得个老师对孩子的特别照顾，也要请林若蓝吃饭。

未来的未来，自己拿什么呈现给世界？林若蓝叩问自己。

学校的工作如时钟一周一周地转。时钟的针指向了周二例会。林若蓝坐在会议室后面，看窗外乌云压城，大雨倾盆，有一种不安分的预感。郑校在上面布置工作：“下月全区教育教学辩论赛，我希望选到的选手倾情准备，赛出气势，争取代表东天参加全市决赛。”

与我无关，辩吧。林若蓝对形而上的辩论一点兴趣都没有。看着外面的雨哗啦哗啦地下着，林若蓝心里有一许莫名的怅然。广州的雨季总会让人想起江南，想起老家的瓦顶屋檐，一下大雨就是一条条珍珠般的雨帘连绵不断地垂着，母亲坐在堂前屋口缝补衣服。

“从下个月开始，我们要迎来一年一度的荟萃杯课堂教学竞赛，不限教材，内容自定，课堂内外自选……”

上吧。林若蓝还在等着台上的女校长拿自班的打架事件对老师做警示教育呢。林若蓝听雨越听越烦，心里江海翻腾。还有多少事啊，快点吧。

“今天就到这里，散会。”

没了？打架的事还没说呢，放到以后说吗？可以后该女校长在会上再没提起过。

回到办公室，林若蓝习惯性地拿起手机，愣呆了，六个未接电话？！都是阿甘学校的。林若蓝带着忐忑求证有没有搞错的心情回拨电话。没搞错！还是阿甘校长的声音，通知林若蓝体检。

“体检？你是说我试讲过了？”

“对。”

这个世界还有好事在等着我？！不敢置信，欣喜，意外，心如狂澜，林若蓝感觉心一下飞起来啦！

“谢谢谢谢——”

谢谢生命中挡我路的人啊，谢谢生命中对我善的人，谢谢身边每一个人！感谢每一寸走过的土地，感谢命运的恩赐！

人生无处不华年，青春至美逆成河。一城山水一城歌，时光湖岸两婆娑。办公室响起了《开往春天的地铁》，嘹亮华美的歌声乘着风跃上枝头，无尽时空尽舞袖，春雨鼓点般地敲打着窗台沉醉地伴奏……春光啊，时间美！

林若蓝徜徉在荟园通往岭大的小路上，舒展着手臂畅快地呼吸着大雨初歇的清与新，时光像一只晚天下的红蜻蜓掠过指尖，穿过城市的河，越过时间的流，贴着清波荡漾的湖面，与蝶翩翩舞。

后来，林若蓝不管前人有没有说过类似的话，将历年来感受深的几条心得略作整理，如下：

1. 人生最美丽的事情是平静，世间最精彩的事情是胜争；

2. 没必要去恨害你的人，只要没害你失去翻身的资本，害你的人天然是你生命中的贵人；

3. 不要去怕对强梁者强，对强梁者强会让你失势一时，但也会让你一次比一次更强；

4. 你改变不了这个世界，并不意味着你一定要适应这个社会，你还可以做很多，比如拐弯；

5. 如果人性的恶不懂得尊重你，直接去面向广阔的人群证明你自己，坚决回击；

6. 勿以“不知道”“关系不好”“抓错”之名行坏事之实，谨以一手顺着深度自我反思，一手反着穿越世事之诡异；

7. 人类的每个字符都充满深意，每个眼神的背后都藏着世界深处的秘密；

8. 敬畏，感恩，铁血的意志，这是生命应有的基石；

…………

N. 所有能过去的事都是小事，可以纪念，但不值得一提。

“今天我去体检了。”体检回来，林若蓝Q小美女，小美女没回。当林若蓝再看小美女的Q，竟发现她最新的Q心情：男人是不是都喜欢3p。没几分钟，小美女穿着深海蓝衣裙弹琴的头像黯淡下去了。

两个礼拜过去了，家长扬言的“维权”没任何进展，东天教育局也没找荟园。江南妹等闲来猜测：可能家长告了没告动。

告与不告，日子都在早上悠悠地来，黄昏悠悠地去。一天，林若蓝在下班的路上碰到骑着一辆旧自行车的安爸。安爸先停下来了：“林老师，最近一段时间我很忙，下个礼拜我要出一趟差，孩子不听话，我没办法，你帮多看一看，谢谢你！”家长一如以前没事时，有一个人到中年为人父的慈祥。

“好，没问题。”林若蓝应得简短。安爸没再说什么，踩着老式自行车走了。

时间能悄然改变很多事。还是北京的一副身体，命运选择了让林若蓝在广州体检——达标。

二○○九年三月的某个周末。林若蓝走进了阿甘学校的大门。保安主动攀谈起来：“这个校长放假经常过来加班的，她在上面等着你呢，去吧。”

林若蓝拿着西江的商调函走出学校时松弛自然，但并没有接到体检通知时的兴奋。沿街漫游，路过一座不知名的钢铁桥，走在车少人稀的沿江路上。雾气重，看天欲雨未雨，江风吹拂，满街凉意浓。林若蓝微微感觉身体在乍暖还寒的三月里有些许单薄。

档案要拿过来了。林若蓝从小到大都没犯过敏感性的错，“文革”时，他没出生；同学练法轮功，他没参与。只是他没拿到党票，终没能挡住毕业季肆虐风行的“无情分配，有情分流”，被发配到一所破落得有窗没玻璃的村小，一教就是五年。在第六学年的入口，接到鹿城一通改变命运方向的电话，自此踏上了这一段天涯孤旅。

老家的己要离开老家了，老家的己要彻底来广州了，而广州的人还在蜷居。望着珠江两岸一排排和云天一般高，与一碧春水一样美的楼盘，林若蓝若有所失。什么时候能拥有一套房子，和谁一起看满江碧流；星光满天的夜，广州新电视塔倚南天而立会为谁守夜护眠。林若蓝想着一个个沉淀在岁月里的珍藏，走在珠江的堤岸上。有的人在踢毽跳舞，还有一位头发斑白的老者手执长型大毛笔，就地舞凤飞龙，字形圆润饱满，行笔流畅如水，气色淡定超然。林若蓝不禁心有所动，又想起了时间里的她：当沧海终有一天变桑田，两个曾经熟悉的陌生人会是什么形样望苍茫？凭栏临水，江天辽阔，无语尽迷蒙。

雨终于下来了，大珠小珠落珠江，一下就下到至夜不休。林若蓝躺在床上裹着一床薄被不耐三更寒，从头到脚底身子骨儿冷。雨声连片寂寞地响，听得见风声，想得见外面地上的草是怎样的一种狼狈与凄凉。林若蓝睡不着，坐起填下了二〇〇九年以来的第一首词：长相思。

林若蓝在Q里跟小美女提起过他几年来填过的几首词，希望她能试套几支曲，小美女没答应、没拒绝、没解释、没下线、没回一个字，也没问林若蓝近情。就此，林若蓝没再跟她提过阿甘的事，但林若蓝还常会关注她QQ空间，并在她的空间里留下一抹到过的影。小美女有一阵子也会到林若蓝的QQ农场里采些花、摘些菜，留下她华美深蓝的倩影，还有那一袭华丽的深邃与矜贵。

档案审查才结束，学历学位又要验证。

“学历学位验证怎么办理？”林若蓝咨询西江人才市场。

“你是自己办还是委托我们代理办？”

“两种有什么不同？”

“前面一种比较麻烦，鉴定中心远，没车直达，你要亲自去跑腿。委托我们代理，就简单多了，一切由我们来包办，鉴定一出来，我们电话通知你就可以了。”

人才市场很准地抓住了人性怕麻烦的弱点，林若蓝花了几百给西江人才市场。鉴定的事算安心了，林若蓝还有一件事放心不下，关于东天荟园的。

“怎么学校还没有检查教案和作业？”在其他学校，教学审查官早就审查了，林若蓝都变得敏感了。林若蓝忍不住问江南妹。

江南妹答：“这里不查这个的，就是学期结束交一次资料就完了。”

还有这么好的学校？林若蓝心里暗喜，没喜出来，想起了另一个问题：“教案可不可以在网上下载？”江南妹只管笑，不回话。“如果不可以，我就下载两份，嫁接成一份。”江南妹乐出声来了，林若蓝还在问，“作业数量和种类有没有要求？”

“这个学校很松的，”江南妹说得小声，“只要你把学生带好了，考试考好了，你具体怎么做他们不管的。学校每年的全区抽考成绩都不错。”

听完，林若蓝感到了一种少有的教书育人的幸福。林若蓝知道该怎么做了：

家听很关键，次次都能保证大部分学生一百分，不变；

抄写，没大用，为了防突检，保留但从简；

练习册，私人公司教辅滥，当堂做题精细选；

作文，两周一篇有点少，周周一篇没空改，代以“天天阅读三十分”，边读边做读书笔记，天天检；

教案，网上改写一份，备检，随书另写一份，自看，课堂生成一份，师生共勉；

上课，字词句段篇面面兼顾，质效有彰显。

风正一帆悬！

又周五。林若蓝像往常坐在教室，除了几个打扫卫生的，还有一个坐在位子上写作业。

“夏如荫，你怎么还没写完呢，人家的练习册当堂就交了。”

“我写作业是这样的。老师，你不要催好吗？你越催我越急，越急就越慢。”

林若蓝听学生说完，笑了，并一下子喜欢上了此位性子慢悠悠的女生。他静静地看着她，觉得女生恍若相识。

“给。”夏如荫递过作业，作业如人眉清目秀，“老师，还有事吗？没事我就走了，我爸爸还在下面等我呢。”女生眼神幽深宁静地看着林若蓝。

“没有，去吧。”

林若蓝看着女生慢去的影，如果是别的女生早和男生三步并两步跑下去了。夏如荫的声音里总有一种让林若蓝莫名的感触。像什么呢？下班回住处，一路夹碧树，两岸摇晚风。林若蓝想起来了，想起了他在看的一本书——女生多像林海音城南儿时记忆的影啊！同样一种淡淡的幽，同样一种暖暖的愁。

林若蓝始关注起夏如荫。关注多了，女生的话就多了。

“老师，我有很多问题。”有一次林若蓝看学生夕扫，夏如荫扫地，打开了话匣子，“为什么你上次做操让我们班最后走，我们衣服都淋湿了，班上好多人在说，你都不知道。”

上次？林若蓝记起来了。林若蓝右手搭在讲桌上，微笑反问：“你说呢？”

“不知道才问你，知道还问什么？”夏如荫难得地笑了。

“改天我跟他们解释。我可不可以问你一个问题？”

“什么问题，我有什么好问的？”女生眼神闪烁着欲知还怯的好奇。

“为什么你下课总喜欢坐在位子上不动？”

“我就是这样的，我也不知道为什么。老师，男生老是动我的桌子。”

“明天你提醒我，好吗？我跟他们说说。”

“好。老师，我想跟你提个建议。”

建议？女生很有意思，跟她不熟，她畏畏缩缩；跟她一熟，胆子就大了。

“说。”林若蓝很期待。

“老师，你经常调课，弄得我经常带错书。以后你调课能不能跟我们说一声？”夏如荫说的是林若蓝有时随学校安排外出教研和早前去西江的事儿。

林若蓝笑出声来：“对不起，老师很忙，下次一定改。”

听夏如荫一次说话，林若蓝就有一次柔软的心动；多一次心动，对女生就多一分欢喜。多好的女孩，清澈如水，明光照人。这个世界还有多少人事像女生一样纯美。想着期末的日子渐行渐近，想着即将的散场，林若蓝无限感慨，有一点不忍离舍的时光忧伤。

安爸来了，意思是说同意让步和解，林若蓝并没有多少喜悦。在他心中打架流血事件早就结束了，没人提，林若蓝都忘记了。林若蓝把安爸的意思转告了康妈，希望康妈别说过激的话，顺着台阶下一步。康妈说了些她的想法，答应见个面。

同样是十点，林若蓝没课，看着康妈在教学楼僻静一角把钱交给安爸：三百。林若蓝把安爸引到办公室写收据，并根据康妈的要求和前一天各方说好的：一拿到钱就保证事情彻底了结。

“怎么写？”安爸拿着笔和纸问林若蓝，“还是你写吧，我签个名。”

“这是你们的事，我哪能写？我简单说几句，你觉得可以你就看着写：今收到荟园小学康光妈妈为我儿子安满头破受伤支付的医疗补助费三百元整。自此，我保证孩子今春打架事件和由此引起的医疗纠纷彻底结束，今后相关后续问题与荟园学校、康光一家无关。特此说明。落款签上你的名字和日期。”

写完，安爸给林若蓝看，林若蓝把字据拿给康妈看，康妈没提出修改意见。

“你们两个稍等。”林若蓝走到复印室将收据复印了三份，一份给康妈带走，一份给德育室备案，一份自己留底。之后还有人议论起此事，林若蓝却自行把此事放下了。

“听说你下半年要去西江，什么学校？”江南妹和林若蓝聊天。

“阿甘学校特教。”

“是不是教那种脑袋有问题的学生？这我教不了。”

“我就当是教低年级好了。”林若蓝和江南妹同笑。

“你在阿甘发挥不了你的专长。”郑校长提起林若蓝招调的事，下断言。

林若蓝不想作多想。这些年跨城跨界满时间里跑，想的东西太多了，林若蓝都累了，一心只想找个地方过点小生活。还有什么事吗？公开课上完了，再过六一，春季学期就结束了。看得见的事情都在以加速度的方式进行。

周四，邓小姐急电：“林老师，今天孩子测验的成绩出来了，考得不好。马上就要毕业考试了，你看能不能过来看一看？”

晚七点，林若蓝走进了邓小姐的家。孩子坐在桌前做作业。“老师，实在不好意思，这么晚还打扰你。”

“不要紧，这是我应该做的。你让我来，表明你信任我。试卷呢？”

“老师，给。”

林若蓝接过试卷，和孩子沟通了几下，对家长说：“82分，确实低了些，不过没什么大问题，只是审题丢了些分，以后他做题之前，让他把题目读两遍再做就可以了。”

“那真谢谢你！”家长的脸色好了些。

“我开始对孩子没多少把握，但是辅导到现在，我对孩子是很有信心的。我不敢说毕业考试孩子能考95分，但是我敢说孩子至少有实力考90。”

“那样就可以了。到时升初中找人都比较好找，成绩太低都不好开口。现在很多家长把钱都准备好了，就等着花一大笔，就是为了让孩子能上个好学校，像我们买这套房子就是这个原因，旁边有几所名校。”家长说着先笑了。

“这个年头都这样，花钱买公平嘛。你们做家长的太辛苦了，孩子也很苦。”

林若蓝指导完孩子，已近九点。

又热又累。林若蓝一回到住处，倒在床上就睡着了。当醒来已经是子夜，身上黏糊糊的，冲个凉吧。林若蓝迷迷糊糊地起床，拿好换洗衣物走过厅堂，人都睡了。林若蓝蹑手蹑脚地走进淋浴室，极小心地关着门，但门还是吱吱呀呀摩擦着地面响，在万籁俱寂的深夜异常刺耳。门坏了，平时还要费好大力气才能关严实，可能过些天就要从门框上掉下来了。林若蓝和同室编辑都曾让二房东修，二房东没修。就这样吧，不要把人吵醒了，林若蓝将就着将门带着，任门敞着一条缝。深更半夜还有谁看吗？林若蓝轻轻打开淋浴喷头，任水倾泻直下。

啊——真舒服！一天的腰酸背痛被水一冲就全冲掉了。林若蓝静静地享受着淋浴的滋润，让水畅快淋漓地淋着，淋着，时间轻柔如水。

忽然，一阵阴森的敲门声起，轻而诡异！林若蓝惊悚地想起了香港的恐怖片。

“谁呀？”

“我！”是二房东。

“这么晚干吗？”

“你还问我，你这么晚弄得这么响，人家别睡了！”

“不好意思，不好意思。刚刚睡着了，我马上就洗完。”

“不好意思就完了，你天天都这样的！”什么叫天天都这样？平日十点多就洗了，今天才第一次。我都说不好意思了，你还要怎样？林若蓝怕话说得太急，二房东一气之下会冲进来，话忍着没说。林若蓝关了喷头，一身不挂就地而站，一动不动，听着门外的响动，身上凉飕飕的。二房东还在歪歪唧唧：“门也不关好！”

“门坏了，让你修你没修。”

“门都被你搞坏的！”

“什么叫我搞坏的？我住进来的时候门就坏的，你不想修就算了，干吗赖我？”

“房子又不是我的，要修大家一起出钱嘛！”

“我们交钱给你干吗？我就找你！”林若蓝气急了，把入住起就对他的不满一股脑儿抛出去了。

“咚咚咚！”淋浴室的门被急促地、重重地锤了三下，锤得巨响，门被震开了一点点！他是不是要冲进来？林若蓝后怕，双手抱肩，身体紧缩在一起，严阵以待。“快点，人家还要睡觉呢！”接着，就是震耳欲聋的一声“咣——”，二房东把他的门狠狠地关上了。

好险啦，幸亏没冲进来！要是冲进来，即使不传出去，也是多不好意思的呀！一定要加快换住的地方！

住的地方没来得及换，早起回到学校，江南妹急匆匆地走过来：“林若蓝，我今天要出去，上次我两节数学课你今天正好上了吧。”

“不要了，改天吧。”林若蓝倦得什么都不想做。

“就这样啦，我已经跟何主任说了。”江南妹一说完就匆匆忙地走了。

为什么不早说？我还有几节课呢，上午连上三节语文怎么上，也没作业给学生做。林若蓝看着压在办公台上好几天没改的学生作业本，坐在工位上一肚闷气。连上完两节，精神不济的林若蓝感觉快要累死了。他拿过一张椅子坐着，手耷拉在讲桌上闭目养神。

“老师，你怎么啦？”是李投。

林若蓝没睁眼，但想象得出学生说话时歪头傻呵呵的样子：“去！”

“老师，我来给你按摩吧。”是秀男，一个一脸肥肉的小肥仔。林若蓝骨头散架似的摆了摆手。“老师，我行的，我学过的，我在我妈妈那里学了两个月。”

“秀男，别打扰老师，老师累了，让老师休息吧。”还是荆文会说话。

上课铃响了，第三节语文课。怎么上，上什么？当林若蓝强打精神睁开眼，学生已脸朝走廊趴好了。夏如荫却双手枕着下巴趴在桌上看老师，眼神如深海般幽静。

“夏如荫，预备铃怎么趴的？”

夏如荫转过脸去闭上了眼；李投坐不定，身体老动；杜鹏一块番薯半身泥样的趴着，脏死了；秀男不时向讲台瞟老师。班长在各组中间来回巡视，副班长不时提点学生趴好。

正式上课的第二遍铃声响了，全班学生坐直。林若蓝还坐着，没说话。老师看着学生，学生看着老师。班上一片静默。

“假如这节课我不上语文，你们想做什么？”

老师才开口，班上就炸开锅了：

“玩！”

“看书！”

“下棋。”

“做作业。”

…………

老师还没发话呢，正副班长、荆文、千千就在书包里翻课外书看，安满、康光在翻作业，杜鹏、李投、秀男几个在抽屉里掏玩的东西。

“停！”林若蓝站起身，班上立马安静下来了，纷纷重坐直。学生静静地看着老师，老师静静地看着学生。“老师平时很忙，一直没时间陪大家。今天正好课多，我们一起聊聊天好不好？”林若蓝倚讲桌而站，倚借讲桌的支撑缓解连上几节课的劳累。

“好——”荆文的声音很响，千千只是嘴唇动了动，其他学生眼里是个个透亮。林若蓝满脸溢笑。

“老师，聊什么？”秀男爱跟老师套近乎。

“你长大想做什么？”

“厨师！”小肥仔的回答引得全班大笑。

“为什么？”林若蓝不理解但颇觉有意思。

“当厨师天天有好吃的。”

难怪小肥仔一身肉，跑起路来总落在队尾。

“班长，你呢？”

“嗯……空姐。”

“以后我坐飞机，你给我打八折，好不好？”

班长扯着额头上的头发害羞不应。荆文在可劲儿地举着手，林若蓝叫了她：“你想做什么？”

“作家！”学生说得骄傲满满。

这个年头还有人做作家？荆文看出了老师的疑问：“因为我看很多书，里面的故事都写得很感人，很美！”

“哦。”林若蓝没多说一个字。

“千千，你想做什么？”看着千千趴在桌上发呆，林若蓝发问。

“没想过。我就想妈妈同意我养猫，可是妈妈老是说养猫会影响学习。”

林若蓝不知道如何回应女孩的想法，没接话。

“安满，你呢？”学生头上的纱布已经拆了。这是个一贯沉默的人，但谁要一惹他，他瞬间就会爆发一股强大的推力将别人推出去。推不过，就会反而受伤害，打架流血事件就是如此引起的。

“不知道。”安满说话的声音跟蚊子个头一般小。

林若蓝转问康光，康光嘟了一句，林若蓝没听清：“什么，声音大点，再说一遍。”

“我说，”康光在提气，“开个麻将馆！”

霎时，全班哄堂大笑起来，康光羞得直扭身体，扭得跟一根麻花似的。

“我的副班长，你想做什么？”林若蓝调侃核心班干，引导学生把视线从康光身上转移开来。

“做大老板，赚一百万！”少年豪气干云天。

林若蓝专注地看着面相俊朗的少年，疾步走到少年跟前，握住少年的手：“祝你成功！”

少年不好意思地笑着，扭着身子坐下去了。杜鹏看老师迟迟不注意他举手，等得不耐烦了，站起来就冒出了一句：“老师，我想做警察，抓李投这个大坏蛋，他下课搞我！”

“我要做超级警察，管你！”

李投、杜鹏两个彼此向对方拼命做着鬼脸，谁也不让谁，试图在嘲弄对方方面赢得优势，占得上风。

“坐好！”林若蓝借调整全班坐姿的方式平息了李、杜二人小插曲，“夏如荫，你怎么不说话？”

“我不知道。”夏如荫嘴嘟嘟的。

“再想想。”林若蓝想了解女孩更多些。他静静地等着她，而她欲说还休，但还是把心里话说出来了，说得怯生生，显然是怕人笑。

“我爸爸说，我姑姑从小到大都当班长，我现在才是个小组长，我很想跟我姑姑一样。”

有的学生笑了，林若蓝看着女孩，没说话，有所思。深圳有一位女孩凌心茗已经卸去了一班之长的身份，广州城有一个女孩夏如荫想当班长。不同时空的两个女孩在林若蓝心头散发着同样的芬芳。

一城时光一城梦。

“老师，你想做什么？”大头李发难，一下把林若蓝问住了。

秀男接过李投的话：“老师肯定想当校长！”

“校长很大吗？”林若蓝反问学生。

“那当然了！我们怕老师，老师怕校长，校长管我们所有的人！”秀男气壮。

学生都笑了，而林若蓝自感是越来越跟不上新生代学生思维的脚步了。

“老师，你想做什么呀？”荆文追问，其他学生也有兴趣，眼神里是一种静气凝眸的等待，等待老师说出答案。

是啊，自己想做什么呢？以前可能是想要做些事，但现在呢，这个年头还有什么事好做的吗？

“老师，你快点，什么理想啊想这么久？”小肥仔在催。

“老师啊，老师希望你们好好学习，健康成长，长大实现你们今天说的理想！”

“切——”教室一片切声，切声悠扬，林若蓝笑看着孩子们生机勃勃，心里无限坦荡与满足。

若干时日后，林若蓝敲定了新的落脚点：静林苑。新房东是位退休阿姨，一个好说话的人，几乎每说一句话都面带笑容。林若蓝心里很踏实，当场就定下了。静林苑不大，是个老旧的小区，林若蓝就住在其中一个独立单间，一卫一厨一室一阔窗，窗外有一片小树林，树木葱茏。

搬好家，林若蓝和苏原在岭南大学士多店门口见了一面，学生情侣从他们面前牵手而过，而他们在谈“分手”事宜。

“给，这是一百，不多，权作是弥补我提前离开给你带来的损失和你再找新房客的麻烦。大家好聚好散。”

苏原这番没见钱眼开，平静地接受了。

“这是你的押金，里面有台验钞机可以对外验的，你验一验吧。”

林若蓝迟疑之际，苏原走进士多店先验了。林若蓝此时才明白苏原在电话里为什么不答应在两人都常去的食堂正门见面。食堂正门距士多店就几步之远。

六一儿童节，学校没安排，各班自娱自乐。学生散了，班长带着几个后走的小姐妹在林若蓝面前闹礼物。林若蓝拗不过她，给了她一些，让她别对外乱说。班长立马立正，机灵保证道：“绝对不会的！”

临近考试了。考试没开始，林若蓝已经看见了考试的结局。

“康光都考了70多？他原来一直不及格的。”从来不审查老师教学的何主任拿到各班成绩表笑得夸张。可班上有一个几年都没及格过的：秀男。林若蓝感觉愧疚，对学生，对荟园半年来带给的宁静祥和。为此，好一段日子林若蓝都有一种想挽回但无法补救的心影。

心影未去，彼影又来。西江人才市场收了钱，代办了学位证，但还剩一张学历证的鉴定，两个月竟没给林若蓝办下来，没人告诉他原因。

要走了，该结束的都要结束了。时间在散场，时光要转场。

学期的最后一天，开完散学典礼，学生都走了，林若蓝单独把夏如荫留下来，从班上带到办公室。

“老师，什么事啊，现在不能说吗，我还要去我姑姑家呢？”

“你跟我来。”

“去哪里啊？”女生有种不知前路的畏缩。

“假如老师想送你一样东西，你会不会要？”

“这要看什么东西。”

林若蓝坐在办公台前：“老师最近在看一本书，觉得挺好，想送给你，好不好？”

“好。什么书啊？”

“老师希望你会喜欢。”林若蓝双手把书递给女孩。女孩沉静地看着封面上的字：城南旧事。

林若蓝不知道小女孩喜不喜欢读，又能读懂什么，只是在把书送出去的那一刻，林若蓝的心情就像出港的小船一样自由与失落。

随着学期的落幕，手头上的家教告一段落了。后来林若蓝还收到过彭先生的电话，家长主动把课时费上调至市场少有的价位，而市场——无论有钱的抑或无权的——处处在蔓延着一种浓浓的莫名到退隐的情绪，直到庙堂之上也闻退隐林泉。正道是：

人心生一念，天地悉皆知。万物若有道，乾坤焉如斯？

这个时代没有任何东西值得谁去卖命，好好活着是这个世界唯一的真理。时间见证着林若蓝的流变，也见证着小美女在六榕寺皈依佛门，做了佛门的俗家弟子。

尾声

世事总让人唏嘘
总看不懂时间的演绎

一直为了梦而努力
总猜不准故事的结局

在那些黑白不分的日子里
谁还会有白与黑分明的记忆
在那些相遇又分别的年纪
谁还会念着谁的消息
在那段分开即诀别的时光里
留下多少雨打风吹的陈迹

假如遗落的风华还有继续
假如有始可以有终的美丽
就让那些已经风干的泪水
化作留在岁月里的休止

谱一曲时代的挽歌
纪念风雨中的每一朵青春

该有归宿的都有归宿了，林若蓝还在路上。

去丽江古城。《彩云之南》的歌声明快飞扬。

路过昆明一条著名的腐败街：

“哪里哪里，让我看看！”林若蓝坐在车尾，当他直起身子踮起脚尖靠在前方椅背上想看看究竟时，却只看见一车同样好奇的，争着站着向外探视的同事的头。

经过一段满地街贩围困的大理古城墙，看彝族导游俏阿妹一指：“那边就是洱海！”

当林若蓝循着声音望过去，却只看见一阵风。

丽江古城的风温软，像老人抚摸儿时林若蓝的头。林若蓝从来没想到过，有一天会站在冰清的玉龙雪山面前回看来时的路。

世路很长，好景总短。还没从沉静的纳西古乐中回过神来，广州来电。林若蓝在世界的彩云之巅闻到了再战江湖的硝烟。

从广州西江人才市场得知，所有的学历鉴定已改由教育部审查。

整个七月里，林若蓝都在等待神圣部门的终极鉴定。坐等等不来，站等等不来。林若蓝找到粤鉴定中心，表达了想跟北京沟通的想法，粤鉴定中心答：教育部学历鉴定中心电话不对外公布。再等，等不及，再催，粤鉴定中心答：我们也没办法。

必须找到教育部鉴定中心电话，必须跟教育部鉴定中心直接沟通！林若蓝三弯五拐，碰巧找到且拨通了教育部学历鉴定中心电话，简单说明了来意。

“你怎么知道我们电话的，你知不知道我们的电话你们是不能打的？”声音噼噼啪啪，字字句句如北京的沙尘，颗颗粒粒直扑人面，拍打行人。

林若蓝第一次和教育部打交道，掀开帘幕前以为对方是“美女”，掀开帘幕后，迎接他的却是“河东狮”。“河东狮”后面是什么，林若蓝不敢想，忙说对不起：“我实在没办法，在网上找了个号码，没想就拨通了。”

“不可能！我们电话在网上是查不到的！”声音颇嫩但极其坚定，像旧时衙门口的小狮子千百年来纹丝不移。

林若蓝转移话题：“你看我的鉴定什么时候可以出来，快开学了。”

“开学也不行，需要你老家的教育厅先出具一个证明。”

一点小事都难，难得让人愁肠百结，一言难尽，其他事不提也罢。最后一张鉴定才到手，落户又成拦路虎。问西江教育局，答：户口自理。问人才市场，答：二十八岁以下才能办理。又是年龄！林若蓝终于明白为什么总有人问他年龄了。

人生处处皆伏笔，世事冥冥常弄人。时光打落在五羊仙下，一地光和阴。

当光阴的故事翻到公元二〇一〇年，林若蓝的枕边新放了一本书：《沉思录》。静林苑时不时传来一首名叫“上海滩”的钢琴曲，曲子静得没有半点起伏。当满城都在说高考作文的时候，媒体组织了次高考征文。林若蓝整理出一篇心情旧文，投给了媒体，以此作为萦绕在他心头多年来想写给世界的一封信书——

我与你为邻，可你又是谁，世界？

“透过猫眼我看着你
借着猫眼你望着我
我们的认识就这样开始
从开始一直到结局
你不知道我的名字
我也不知道你是谁
是猫眼把我们联系在一起
我们都在猫眼的世界里”

很久以来就挺喜欢这首小诗，倒不是因为自己喜欢居住在猫眼的世界里，只是我等到目前为止都还摆脱不了成为别人猫眼里移动的影。

现在我是基本不太想我的邻居是谁了，想了也白想，只是周末常常路过K地，我都会情不自禁地萌生买一套高层住宅的愿景。每次拉开窗帘，都能看见广州新电视塔的风景，看着她云天旋舞娉然依，等着她幻身名媛着裳霓，再给她取个私名：南天之心。

南天之心，以心贴心，每天奔波在梦想的路上，只要看着她，在这个都市森林里仿佛就感到了些凭依，凭着她倚蓝天而立的心气慰藉我还并不够坚强的心。

这么些年，看见过自己想看见的，遇见过自己不想遇见的，隔三差五暴殄天物激起的不平，在激流勇进的年轮里已坠落得像大潮里翻不起半点浪花的皱褶与痕纹。人来人往的街头，从未有人问一声拥挤的意义。我们好像得到了很多，但经得起验证的是，我们拥有的只是寥寥无几。在早出晚归中，看尽了昏天黑地，或许不同时空的你和我都在向往着浮生半日闲的淡定与惬意。越向往，越闲适；越闲适，越笃信。我想，我们都需要一个近邻——南天之心。

我们生活在一个一直被规划但经常不能按部就班的时代，行走在一个名叫“城市”的江湖，看上去很美，实则就像是沧海里的一叶扁舟，除却凄凉即悲壮，凄极与悲绝，一种叫生命的花在心底悄然绽放：多少人在今天已经见不到明天的太阳，多少人在今天由富有变得一无所有。如果你现在还平安和健康，你就很幸运了，我们曾经以为远在天边不远万里追逐的幸福就近在眼前。

我这样想着，感觉自己那颗会感怀的心恰像蓝天一样宁静而高远。偶尔舍得倾心于青山绿水，也容得下污泥浊流，经得起风雨的袭，习惯得了黑白的两班倒，也装得下人间的万千城郭。不与谁计较，终究不是谁都懂，谁都有南天的气度与心景。我想我有一个近邻——南天之心。

你呢，世界。

就在林若蓝忘记旧文，他也被时间遗忘的时候，媒体来电，通知他以获奖者的身份做好去上海的准备。

回顾这一年，回顾这几年，林若蓝仍旧不相信宿命，但命运时时惊现宿命的影。上半年还在音乐里听着上海，二〇一〇年走到下半场就要去上海了。从来没想过去上海，偏偏注定去上海。转千湾，转千滩，转到大上海。

“各位团友大家好，现在大家看到的就是上海，到上海感觉怎么样？”导游口音疲沓，无激情。

没人理她。

“是不是觉得很大呢？”

还是没人理她。

“我们知道提起上海，人们都会在上海面前加个‘大’字，大家知道为什么吗？”

导游站在车头自问自答唱独角戏，林若蓝坐在车尾静静望着车外，目之所及，视野广阔大气派，非其所见任何一座城市可比。

“上海诞生了很多大人物，大家知不知道有谁？”

说到正点上了，有几个人在议论。

“今年上海还有一件大事。”

“世博会。”导游还没问，有人懒洋洋地给了个回答。

“说对了！”听到终于有人应答了，导游异常高兴。

世博会非洲联合馆入口的墙壁上挂着一组非洲草原影像图，一头狮子匍地闲望着游人，游人中偶有驻足回望者。

外滩江岸，几个团友在欢快地拍影留念，无忧无虑。黄浦江潮平水阔风劲拂，不一会儿雨，打散了游人，打乱了繁华，留下一城时光影。